CES SACRÉS TOSCANS

le goût des idées

collection dirigée
par
Jean-Claude Zylberstein

Parus

JEAN-PAUL ARON
Le Mangeur du XIXe siècle

RAYMOND ARON
Dimensions de la conscience historique

ISAIAH BERLIN
Le Sens des réalités

LUCIANO CANFORA
La Nature du pouvoir

GEORGES CHARBONNIER
Entretiens avec Claude Lévi-Strauss

CYRIL CONNOLLY
Ce qu'il faut faire pour ne plus être écrivain

JEAN DANIEL
Comment peut-on être français ?

ARTHUR C. DANTO
Andy Warhol

ROBERT DARNTON
Le Grand Massacre des chats

HANS MAGNUS ENZENSBERGER
Culture ou mise en condition ?

FRANCIS SCOTT FITZGERALD
Un livre à soi

GLENN GOULD
Entretiens avec Jonathan Cott

JEAN GUICHARD-MEILI
L'Art de Matisse

HANNS-ERICH KAMINSKI
Bakounine, la vie d'un révolutionnaire

ABRAM KARDINER
Mon analyse avec Freud

JOSEPH KESSEL
Tous n'étaient pas des anges

ARTHUR KOESTLER
Les Somnambules
Le Cri d'Archimède
Le Cheval dans la locomotive

SIEGFRIED KRACAUER
Les employés

NORMAN MAILER
L'Amérique

CURZIO MALAPARTE
Ces chers Italiens

SOMERSET MAUGHAM
L'Humeur passagère

FRANÇOIS MITTERRAND
Le Coup d'État permanent

JEAN-MICHEL PALMIER
Walter Benjamin

KOSTAS PAPAIOANNOU
Hegel

HÉLÈNE PARMELIN
Picasso dit...
suivi de Picasso sur la place

KARL POPPER
À la recherche d'un monde meilleur

BERTRAND RUSSELL
Essais sceptiques
Histoire de la Philosophie occidentale (2 vol.)

ALEXANDRE SOLJENITSYNE
Le déclin du courage

GEORGE STEINER
Langage et silence

ALBERT THIBAUDET
Physiologie de la critique

ALEXANDRE VIALATTE
Mon Kafka

MAX WEBER
La Ville

TOM WOLFE
Il court, il court le Bauhaus

STEFAN ZWEIG
Le Monde d'hier

série odyssées

ARTHUR KOESTLER
La Corde raide
Hiéroglyphes

BERTRAND RUSSELL
Autobiographie (1872-1967) (2 vol.)

CURZIO
MALAPARTE

Ces sacrés Toscans

Traduit de l'italien par Georges Pirouet

suivi de

Deux chapeaux de paille d'Italie

Paris
Les Belles Lettres
2014

Titres originaux :
Maledetti Toscani
Due cappelli di paglia d'Italia

www.lesbelleslettres.com
Retrouvez Les Belles Lettres sur Facebook et Twitter.

ISBN : 978-2-251-20047-7
ISSN : 2111-5524

CES SACRÉS TOSCANS

I

Tout irait mieux s'il y avait en Italie
plus de Toscans et moins d'Italiens.

S'il est difficile d'être italien, il est très difficile d'être toscan : beaucoup plus qu'abruzzais, lombard, romain, piémontais, napolitain, ou français, allemand, espagnol, anglais. Et ceci non parce que nous sommes, nous Toscans, meilleurs ou pires que les autres, Italiens ou étrangers, mais parce que, grâce à Dieu, nous nous distinguons de toutes les autres nations par quelque chose qui est en nous, quelque chose de différent de ce que les autres cachent en eux. Peut-être aussi parce que, lorsqu'il s'agit d'être meilleurs ou pires que les autres, il nous suffit de ne pas être comme les autres ; nous le savons bien, c'est une chose si facile et sans gloire que d'être meilleur ou pire qu'un autre.

Personne ne nous aime, (constatation qui, entre Toscans, est sans importance. Et s'il est vrai que personne ne nous méprise (il n'est pas encore né, et sans doute ne naîtra jamais, celui qui pourrait mépriser les Toscans), il est cependant exact que tout le monde nous tient en suspicion. Peut-être parce que nul ne se sent en compagnonnage avec nous (compagnon, en toscan, signifie égal). Ou peut-être parce que nous rions au moment et là où les autres pleurent, tandis que là où ils rient, nous restons à les regarder rire, sans un battement de cils, en silence, jusqu'à ce que le rire gèle sur leurs lèvres.

Face à un Toscan, tous les hommes se sentent mal à l'aise. Un frisson leur descend dans les os, froid et mince comme une aiguille. Ils s'entre-regardent, inquiets et soupçonneux. Un Toscan ouvre la porte et s'avance ? un silence embarrassé l'accueille, une inquiétude muette s'insinue là où auparavant la gaieté et la familiarité régnaient. L'apparition d'un Toscan suffit pour qu'une fête, un bal, un repas de noces se muent en une cérémonie triste, silencieuse, froide. Des funérailles auxquelles assiste un Toscan deviennent un rite ironique : les fleurs se mettent à puer, les larmes sèchent sur les joues, le deuil change de couleur, l'affliction même des parents du mort a un parfum de bonne blague. Il suffit qu'un Toscan, son petit sourire au coin de la bouche, fasse partie d'un public pour qu'aussitôt l'orateur se trouble ; le discours se dégonfle sur ses lèvres, le geste se fige à mi-chemin. Un général parle à ses soldats de gloire, de mort exemplaire, du « bien inséparable du Roi et de la Patrie ». Si parmi les soldats, là-bas, au dernier rang, se trouve un Toscan qui le regarde, le général soudain s'embrouille, rengaine son sabre, enroule le drapeau et s'en va. (Ajoutons ici que les batailles, les Italiens ne les gagnent que grâce à cet unique petit sourire ironique du soldat toscan, là-bas au dernier rang. Quand fait défaut ce petit sourire qui remet les généraux en place, il arrive ce qu'il arrive. Que de malheurs nous auraient été épargnés si Mussolini, au lieu de s'adresser aux foules du balcon du Palazzo Venezia, avait parlé du balcon du Palazzo Vecchio !)

La méfiance et l'inimitié des autres peuples, italiens et étrangers, nous font honneur sans aucun doute, étant des signes manifestes de respect et d'estime. À une époque comme la nôtre, d'hypocrisie, de bassesse et de compromissions de toutes sortes, c'est toujours un honneur pour un homme ou un peuple que d'être craint et traité en ennemi. Il y a des hommes et des peuples qui souffrent de n'être pas aimés : ce sont des natures féminines. Mais un peuple fort, sans préjugés, hardi, comme le peuple toscan, que personne n'a jamais aimé et qui est habitué depuis des siècles à la méfiance et à l'envie, pourquoi devrait-il en souffrir ? Nous Toscans, nous sommes n'importe quoi, sauf des femmes. Et si les autres ne nous aiment pas, se méfient de nous, nous jalousent et nous craignent pour notre intelligence singulière, notre manière de regarder le prochain et de rire de lui, lèvres pincées (quand celui qui ne serait pas toscan pleurerait), si tous enfin se montrent soupçonneux à l'égard de ce qu'ils appellent improprement notre cynisme, notre cruauté, notre arrogance courtoise, tant pis, cela nous fait presque plaisir. Pour être honnête, je dirai même que nous en tirons jouissance.

Mais ce dont nous jouissons le plus, c'est de voir comme tout le monde, Italiens et étrangers, s'étonne du mépris dont nous payons leur attitude soupçonneuse et inamicale. Mépris qui n'est pas né par hasard, par réaction ou d'un mouvement de vanité, d'orgueil : mais un mépris senti et ressenti, gai, très raisonné et ancien. Il suffit d'observer comment marche un Toscan pour comprendre de quelle étoffe ce mépris est fait.

Regardez comme il marche. La tête haute, la poitrine en avant, les fesses serrées. Il va tout droit, le regard fixé devant lui, avec son petit sourire aux lèvres, qu'on dirait peint, tant il paraît vrai. On croirait qu'il ne regarde et ne voit rien : comme un homme qui vaque à ses affaires et ne s'embarrasse pas de celles d'autrui. Et pourtant, marchant ainsi la tête haute, les yeux fixés devant lui, il regarde et voit tout ; il ne lui arrive jamais de regarder sans voir, car le Toscan voit même sans regarder. Il ne sourit pas par disposition aimable et bienveillante de l'esprit, ni par orgueilleuse compassion : mais avec malice et je dirai même avec dédain. L'élément fondamental de son caractère est en effet d'être dédaigneux : attitude qui naît de son profond mépris pour les choses et la conduite des hommes, les hommes autres que lui, cela va de soi.

Le Toscan a confiance en sa propre personne, quoique sans orgueil ; mais en l'homme, la plante homme, il n'a pas confiance. Au fond, je crois qu'il méprise le genre humain, tous les êtres humains mâles et femelles. Et non pour leur méchanceté (les méchants ne font pas peur au Toscan), mais pour leur bêtise. Devant les sots, le Toscan a un mouvement de recul, parce qu'on ne sait jamais ce qui peut sortir d'un sot. Regardez, dis-je, comme le Toscan marche : vous vous apercevrez qu'il marche comme s'il se tenait sans cesse sur ses gardes, comme un homme qui sait, de très vieille expérience, que la chose la plus abhorrée au monde et la plus exposée aux embûches, c'est l'intelligence.

Que tous les Italiens soient intelligents, mais les Toscans beaucoup plus intelligents encore que tous les autres Italiens, c'est là une chose que chacun sait, mais qu'un petit nombre veut bien admettre. J'ignore si c'est par jalousie ou par méconnaissance de ce qu'est vraiment l'intelligence : laquelle n'est pas de la fourberie comme on le croit communément en Italie, mais une manière de saisir les choses par l'esprit, de les comprendre, c'est-à-dire de les pénétrer, tandis que la fourberie n'est rien d'autre que le clin d'œil comparé au regard. Et qui niera que nous savons, nous Toscans, pénétrer au fond des choses par les yeux de l'esprit et regarder à l'intérieur ? Que nous sommes semblables à ces insectes qui se chargent de pollen sur les fleurs mâles et le transmettent aux fleurs femelles ? Que nous apportons l'intelligence aux pierres, comme un pollen, et faisons naître d'elles des églises et des palais, des tours mâles et de féminines places publiques ? Qui niera que l'intelligence en Toscane est une qualité de la maison, au point que les demeurés qui, chez les autres, restent des demeurés, sont chez nous intelligents ?

Cette intelligence supérieure, personne ne nous la pardonne en Italie, même si elle nous est reprochée comme un défaut. Aux yeux d'autrui, elle ne serait que de la déloyauté, à joindre au tas de nos plus graves défauts, à savoir notre langue bien pendue, la parcimonie, pour ne pas dire l'avarice, la cruauté, la perfidie, l'habitude de la trahison, et j'en passe : comme si les autres Italiens étaient des bafouilleurs, des gaspilleurs, de petits agneaux sincères et loyaux comme du vin de terroir.

Traîtres, les Toscans ? Pourquoi ne pas parler tout de suite de cette accusation comique, puisque nous sommes en famille et que personne en Italie n'a jamais été un traître, à notre seule exception près ? (Excusez-moi si l'envie de rire me vient.)

Les Toscans sont comme ils sont, ce qu'ils sont et quand ils sont ennemis, c'est pour l'éternité ; même persuadés du contraire dans le fond de leur cœur, ils ne se rétractent jamais. Mais amis, ils restent amis, et le monde peut s'écrouler, ils ne retireront pas leur amitié. Il ne me viendrait pas à l'idée de dire que les Toscans sont des traîtres pour la raison que, se faisant la guerre, ils utilisent la trahison comme une arme. Et qu'est-elle, sinon une arme ? N'y aurait-il peut-être que les Toscans qui, contrairement à tous les autres peuples, Italiens et étrangers, trahissent leurs ennemis ? Trahir l'ennemi est de bonne guerre et je ne vois pas qui pourrait soutenir qu'un ennemi mort vaut mieux qu'un ennemi trahi, qu'il vaut mieux tuer que trahir un ennemi. Car j'ai l'impression moi-même que la plus grande trahison dont on puisse se rendre coupable envers un homme est de le tuer, serait-ce loyalement. Et il n'est pas nécessaire de déranger Machiavel pour démontrer que, du moment que le destin de l'homme en ce monde est d'être trahi *ou* tué par ses ennemis, mieux vaut le trahir *et* le tuer, mieux encore le trahir d'abord et le tuer ensuite, de telle sorte que le pauvre homme sache clairement qu'il a été trahi et tué par un ennemi, et non par un ami ; lequel, ou bien le tuerait sans le trahir, ou bien le tuerait d'abord et le trahirait ensuite. Ainsi va le monde, et ce n'est certainement pas la faute des Toscans s'il en est ainsi.

Évidemment, je le sais : il nous arrive même à nous Toscans et aussi rare que cela soit, de trahir nos amis. (En amour, l'amant ne trahit-il pas plus volontiers l'être aimé que l'être non aimé ?) Car l'homme se plaît plus à trahir ses amis que ses ennemis, la trahison dont aura souffert un ami étant plus vraie que celle dont on use à l'égard d'un ennemi. Et puis quoi, quelle saveur y a-t-il à trahir ses ennemis ? Le cas peut se présenter que ces scélérats d'ennemis en éprouvent du plaisir, si forts sont en eux, comme en n'importe quel homme, le goût et l'attente de la trahison. S'ils ne se sentaient pas trahis, ils se sentiraient non seulement déçus, mais dépouillés d'une chose à laquelle ils avaient droit, et qu'ils attendaient. L'homme est ainsi fait : si tu ne lui donnes pas ce qu'il mérite, il s'en porte mal. Je veux dire que si tu ne le trahis pas, il se croit trahi. En conséquence, pour lui donner ce qu'il mérite, pour ne rien lui dérober, pour ne pas l'offenser, et surtout pour lui procurer un plaisir, sois galant homme et trahis-le. S'il est ton ennemi, tout le plaisir est pour lui.

S'il est ton ami, l'affaire change d'aspect : tout le plaisir est pour toi. Vu que l'ami ne s'attend pas à être trahi, donc n'y prétend pas. Si tu le trahis, il s'offense et meurt plein de rage, l'écume aux lèvres. On ne peut pas lui donner tort : personne n'aime être trahi par un ami, pour cette raison aussi que chacun sait que trahir un ami est le plus grand et le plus enviable des plaisirs, d'où il découle que le premier à t'envier ce plaisir est l'ami que tu trahis. La nature humaine étant telle, comment peut-on reprocher aux hommes le plaisir immense et très envié de trahir ses amis ? D'autant plus qu'à trahir un ennemi tout le monde est bon : rien de plus facile et, dirais-je, de plus vulgaire. Mais pour trahir un ami, il faut de la grandeur d'âme, de la noblesse de sentiments, de la hauteur d'esprit et (si la trahison doit être parfaite) de la loyauté. Dénierais-tu aux Toscans, même lorsqu'ils sont contraints à trahir leurs amis, la qualité d'être loyaux ?

Donc, s'il arrive quelquefois aux Toscans eux-mêmes mais rarement, par malchance, par un jeu malheureux du destin, de trahir un ami, il est juste de reconnaître qu'ils le font peu volontiers, à contrecœur, les dents serrées, tirés, à proprement parler, par les cheveux, et en toute loyauté : ainsi qu'il arriva, pour donner un exemple valable pour tous, à ce pauvre Lorenzino[1] qui trahit son meilleur ami, le duc Alexandre, je ne dis pas au point de le tuer de ses propres mains, mais de le faire tuer sous ses yeux pleins de pitié. Trait sublime de loyauté, très fréquent dans les chroniques florentines. Jamais, en ces cas désespérés, les Toscans n'oublient de pleurer l'ami trahi, de l'accompagner au cimetière, de consoler la veuve, de secourir les orphelins : somme toute, ils ne manquent jamais de se repentir, non par sentiment chrétien, dont au fond tout le monde est capable, mais parce que c'est une règle du jeu, et, en Toscane, les règles sont respectées.

1. Les Français l'appellent Lorenzaccio (en l'honneur de Musset).

Par ces propos, je ne veux pas dire que les Toscans, en de semblables circonstances, soient meilleurs que les autres peuples qui ont pour habitude de trahir les amis par goût de trahir un ami. Je veux dire qu'ils sont différents : vivant au milieu de traîtres, force leur est de trahir eux aussi, mais ils le font de mauvaise grâce, le visage grimaçant par dégoût de ce que la bassesse des temps et des hommes les oblige à faire. Qui pourrait affirmer que les autres peuples, italiens et étrangers, ont pour la trahison et les traîtres, spécialement pour celui qui trahit ses amis, plus d'éloignement que les Toscans ? Finalement qui niera que les Toscans préfèrent être trahis, plutôt que de trahir ?

En fait, la magnanimité des Toscans a atteint un si haut degré que, paisibles et bons, les yeux baissés, timides et modestes, ils se laissent trahir, le souffle suspendu, plutôt que de se salir par la trahison. Si à la fin, n'en pouvant plus de calme et de bonté, et toute patience envolée, ils répondent à la trahison par la trahison, ils ont au moins le bon goût et le bon sens de trahir avec intelligence, et non avec cette grossière et suffisante bêtise où les autres peuples sont passés maîtres.

Mais revenant à ce défaut majeur, notre intelligence, je me demande ce que les autres peuples nous reprochent le plus : d'être intelligents ou d'être libres, ce qui est encore un de nos grands défauts. La liberté est un fait d'intelligence ; la première dépend de la seconde, et non l'intelligence de la liberté. Je dirai que, dans la conception des Toscans, qui n'est pas un homme libre est un imbécile.

Il peut arriver que les Toscans aient tort, mais l'esclavage est toujours, à leurs yeux, une forme de bêtise : intelligence et liberté étant, en Toscane, synonymes. Et non seulement à Florence, Prato, Pistoie, Lucques, Sienne, Pise, Livourne, Grosseto, Volterra, Arezzo, mais aussi dans toute la Toscane méridionale, de la Magra à l'Amiata et des sources du Tibre à l'embouchure de l'Ombrone. En effet, ce ne peut être un pur hasard si les Toscans sont toujours restés un peuple libre, le seul en Italie, qui n'ait pas supporté l'oppression étrangère et se soit toujours gouverné lui-même, avec sa propre tête et ses propres boules : c'est-à-dire les six boules figurant sur les armes des Médicis qui étaient des tyrans mais leurs boules étaient toscanes. Les prêtres eux-mêmes, chez nous, se gardent bien de parler du pape ; ils vont jusqu'à feindre de ne pas le connaître, de crainte que quelqu'un ne les assaille d'un : « Le pape, qu'est-ce que cela vient faire ici ? Chez nous, le pape ne commande pas », et s'ils ont quelque papauterie à faire avaler aux Toscans, ils ne disent pas que l'ordre vient du pape, mais de celui qui fait la pluie : et l'on sait que le pape, en Toscane, ne fait même pas pleuvoir. Tant il est admis que dans notre maison nous ne tolérons pas de maîtres, même s'ils se prétendent envoyés par Dieu.

Si parfois sur nous aussi le malheur est tombé d'être gouvernés par des tyrans, il faut reconnaître que ce malheur a toujours peu duré et que nous avons toujours choisi nos tyrans dans la famille : des tyrans bien de chez nous. Les quelques rares qui nous étaient venus du dehors, comme le duc d'Athènes, nous les avons mis à la porte aussitôt que possible, sans beaucoup de compliments et de nos propres mains, sans l'aide habituelle de l'étranger. J'ajouterai que, comparés aux tyranneaux – ou du pays ou du dehors – qui se conduisaient en maîtres dans les autres parties de l'Italie, les nôtres, choisis dans la famille, étaient très courtois et très libéraux et ne se sont jamais laissés entraîner à ces extrémités qui ont rendu si tristement célèbres le nom et le souvenir de tant de roitelets italiens et étrangers.

En conséquence, les peuples non libres apparaissent aux yeux des Toscans comme des peuples stupides. Ces peuples stupides, naturellement, ne veulent rien savoir de cette synonymie, intelligence égale liberté, et prétendent être esclaves, non par manque d'intelligence, mais par force majeure. Ce qui est une nouvelle preuve de leur stupidité, puisqu'il n'y a pas de force qui résiste à l'acide et à la lime de l'intelligence : cela est si vrai que les tyrannies ne craignent pas les hommes forts, vigoureux, musclés et stupides, mais les hommes intelligents, aussi maigres, faibles et étroits d'épaules qu'ils soient.

Pour assurer les Toscans dans la conviction qu'intelligence et liberté signifient la même chose, la nature même de la servitude devrait, au fond, suffire ; cette servitude ne consiste pas seulement à vivre sous le bâton, mais dans la soumission à des idées fausses, idiotes, à de sottes superstitions, à des hypocrisies de bigots. En Toscane, la tartuferie est une plante qui s'est toujours mal développée, au milieu de mille difficultés ; elle fut et elle est, semble-t-il, une plante arrosée de crachats. Les tartufes et autres bigots de toute espèce ne manquent cependant pas, même en Toscane, – il faut être juste ; mais ce sont des êtres nés d'étranges accouplements, de néfastes mélanges de sang : des produits de croisements, plus que des fils de la croix.

De tels Toscans, nous les appelons avariés, terme qui désigne, pour qui ne le saurait pas, les œufs non tout à fait pourris, mais presque. On ne s'étonnera donc pas qu'en Toscane, où les voleurs et les assassins sont vus d'un meilleur œil que les tartufes, on préfère les œufs pourris aux œufs avariés, puisque nous savons d'expérience que tout le mal qui est parmi nous naît des œufs avariés.

Ô prudence de nos pères, ô vive intelligence, ô âme honnête et fière des anciens Toscans qui ne toléraient dans leur propre maison ni tyrans, ni tartufes ; qui, pour défendre leur liberté, ne s'interrogeaient pas deux fois avant de courir jouer du couteau à Santa Reparata, brûler Savonarole sur la place de la Seigneurie, et menacer le pape – c'était un Florentin – de lui mettre les boyaux à l'air s'il venait à Florence ; ce qui est une manière de dire fort plaisante, mais qui ne plaisait pas au pape : non qu'il la trouvât vulgaire, mais parce que le pape savait que les Florentins ne plaisantaient pas. Ô admirable impudence des Toscans, combien tu m'es chère ! Combien tu résonnes, pudique, modeste et noble, respectueuse de Dieu, dans la bouche de tous ceux d'entre nous qui ont conservé l'antique goût des mots francs, sains et chastes, qui font rougir de pudeur : et ce n'est pas notre faute si, dans les autres idiomes d'Italie, ils font rougir de honte.

Qu'importe-t-il si ceux qui nous veulent du mal, Italiens et étrangers, et crèvent de rage et d'envie quand nous ouvrons seulement la bouche, prennent notre vieille, merveilleuse et obscène liberté pour une affaire de gueux, de gavroches, de tripiers, de va-nu-pieds, de peaussiers ? Être obscène, belle vertu des Toscans. Tu ne la trouveras pas seulement dans la bouche des gueux et des truands, mais dans la bouche de Dante, de Boccace, de Sacchetti, de Laurent le Magnifique, de Machiavel, de Fazio degli Uberti, de Cecco Angiolieri, de Folgore da San Gimignano, pour ne rien dire du Bernin, de Burchiello, de l'Arétin, de Lasca. Jusque dans la bouche de saint Bernardin de Sienne, tu la trouveras cette vertu des Toscans.

Que soient donc remerciés les gueux, les tripiers, les gavroches, les va-nu-pieds, les peaussiers, et Dante, Laurent le Magnifique, saint Bernardin et les autres Toscans, leurs semblables, si même dans le temps calamiteux de l'universelle lâcheté et courtisanerie des Italiens, quand je ne dis pas parler, mais simplement remuer les lèvres était une grande témérité, il s'est toujours trouvé en Italie des gens hardis et francs qui parlaient ouvertement, traitaient de bittes en place publique les papes, les rois, les empereurs et n'avaient pas peur de l'enfer : chose rare et surprenante dans une Italie où chacun justifie sa propre lâcheté par la peur de l'enfer.

Il a fallu qu'arrivent les Piémontais de Cavour, libéraux et réactionnaires, les Milanais du *Caffé*[1], les tartufes, vieilles barbes et vieilles perruques, les hypocrites de toute l'Italie pour froncer le nez devant l'insolente obscénité des Toscans. À entendre ces Italiens-là, la vraie Italie n'était pas l'Italie pure, saine et populaire qui dit *'Ioboia*[2], mais l'Italie à bonnes manières, la bouche en cœur, les mains blanches, le nez pincé, à la voix sirupeuse qui dit *permio* (pour *permesso*), bref, l'Italie de Manzoni. Et qui sait ce que serait devenu le pays aux mains de tels messieurs, si les Toscans n'avaient pas sauvé l'antique et noble tradition d'une Italie populaire, impudente et obscène, gaie et insolente, qui est la seule

1. *Il Caffè* : périodique milanais, imité du *Spectator* d'Addison, dont les idées réformatrices ont contribué au réveil de la conscience italienne (1764).

2. *'Ioboia* : pour *Dio boia* = Dieu bourreau.

Italie digne de respect, tout au moins aux yeux des Toscans qui, sur de certains sujets, sont meilleurs juges que tous les autres Italiens.

Quelle chance pour tout le monde en Italie que les Toscans soient intelligents et par conséquent libres. Quelle plus grande chance ce serait encore s'il y avait en Italie plus de Toscans et moins d'Italiens. Car l'Italie a besoin d'hommes qui lui fassent honneur : comme lui font honneur les Toscans, par le seul fait d'être intelligents et libres, servant donc de contrepoids (installés comme ils sont sur le fléau de la balance, juste au milieu de l'Italie) aux deux masses, pauvres d'intelligence et de liberté, dont l'Italie est faite.

II

Jusque dans l'usage des mots, les Siennois abandonnent l'huile de Toscane pour le beurre.

J'ouvre la fenêtre, et c'est le printemps ; je ferme la fenêtre, et c'est le printemps. Je prends le verre qui est sur la table, le remplis d'eau, et c'est le printemps. Avril est là, et toute la Toscane est printanière, mais à la mode toscane, qui est acide, astringente, a la saveur du raisin vert, contracte paupières et mâchoires.

Je me tourne, et je ne sais plus si je me trouve à Forte dei Marmi, en Versilia, ou à Volterra, à Montepulciano, dans la pinède de Galceti, près de Prato, ou à San Gimignano. La sphère du ciel au-dessus du toit, l'ombre lumineuse au fond du puits, l'éclat délicat des « violettes de Santa Fina » dans les lézardes des tours, tout cela serait-il peut-être San Gimignano ? Je touche la cruche à eau, et c'est le printemps à San Gimignano ; je ferme les volets et la pénombre verte de la chambre c'est encore le printemps à San Gimignano. Même dans la chambre du Podestà, aujourd'hui, à cet instant, c'est le printemps, dans la baignoire où la femme aux belles formes et le jeune homme aux yeux de tortue, noirs et brillants, laissent flotter leurs mains pour se caresser sous l'eau. J'ouvre la fenêtre et le monstre bourdonnant du printemps veut entrer de force ; de ma poitrine offerte, je lui ferme le passage, écartant les bras, comme une voile recueillant le vent en son giron refuse de le laisser passer, lui résiste.

Soudain entrent dans ma chambre tout le vert, le gris, l'ocre des champs et des collines et, dernier à entrer, l'azur lointain de la Montagnola, que voile l'argent des oliviers de Poggibonsi et de Colle d'Elsa : toute la campagne siennoise entre de force dans ma chambre et je me trouve tout à coup au milieu du plus féminin des paysages toscans, et je l'écoute parler. Ce n'est pas la voix de Folgore, perçante et qui détonne un peu sur les *e* et les *i*, une voix de tête ; ce n'est pas non plus la petite voix maigre de saint Bernardin, mais la voix jeune et claire des paysans de cette partie du territoire de Sienne, qui parlent une langue aimable et souriante, semblable au grec des commensaux de Platon, d'où a disparu l'accent mâle. Cette virilité de la langue grecque qu'on retrouve dans la bouche du peuple de Florence, Pise, Arezzo, Volterra, où la Toscane est la plus mâle.

Je ne puis entendre le parler siennois sans que mon cœur s'émeuve. Mais à San Gimignano qui fut toujours, ou presque toujours florentin, si l'on excepte les cent à cent cinquante années de sa liberté communale, le parler n'est pas purement siennois : il s'y cache au fond quelque chose de trouble, de florentin : un écho de ce rauque grattage de gorge, de ce sifflement des *s*, de cette chute inattendue du *t* dur dans la douce inflexion du *thêta* grec. C'est ce parler à bouche ouverte et dents serrées, propre aux Florentins. On y devine une gêne, un poids à traîner et, je dirais, une peur, comme si ces peuples des alentours de Poggibonsi, déjà à moitié siennois, ne se sentaient pas le courage de tourner le dos à Florence. Comme si la langue florentine avait mis le siège devant le territoire siennois et restait debout au seuil des environs de Sienne avec son air insolent, son regard arrogant et goguenard. Je me hasarde à pousser la porte et à entrer.

On entre en pays siennois comme dans du beurre. En effet, il y a quelque chose qui tient du beurre, non seulement dans le parler, mais dans les manières, la disposition des visages enclins au compliment, au sourire plein d'égards, au coup d'œil poli que le maître de maison, bien éduqué et un peu timide, adresse à l'hôte étranger. Jusque dans l'usage des mots les Siennois abandonnent l'huile de Toscane pour le beurre. Ils disent *citto* pour garçon, *cittino* pour petit garçon. Comme en Lombardie et dans tous les pays où vivent des peuples qui disent *magara* pour *magari* (volontiers, bien sûr), mot barbare qui fit horreur à Dante et lui fit fermer le *De vulgari eloquentia*. D'où vient donc ce *citto* ? Des Germains Lombards ? Pourtant les barbares, s'ils se sont arrêtés en maîtres dans le reste de l'Italie, ne firent que passer chez nous en Toscane. Plus qu'un passage, ce fut une débandade. Les quelques rares vivants qui restèrent s'empressèrent de parler toscan. Alors, d'où vient ce *citto* ?

Et ces petits sourires, ces petites flatteries, d'où viennent-elles ? Ce parler doux, à voix basse, comme par crainte d'être entendu de la pièce d'à côté, cette lenteur dans les gestes de mains, ces regards jetés de temps en temps alentour, comme par souci des voisins, cette démarche, petits pas courts et légers, et toute cette économie, qui en toscan veut dire parcimonie, de l'aspect et des manières, correspondant sans doute à une certaine conception de l'économie dans la vie et l'administration des terres, de la maison, de la ville, de l'existence individuelle et collective.

Je ne sais d'où vient le terme lombard *citto*, mais le reste, je sais que cela vient de Sienne et s'appelle gentillesse : la fameuse gentillesse toscane que de recherche en recherche on ne trouve que chez les Siennois. Bien que pour les toscanisants et les grammairiens grand-ducaux la gentillesse soit chose de Toscane et que tous les peuples toscans soient gentils. Mais va la trouver à Campi Bisenzio, cette gentillesse, ou à Prato, Tavola, Jolo, Pise, Arezzo, Empoli, Figline ou, au-delà de l'Arno, à San Frediano. Va la trouver chez les Toscans virils, cette gentillesse pour puristes et disciples de Manzoni. Entre nous, elle n'est chez elle qu'à Sienne. Ailleurs, dans le reste de la Toscane, règne la civilité des manières, sinon de la voix, du regard, du ton, des mots. Civilité, non gentillesse : ce sont deux choses différentes. Si vous demandez à un Florentin le chemin pour aller sur la place de la Seigneurie, au Ponte alle Mosse, ou n'importe où, il répondra avec urbanité, non avec gentillesse. L'urbanité des Florentins et des autres Toscans virils, habitants de Pise, d'Arezzo, de Livourne, de la Maremme, est tout ce que tu veux sauf de la gentillesse : laquelle n'est que siennoise.

Tu sentiras dans la manière de répondre des Florentins un certain ennui élevé, de la complaisance, de la hâte, et, tout ensemble, une prévention, une méfiance, qui ne sont pas le propre de la gentillesse : laquelle ne supprime pas la méfiance, qui est toujours là, mais se contente de la masquer. Essaie de demander à un saint florentin (cela paraît impossible, mais il y en a) un renseignement quelconque, par exemple sur le Paradis. Ce renseignement, il te le donnera, mais du bout des lèvres, en te rabotant du regard des pieds à la tête, comme si non seulement tu n'étais pas digne de monter au Paradis, mais pas même de te renseigner sur lui. Même si ce saint est San Zanobi, Santa Reparata, ou ce saint pour grands seigneurs que fut Filippo Neri[1], ce sera miracle (les saints aussi, en Toscane, se risquent à faire des miracles) s'il n'appelle pas le capitaine des sbires.

Mais essaie de te renseigner sur le Paradis auprès de saint Bernardin de Sienne. Vois comme il s'arrête, se tourne avec empressement, tordant légèrement le cou avant que de sa personne entière il fasse demi-tour : et comme il te regarde en souriant, sans méfiance apparente, sans malice (la méfiance et la malice sont là, mais comme l'ombre est au fond de l'eau la plus claire, au fond du regard le plus limpide. Celui à qui l'innocence de Bernardin n'est pas familière la prend pour de l'innocence, se fie à elle, comme l'homme simple et honnête se fie à l'innocence).

« Que voulez-vous ? » te dira saint Bernardin, et il remuera le menton qu'il a poli et un peu féminin, un menton de petite vieille ; il te sourira en s'humectant les lèvres avec la langue. À peine lui auras-tu dit ce que tu attends de lui, qu'il te répondra sans monter en chaire, comme cela, sans façons, et te racontera ce qu'est le Paradis, où il se trouve, de quoi il est fait, comme il est grand, combien de pièces d'escaliers, d'églises, de cuisines : il te décrira tout en y ajoutant des *ettes*, chambrettes, chemisettes,

1. Fondateur de la Congrégation de l'Oratoire à Rome. Pédagogue (1515-1595).

églisettes, cuisinettes, et ainsi de suite, si bien que finalement le Paradis t'apparaîtra comme une sorte de palais des Piccolomini ou des Tolomei[1], mais minuscule, à ne pouvoir s'y tenir qu'agenouillé et en petit comité. Un Paradis à la siennoise. Et saint Bernardin te dira comment on y va, ce qu'on y trouve ; il te décrira les meubles, les tableaux, les rideaux, ce qu'on voit des fenêtres, comment sont le grenier et la cuisine, ce qu'il y a dans le garde-manger et à la cave, ce qui mijote dans la marmite, ce qui tourne à la broche dans la grande cheminée de pierre grise. Selon la saison, il te dira que ce sont des bécasses ou des grives du Monte Follonico, ou des lièvres de Torrita et de Sinalunga, ou des cailles de Cetona et, à voix basse, il te parlera du vin, qui est le « très noble cru » de Montepulciano : mais il ajoutera en soupirant que lui n'en boit pas, car c'est mal que de boire, cela mène en enfer et, ce disant, il se sucera le bout de la langue avec les lèvres, comme l'extrémité d'un pipeau.

Chaque fois que je me retrouve en Toscane siennoise et repense à saint Bernardin, Franco Sacchetti me revient à la mémoire. Si, à première vue, il n'y a aucun rapport entre le saint siennois et le conteur florentin, au point que l'un paraît être le contraire de l'autre, cependant, à y bien réfléchir, on s'aperçoit qu'ils sont frères. Non frères comme une paire de couteaux, mais vrais frères. Les sermons de saint Bernardin et les nouvelles de Sacchetti ont une parenté qui n'est pas seulement littéraire. Tous deux appartiennent à une civilisation simple, domestique, mi-bourgeoise, mi-paysanne, civilisation d'artisans, de fermiers, de laboureurs, de maraîchers, de meuniers, d'aubergistes, de rouliers, de frères et de nonnes. Même saison, même air : le même ciel clair, les mêmes odeurs, couleurs, saveurs. Un air qui sent l'herbe et l'échalote, le persil et l'ail, les pois chiches et la morue sèche, le blé et les copeaux de bois, l'huile et le vin, les venelles mouillées de fraîcheur, les soirs d'été, devant la porte de la maison. Les mêmes bourgs et les mêmes villes où, entre une boutique et une autre, un couvent

1. Grandes et anciennes familles siennoises.

ou un autre couvent, entre le palais et les prisons, l'hôpital et le cimetière, entre une maison et l'autre, s'ouvrent des jardins potagers verts, au parfum de sauge. Bourgades et villes adossées avec une familière confiance au silence de la campagne siennoise. Un silence comme un haut mur que griffent les cris des hirondelles. Mais surtout le même peuple.

Tu te trompes si tu t'imagines que saint Bernardin était plein de colère et de mépris pour ce petit peuple de pécheurs dont il parlait avec tant de simple et paisible violence. Bien qu'il prêchât devant des chrétiens pleins de désirs et de péchés, plus enclins aux vices et aux errements qu'à la vertu et à la pénitence, bien qu'à chacune de ses paroles il les menaçât du feu éternel, au fond, il les estimait. Il aimait ces friponnes malignes, cancanières, avares et menteuses et ces hommes rusés, ladres, prompts à vous faire enrager, voleurs. Certes, ils n'étaient pas tels qu'il les aurait voulus : mais même ainsi, ils ne lui déplaisaient pas. Autant de gagné s'ils n'étaient pas pires ! Et puis, qu'était-ce que ces péchés de petites gens, face aux vices et aux scandales des puissants ? « Vous brûlerez tous ! » criait saint Bernardin de sa voix menue et siennoise : et il souriait comme un père à ses enfants, en agitant de-ci de-là son menton pointu.

Il en est de même pour Sacchetti. Là où, à première vue, on croit déceler un dédain de moraliste pour ces marchands, aubergistes, bouffons, voleurs, docteurs, frères et femelles friponnes, on s'aperçoit peu à peu, le premier choc passé, que Sacchetti non seulement les comprenait mais les estimait dans le fond de son cœur : c'est-à-dire qu'il les prenait par leur bon côté, les jugeant simples ou fourbes, ingénus ou méprisables, la main et le verbe lestes, mais de toute manière membres d'une humanité diligente et policée, d'une société où la générosité égalait l'avoir et où les comptes les plus embrouillés ne se soldaient pas toujours par une vilenie. Le bâton, bien entendu, courait alors par les campagnes, gai et feuillu, et ne cessait de reverdir. Mais tout finissait en plaisanteries, repas, beuveries, farces et éclats de rire, même si quelquefois ce rire était pire qu'une volée de bois vert. Car à travers l'embrouillamini des bonnes blagues, sous l'âpre écorce des mots, dont les personnages de Sacchetti se griffent et se fustigent, on sent un respect réciproque, une subtile connivence, une indulgente compréhension de la condition humaine.

Les vrais scélérats, les vrais monstres, les vrais damnés sont rares dans les nouvelles de Sacchetti : comme ils devaient être rares parmi la foule qui écoutait à genoux, place Saint-François ou Piazza del Campo, les sermons de saint Bernardin. Cet âge de l'humanité qui, du fond des siècles obscurs, atteint au seuil triste et resplendissant de la Renaissance nous apparaît noirci et brûlé par une grande flamme de méchanceté et de vices infâmes : mais il était aussi, en ce qui regarde le peuple, un âge simple, humble, puéril. Si on laisse de côté les ambitions, les haines, les desseins pervers des puissants, on ne peut pas dire que le peuple brûlât de passions scélérates ou fût avide de vices étranges et énormes. Dans ses manières, ses goûts, ses coutumes, il était pur et, en un certain sens, naïf. Une sorte de fantaisie puérile inspirait les pensées et les actes des petites gens. Ce qui les sauvait peut-être des maux et des désastres du siècle, c'était une certaine finesse, une ironie, une bonne humeur, un réalisme subtil et bonhomme – ces qualités mêmes qu'aujourd'hui encore l'on retrouve parmi le petit peuple d'une grande partie de la Toscane, de l'Ombrie, des Marches. C'était surtout un sens domestique de l'Histoire, grâce auquel le « particulier » se sentait à l'abri de tous les bouleversements universels, de tous les dangers de nature publique, comme se sent d'ordinaire l'homme qui reste chez soi. La Toscane, alors déjà, était l'unique pays au monde qui fût une « maison » : le reste de l'Italie, la France, l'Angleterre, l'Espagne, l'Allemagne étaient des républiques, des monarchies, des empires, non des « maisons ». Et ces fous d'étrangers scélérats qui parcouraient le monde, guerroyant, assiégeant des châteaux, prenant d'assaut des villes, conquérant des royaumes, saccageant potagers, caves et greniers, étaient regardés par le « particulier » toscan comme de misérables sans-logis, comme de malheureux va-nu-pieds et vagabonds, destinés à mourir comme des chiens sur les places, dans les fossés, le long des routes.

En un temps où les puissants se volaient leurs États, l'honneur et la vie, s'entre-tuaient par les armes et la trahison, se faisaient la guerre avec des armées de mercenaires, courant d'un coin à l'autre de l'Italie pour brûler, massacrer, saccager, combien naïves et puériles apparaissent les distractions et plaisanteries même les plus amères, et jusqu'aux méchancetés et à la malignité du petit peuple ! Face aux jeux sanguinaires de l'ambition, face aux vices, aux rapines, aux abus du pouvoir, aux homicides et aux guerres des puissants, que sont donc les attrapes et les farces, les larcins, péchés mignons, intrigues et bastonnades du menu peuple ? On a plaisir à constater – tandis que la Florence de Messire Franco Sacchetti, la Sienne de Bernardin, la Toscane et l'Italie entière étaient la proie de tyrannies, meurtres, délits sans nom, publics et privés, contre la dignité et la liberté des États et des peuples, l'honneur et le bien des citoyens – on a plaisir à voir, dis-je, ces braves artisans, aubergistes, rouliers, frères, friponnes et mendiants se divertir, se tourner en ridicule et, comme dit Sacchetti, se « mordre » à coups de mots, d'œillades, de rires, se mettre les habits en pièces à coups de discours, et quelquefois aussi la peau, mais très peu de peau, et avec tant d'esprit et d'entrain dans l'humeur et l'invention. Ils se jouent des tours, se rossent, s'amusent des maux d'autrui, se rient en public de leurs propres maux, se dépensent en plaisirs en faisant bourse commune, et pourtant l'on sent qu'au fond, ils se veulent du bien, sont compatissants les uns à l'égard des autres, s'estiment pour ce qu'ils sont, à savoir : de bonnes gens.

Grand est le peuple toscan, sage et merveilleuse l'époque qui va de Sacchetti à saint Bernardin, de Dante à Laurent. C'était exactement l'époque où les nuées des temps féroces s'en allaient s'effilochant, et déjà pointait la lumière violente et fausse de la Renaissance. La tristesse de Machiavel et de Guicciardini ne traînait pas encore dans l'air. Les âmes étaient joyeuses, les mœurs simples, une Italie aulique se formait peu à peu, au milieu de malédictions de toutes sortes. Les manières d'être et habitudes de l'existence sociale, qui étaient les manières du peuple, tombaient en décadence, en désuétude ; de nouvelles classes, plus riches d'expérience et d'argent, prenaient la place des classes anciennes et populaires ; l'Italie devenait rapidement une province d'Europe, et cependant le petit peuple toscan continuait à vivre de sa vie franche et ironique, dans sa propre maison, comme si l'Italie et l'Europe avaient été des champs incultes, comme si les États, les monarchies, les empires avaient été des terres stériles, comme si la civilisation et le destin humain, plus que du pape ou de l'empereur, plus que des hautes et mystérieuses tractations de la politique avaient dépendu de la lune, de l'humeur des saisons, de la récolte obtenue par chacun sur ses propres terres, de la laitue du potager familial.

À la parenthèse servile, qui déjà s'annonçait pour l'Italie, de trois siècles d'invasions et d'oppression étrangère, le menu peuple de Toscane restait étranger. Je dirai qu'il ne croyait pas à la gloire des autres. Et l'on a vu depuis, l'on voit encore, que le jour où l'Italie retrouva sa raison d'être particulière au sein d'une Europe ensanglantée et anarchique, le premier visage qui apparut hors des décombres fut celui – en Toscane surtout – du menu peuple. Le langage qui revint en usage sous le vacarme de la rhétorique et le fracas des trompettes néo-classiques fut le langage de Sacchetti, de Bernardin. Langage, entre tous les autres, le plus vif, le plus sincère, le plus chrétien, et, si l'on veut, le plus politique et le plus italien : celui-là même du *Prince* et des *Histoires d'Italie*. Au point que, lisant Machiavel ou Guicciardini, on croit toujours entendre en écho Sacchetti racontant de bonnes histoires et des bons mots, Bernardin prêchant en place publique devant la foule agenouillée ou parlant sans façons, entre amis, dans l'austère réfectoire d'un pauvre couvent de campagne, tout blanchi à la chaux, ou autour d'une table dressée dans la boutique d'un menuisier, ou sous la tonnelle d'une auberge, ou sur l'aire d'un paysan.

Saint Bernardin rompt le pain, assaisonne la salade et, ce faisant, dit à l'un : « Toi, je t'enverrais en enfer », et à l'autre : « Avec tous les péchés que tu as sur l'estomac, un bon verre de vin te fera du bien », et il raconte ce qui lui est arrivé tel jour à Asciano, tel autre jour à Monteriggioni, tel autre encore à Colle, Sarteano, Montalcino. Puis, en fin de repas, il se met à parler du

Christ, des apôtres, des martyrs, des saints, et l'on dirait qu'il conte une nouvelle de Sacchetti. Comme si les miracles dont il parle il ne les avait lus ni dans l'Évangile, ni dans les Vies de saints, mais dans ce livre mystérieux que Sacchetti, dans une de ses nouvelles, dit par plaisanterie emporter toujours avec lui (il l'appelle le *Cerbacone*, désignant ainsi le cerveau) où est écrite la vraie histoire du peuple toscan.

Il se sucera le bout de la langue avec les lèvres, ce bon saint Bernardin, comme l'extrémité d'un pipeau, puis il te dira, poursuivant ses propos, quel est le chemin le plus court et le chemin le plus long pour gagner le Paradis, et quels sont les obstacles, les rencontres, les dangers. Si tu l'écoutes en fermant les yeux, il te semblera être à Sienne, à San Gimignano, à Castiglion d'Orcia, à Torrenieri ou à Pienza par un jour de marché ; il te semblera entendre les maquignons, les fermiers, les gardiens de troupeaux, les maraîchers, les rouliers, les charrons, les forgerons, les menuisiers qui discutent de leurs affaires et s'expédient mutuellement en enfer sur les places qui fermentent et gonflent au soleil comme la pâte à pain dans la huche.

Car les peuples siennois parlent tous comme Bernardin, je veux dire avec le même accent, comme s'ils parlaient à ceux que Bernardin appelle « mes bonnes vieilles », « mes p'tits gars », « mes p'tites femmes », « mes compères », doucement, d'une voix pleine, avec cette gentillesse qui n'est que de Sienne. Et s'ils ont à se gratter, ils le font avec propreté, à se moucher, avec pudeur, à se donner de petites claques, avec tact : cette même propreté, pudeur et tact avec lesquelles les peintres siennois peignent leurs Madones, leurs garçons, leurs saints et les anges. Ils peignent des menottes, frimousses, joues et bouches mignonnes, bouclettes, jambettes, petons, bras et doigts de poupée ; et les ailes, ailerons, ailettes des anges semblent des ailes de mouches, argentées et transparentes ; les nuages où sont assises les Madones semblent des souffles, brises et zéphirs de bouches affaiblies ; les montagnes, en lesquelles on reconnaît l'Amiata, le Cetone, Radicofani et les collines de Colle d'Elsa, de San Gimignano, de Montalcino, de

Montepulciano, semblent des monticules de terre, et les ciels des petits bouts de ciel, et les champs des mouchoirs de poche. Dans cet univers de gentils personnages à bonnes manières, à menottes pâles, frimousses roses, pupilles bleues, et d'arbrisseaux verts, fleuves roses, oliviers d'argent, chemins blancs et azurés, règne un air de maison, un air siennois : un air qu'un peintre florentin avale d'une seule bouchée.

Par bonheur, la nature qui fait les choses comme elle doit, a prévu autour de Sienne et des Siennois une ceinture de gens vivants, qui parlent à voix haute et pensent fortement, mangent, boivent, respirent, se battent, marchent, font l'amour résolument afin que la gentillesse siennoise ne devienne pas contagieuse et n'affadisse pas trop les Toscans, qui sont bien comme ils sont, tout en regards de travers, coudes et jointures des poings. Si elle a placé des Florentins de trois côtés, gens de Volterra, d'Arezzo, de l'Amiata et de la Maremme, elle a mis à l'orient les peuples de Pérouse : les seuls amis que la Toscane possède en ce monde, qui des Toscans ont la verve impulsive, les désirs violents, le feu intérieur, les oreilles en pointe, le nez osseux, les bras velus et peut-être quelque chose de plus, peut-être quelque chose de moins que les Toscans.

Je parlerai donc ici des habitants de Pérouse et des raisons qui font qu'ils sont nos amis : parmi lesquelles la plus importante est l'étroite parenté entre notre folie et la leur, si l'on peut appeler folie cette joyeuse et prompte humeur de chien, qui est la plus directe et la plus sincère humeur de l'homme, quand cet homme est un homme.

III

Ils ont une manière de s'agenouiller
qui est plutôt de rester debout, jambes pliées.

Cette joyeuse et prompte humeur de chien se remarque, sous diverses formes, non seulement chez les Toscans, et plus encore chez les Florentins, les habitants de Pise, d'Arezzo, mais chez tous les Ombriens, particulièrement les gens de Pérouse, et jusque dans les maisons, les arbres, le ciel, de la ville. Regardez la pierre dont sont faites les maisons de Pérouse, soit les demeures nobles de Porta Sole, soit les demeures pauvres de Porta Sant'Angelo : c'est une pierre polie et brillante, de couleur claire, entre l'argent et l'ivoire, sans moisissures ni taches, que l'air froid ou chaud n'érode pas, et le vent ne s'y heurte jamais tête baissée, de peur de se fracasser le crâne, mais glisse dessus, tourne aux angles sur la pointe des pieds, sans émousser les arêtes. Au point que certains jours de grand vent, si l'on se met à l'abri contre un mur, on sentira le fleuve du vent courir silencieusement sur la pierre claire et c'est à peine s'il fera bruire les feuilles d'acanthe des chapiteaux, les feuillages de chêne, les glands, les rameaux de myrte, c'est à peine s'il ébouriffera les plumes de fer des griffons perchés au-dessus des portes des palais.

De temps en temps une voix de femme, un cri d'enfant, un rire aigre descendent de Porta Sant'Angelo, de Porta del Bulagaio, rebondissent de pierre en pierre, d'un coin de maison à l'autre dans les rues en pente de la Cire, de l'Épée, du Poivre, s'engouffrent sous l'arc étrusque, montent à travers la Maestà delle Volte, débouchent sur la grand-place pour venir se tapir dans l'alvéole de la fontaine ou sous les Logge de Braccio. Ici le vent, si l'on appuie la joue contre son flanc, est comme un grand pigeon tiède et doux, un cœur qui bat très fort contre la pierre des escaliers.

Le promeneur qui s'aventure dans les quartiers populaires, parmi les ruelles enfermées entre de hauts murs immenses, puissants, en pierre de taille, verra parler entre elles des femmes assises devant les seuils, remuant lentement la tête et les mains, jetant des regards autour d'elles avec une impudique et grave désinvolture. Il verra des jeunes gens au visage maigre et coupant, au nez droit, aux yeux obliques, semblables aux yeux des Étrusques pérugins, les Volumnii, les Rafia, les Noforsina, les Afunin, les Velthina, les Tetinii, aux cheveux noirs crépus, aux tempes étroites, aux lèvres minces, conversant entre eux à voix basse, sous de hautes voûtes obscures. Penchées aux fenêtres où, à Sienne, se tiennent les filles jeunes et jolies, il verra les vieilles et les laiderons, coudes et mamelles sèches s'appuyant sur la pierre argentée, occupées à conjurer le sort, le doigt pointé vers le nuage, la tour, l'arbre ; il les entendra rire d'un rire enroué, crier de temps en temps des bribes de mots d'une voix cassée et ces mots s'écraseront avec un pouf de pommes pourries sur le pavé de la rue. Dans le pré, devant le Tempio, ou dans les jardins et les champs le long des murs, au-delà de la Porta Sant'Angelo, il verra des hommes maigres aux yeux luisants, assis dans l'herbe entre deux arbres à se gratter la tête, comme sur la fresque de la Salle des Notaires : il découvrira qu'à Pérouse comme en Toscane, se gratter la tête est la manière populaire d'affronter la pauvreté, la souffrance, le malheur, sans donner d'importance excessive au mal, sans déranger Dieu et ses saints pour une si petite chose. On se gratte la tête ainsi parce que cela vous démange. Ce qui est très différent du même geste chez tous les autres Italiens qui se grattent la tête parce qu'ils sont préoccupés.

Chaque fois que le garçon que j'étais en 1915 m'appelle à Pérouse, je ne manque jamais de parcourir l'étroit sentier qui déroule ses lacets autour des murailles sur les pentes et les prés où naît le Rio. Et toujours le cœur me point dans la poitrine quand, m'arrêtant, je regarde autour de moi, au-delà de la Porta Sant'Angelo ou de la Porta Sperandio ; je revois les cyprès du Monte Ripido, le haut mur du couvent où j'ai vécu soldat en juin 1915 avec Enzo Valentini ; je revois l'herbe délicate et verte qui s'éloigne toute blanche de marguerites (en automne, c'est d'asphodèles que le pré est blanc, et je marche prudemment, immergé jusqu'aux genoux, parmi les fleurs de l'Hadès) ; plus bas, il y a les arbres aux feuilles de ce vert brillant qui luit dans les arbres du Pérugin et de Raphaël jeune. Au milieu de l'herbe, voici l'enfant morte qu'un garçon – le garçon que j'étais un soir de 1915, – trouva au bas du sentier, près de l'antique Porta del Bulagaio. Elle avait le visage noir de fourmis, les genoux nus, le poing serré sur une bouche qu'entrouvrait un cri froid. Je revois le paysan que j'aperçus un jour frappant cruellement un enfant sur la route de San Marco devant un homme bien vêtu, cravate de soie et col dur, descendu d'une voiture ; et ce monsieur bien vêtu admirait la scène avec un mélange d'orgueil et de crainte, comme le lion qui, dans un des cartouches de la Fontaine Majeure, regarde avec respect le vilain qui bat cruellement un chiot sous la triste devise : « *Si vis ut timeat leo verbera catulum*. Si tu veux que le puissant te craigne, bats le faible. »

Parvenu à mi-chemin de la Porta Sant'Angelo et de la Porta Sole, je m'attarde chaque fois à attendre les nuages blancs qui montent le soir des monts du Piccione, là-bas vers Gubbio, et les nuages roses qui pointent derrière l'épaule du Subasio, là-bas, au-dessus d'Assise, dans un ciel bleu qui ne m'est amical qu'à Pérouse, qui m'est presque aussi amical que le ciel de Toscane, à moi qui suis toscan.

Donc, les Ombriens, et particulièrement les habitants de Pérouse, sont les seuls, parmi les peuples italiens, à aimer les Toscans, à ne pas craindre leur intelligence déliée ni la sécheresse de leur nature d'hommes ; les seuls qui osent se dire frères des Toscans, non parce qu'ils seraient nés d'un même père et d'une même mère, mais parce qu'en beaucoup de circonstances, ils ne se connaissent ni papa ni maman ; les seuls qui éprouvent pour les Toscans, auxquels ils ressemblent par leur manière de concevoir la liberté et de mépriser l'autorité, une amitié franche, sans rancœur ni envie.

Je ne saurais dire si la chose s'explique par des raisons historiques ou autres. Je crois cependant que ces raisons n'ont rien à voir avec l'histoire, car s'il y eut des peuples qui se battirent durant des siècles avec férocité, acharnement, sans aucune pitié, mais aussi sans haine, ce sont bien les habitants de Pérouse et les Toscans de Sienne, Chiusi, Cortona, Arezzo. Entre Pérouse et Florence également, il doit y avoir eu quelque échange de coups à la tête, peut-être même par erreur, si l'on en juge à la manière dont Pérugins et Florentins se touchent furtivement la tête quand ils se rencontrent dans la rue.

Qu'ils se ressemblent au point de sembler frères apparaît encore dans leur façon de se recommander à Dieu, quand ils ne savent plus à qui se recommander. Car, pour être religieux, ils sont religieux : portés par nature aussi bien à la dévotion qu'au blasphème, qui est une forme rageuse de dévotion. Ils ont une manière de s'agenouiller qui est plutôt de rester debout, jambes pliées ; à l'inverse de tous les autres Italiens qui, même lorsqu'ils se tiennent debout, ont l'air d'être à genoux. Ils ont un art, qui leur est propre, d'incliner la tête devant la Madone et les saints qui m'offenserait si j'étais cette Madone ou ces saints.

À la façon qu'ont les Pérugins et les Florentins de plonger les doigts dans l'eau bénite, on pourrait croire qu'elle brûle ; à leur façon de faire le signe de croix, qu'ils vont s'ouvrir le front, la poitrine et se rompre les épaules. Ils se signent avec rage, je n'ai jamais su pourquoi. Peut-être parce qu'il leur plaît peu d'avoir à se mettre la croix sur le dos de leurs propres mains. Dans les processions, ils portent le Christ comme s'ils couraient le pendre, et les étendards et les cierges comme si c'étaient des piques et des massues pour assommer les gens. Ils chantent les litanies avec des voix qui vous font venir des sueurs froides le long de l'échine, voix non de prière mais de menace. Et quand ils entonnent le *Salve Regina*, on dirait qu'ils disent : *Sauve-toi Reine* ! La chose n'est pas, comme on pourrait imaginer, une manière de se conduire en Turc, de ne montrer ni révérence ni soumission à la Madone, mais une manière polie de rappeler à cette très noble Dame du Ciel qu'il n'y a pas que l'Enfer, le Purgatoire et le Paradis au monde, mais aussi des lieux qui s'appellent Pérouse, Florence, Campi Bisenzio.

Qu'on ne croie pas que seuls les Pérugins et les Florentins sont ainsi : tous les Ombriens sans distinction de poil, outre qu'ils sont très dévots et de très grands blasphémateurs, ont le tort de penser que le Christ lui-même, la Madone et les saints auront, tôt ou tard, à leur rendre des comptes : ce qui est une jolie façon, il n'y a pas à dire, de concevoir le jour du Jugement dernier à l'envers. Dans les fêtes qu'ils célèbrent en l'honneur de leurs saints, ils s'échauffent à tel point que dans la chaleur des processions, du vin et des illuminations, ils s'en prennent à leur saint si quelque chose ne va pas et le rossent d'importance. Non pas de nuit, en secret, comme on fait dans certains pays que nous connaissons tous, mais en public, à la face du ciel. Les Napolitains qui, pour peu que leur saint Gennaro les déçoive par le peu de pouvoir de son sang[1], l'insultent en plein Dôme, l'appellent encorné, lui jettent leur chaussure au visage, me font bien rire comparés à ce que ces fous de Gubbio font à leur saint Ubaldo et ceux de Todi, Spello, Foligno, Spoleto, la Fratta, Città di Castello, Magione et Passignano à leurs pauvres saints quand les choses ne vont pas comme elles devraient aller.

Le cas n'est pas rare qu'après avoir prié un jour entier pour que leur saint fasse pleuvoir, ils le battent dès que la pluie s'est mise à tomber, sous prétexte qu'ils ont oublié leur parapluie à la maison. Ou bien ils le bourrent de grenaille à coups d'escopette, parce qu'il ne fait pas cesser la pluie quand le blé est mûr, parce

1. Ce sang pieusement conservé, se met à bouillir chaque année le jour de la fête du saint (19 septembre) et en d'autres occasions exceptionnelles.

que la truie est morte en mettant bas, parce que le poisson du lac Trasimène déserte les eaux de Passignano pour aller se faire pêcher à Castiglion del Lago. Près de Gualdo Tadino, on jeta une fois dans le Tibre avec une pierre au cou un pauvre saint de bois qui n'avait pas su protéger un pont contre le fleuve en crue. Merveilleuses fureurs qui, d'ailleurs, ne compromettent en rien leur très grande dévotion aux saints, je veux dire à leurs saints, car ils n'ont qu'un médiocre intérêt pour les autres et n'accordent que la très petite attention qu'ils méritent aux miracles des saints étrangers. En ce qui touche la sainteté et les miracles, ils méprisent à tel point ce qui n'est pas de chez eux que même le pape, ils l'ont en grippe. Preuve en soi cet antique dicton de Magione, près du lac Trasimène :

Santo de Magione
ne papa ne cojone.
Saint de Magion
Ni pape ni couillon.

Certes oui, les saints d'Ombrie mènent une vie difficile, aussi difficile que la vie des saints de Toscane est facile. Car chez nous, en ce qui touche les miracles, les saints se gardent bien d'exagérer, pour ne pas se créer d'ennuis. Ils ont soin de les faire d'apparence vraie, tels que n'importe qui pourrait les faire : des miracles de tous les jours, semble-t-il. Si un saint, en Toscane, se mettait à faire de ces miracles qui paraissent faux tant ils sont fignolés, enturlupinés et tirebouchonnés, tant ils ont l'air d'être l'œuvre d'un spécialiste, on peut être sûr qu'il passerait un mauvais quart d'heure. Le Toscan n'aime pas celui qui s'adonne à la difficulté, et c'est ainsi que les miracles relèvent chez nous de l'administration ordinaire ; ils sont faits à la main, si bien que personne ne les remarque. C'est comme faire la lessive pour une ménagère, cuire le pain ou faire revenir des pois chiches.

Les œuvres que tout le monde remarque, ce ne sont pas les saints qui les font, ils en sont incapables, mais certains bonshommes du nom de Giotto, Arnolfo, Masaccio, Donatello, Brunelleschi,

Michel-Ange. Ressusciter un mort, rendre ses jambes à un paralytique, la vue à un aveugle, à tout cela chacun est bon, depuis que le Christ nous a enseigné comment faire (et qu'est-ce que nous ne saurions pas faire au nom du Christ ?). Autre exemple, attraper à mi-chemin un maçon qui tombe de son échafaudage. Il suffit d'avoir la main leste. Mais élever la coupole de Santa Maria del Fiore avec la seule et unique aide d'un fil à plomb et d'une truelle, à cela chacun n'est pas bon. Plus que des miracles de saints, ce sont là des miracles d'hommes, je veux dire de Toscans.

Il existe pourtant aussi beaucoup de choses miraculeuses que ni les hommes, ni les saints ne sont capables de faire s'ils ne se donnent pas la main : ce sont la gentillesse, la simplicité, je dirais presque la virginité du pays toscan, œuvre des hommes et des saints plutôt que de la nature. Ce petit cyprès là-haut, où l'on se sent si bien, c'est San Zanobi qui l'a planté aidé par le fermier de Ruccellai[1] ; cette meule de paille sur ce coteau, c'est Santa Raparata qui l'a dressée avec l'aide d'Agénor, le fils du paysan de Da Filicaia[2] ; ce mur rouge avec ses taches de vert-de-gris et cette treille de raisin, ce sont San Zenone et San Iacopino qui l'ont bâti, les neveux de Nieri, l'intendant du domaine d'Antinori[3], près de Filettole, leur ayant donné un coup de main. Mais ces violettes là-haut, au sommet des tours de San Gimignano, c'est Santa Fina qui les a mises, et les hommes ne l'ont pas aidée, mais les pigeons : c'est un miracle que seule une enfant comme Santa Fina pouvait faire. Même un Benozzo Gozzoli n'en aurait pas été capable du bout de son pinceau, car, à la vérité, ces violettes ne se trouvent pas au sommet des tours peintes par ce grand artiste.

Le soupçon vous vient ainsi que tout ce qui paraît miraculeux de grâce et de pureté en Toscane, ce sont les Toscans qui l'ont fait, hommes et saints, pas la nature : l'Arno au fond des Cascine, la colline de Fiesole, le coteau de Bellosguardo et ceux d'Artimino,

1. Patricien florentin, homme de lettres et historien. Beau-frère de Laurent le Magnifique (1449-1514).

2. Poète lyrique (1642-1707).

3. Grand voyageur pérugin (1811-1882).

de Poggio a Caiano, de Montepulciano, et la Valdinievole, et le dessin cher à Giotto des collines de Montevarchi et de Certaldo, le premier tournant de la route qui va à Mugello, juste à la sortie de Calenzano, les crêtes de l'Orcia Morta, l'épaule sylvestre de l'Amiata et du Cetona.

Même là où la nature semble avoir fait les choses toute seule, sans l'aide des Toscans, on devine la main de Giotto, de Léonard, de Filippo Lippi, de Sandro Botticelli, de Piero della Francesca : tandis que les nuages, les ruisseaux, les fleuves, tout ce qui court, passe, reflète le ciel, et jusqu'à cette couleur d'argent que le vent laisse en passant sur les pierres et les feuilles des arbres, sont de la main de quelque saint. Les *balze*[1] de Volterra sont certainement de Masaccio, le coteau de Fossombrone à Prato est certainement de Filippino, qui était de Prato, et les collines de Torrita et de Sinalunga, personne ne m'ôtera de l'esprit que c'est saint Bernardin qui les a fait lever, parlant à Montepulciano, à San Giovanni d'Asso, à Sarteano, avec le levain de ses paroles ailées, flottant sur les oliviers comme des bulles d'air.

Des saints, par chance, il y en a peu en Toscane et, grâce à Dieu, ils sont de la même pâte que le pain familial, sans sel, un peu fade, mais de pur froment. Rien ne les oblige à faire des miracles bruyants ou baroques pour gagner le Paradis : lequel est là tout près, au seuil de la maison, et l'on s'y rend comme d'une pièce à une autre. (On ouvre une petite porte, on entre.) Il suffit qu'ils sachent faire les choses dans les règles : par exemple assaisonner un plat de haricots ou une salade verte, dépouiller un artichaut d'Empoli, doser le poivre, ôter l'huile en débouchant une fiasque, couper le jambon en tranches.

Car les choses même les plus simples, les plus humbles, les plus ordinaires ont en Toscane une certaine vertu qui justement les rend miraculeuses : ce qu'ailleurs on appelle miracle n'étant autre, chez nous, que la vertu qui consiste à faire les choses au mieux, jusque dans le plus petit détail, sans perdre le sens des

1. Vaste éboulement de terrain qui s'élargit constamment.

mesures et des proportions humaines ; c'est l'art de faire les choses grandes avec le sens de la petitesse humaine et les choses petites et modestes avec le sens de la grandeur humaine : ce qui revient à dire avec le sentiment de cette merveilleuse harmonie qui régit les rapports entre l'immense et le minuscule, le terrestre et le divin.

Serait-ce peut-être que les Toscans se distinguent des bœufs qui voient tout en grand ? Un fait est certain : c'est qu'ils ne perdent jamais de vue la mesure du monde et les liens évidents et secrets entre l'homme et la nature.

Voyez comme ils font toute chose à la taille de l'homme, même les plus grandes ; comme ils construisent les maisons, les palais, les tours, les églises, les places et les rues avec des portes étroites, juste assez hautes pour qu'on passe sans courber le front, avec des fenêtres où l'on peut à peine s'accouder et où il est impossible de se pencher tout entier, avec des rues calculées selon la hauteur des maisons, avec des églises conçues de telle sorte que les fidèles y entrent tête basse, vont s'agenouiller et non jouer un rôle, chanter, se démener, s'égosiller comme au théâtre. Voyez combien l'intelligence des proportions humaines ne les abandonne jamais, même lorsqu'ils élèvent au ciel la coupole de Santa Maria del Fiore.

Quiconque désirerait se persuader que cette vertu grecque des Toscans, la plus grecque de leurs vertus, à savoir le sens de la mesure, existe vraiment, n'a qu'à regarder la peinture siennoise et florentine : les architectures y sont telles qu'un homme à cheval emplit toute une rue, domine de la tête le toit le plus haut ; les montagnes sont plus petites que les arbres, les hommes font figure d'enfants face aux vignes, aux oliviers, aux genêts, à ce minuscule oiseau qui chante là-haut parmi les branches de ce cyprès. Qu'on ne voie pas là un défaut de perspective, mais un signe d'antipathie pour toutes les formes de l'emphase.

Si les palais et les tours suggèrent à première vue l'idée que les Toscans sont un peuple de géants, jette ensuite les yeux sur les maisons où se peuple vit, mange, dort, qui sont d'infimes petites maisons, et tu t'ébahiras que les mêmes hommes qui ont construit Santa Maria del Fiore, le Bargello, le palais de la Seigneurie, la tour d'Arnolfo, la tour du Mangia, le palais Strozzi, le palais Pitti, San Lorenzo, Santa Maria Novella, puissent habiter des demeures si réduites : petites portes, petites fenêtres, mais le tout est dessiné avec une telle harmonie, un sens si précis de la taille, ou pour mieux dire de la nature humaine, qu'une fois à l'intérieur, bien qu'en levant la main on touche le plafond, ces maisons te paraissent plus grandes que le palais Pitti. Non parce que les Toscans sont de petite taille, appartiennent à une race de nains (ils sont même, avec les gens du Frioul, les hommes les plus grands d'Italie), mais parce que l'homme, si on le regarde de près (et c'est ainsi que les Toscans le regardent) est un animal de petite taille qui, pour se sentir homme, a besoin de vivre au milieu d'objets faits à sa mesure.

Ceci est valable non seulement pour l'architecture, mais pour l'ensemble de l'art toscan, à commencer par la littérature : elle est faite comme les demeures dont je viens de parler ; qui du dehors semblent des maisonnettes pour enfants, mais une fois entré, on se trouve au large, et on s'aperçoit, en examinant l'ossature, les proportions internes, que c'est une littérature écrite sans gaspillage, mais avec un soin si attentif et minutieux, un tel sens des proportions que même les plus minimes détails ont l'apparence du grandiose, et que la voûte la plus humble semble un arc de triomphe. Il suffit pour s'en rendre compte de se mêler au menu peuple de Franco Sacchetti et aux gentils hommes de Dino Compagni (et quand je dis « gentils » !) ; on se promène dans les rues en compagnie de ces Florentins facétieux et prompts de geste, Pisans, Siennois, Arétins, Lucquois, pour ne pas parler des habitants de Prato, Pistoie, Empoli, San Miniato, Fucecchio, Pontedera ; on entre dans les maisons, on s'assied dans les auberges, on s'en va à une foire ou à un marché, on frappe à la porte d'un couvent de frères, on s'arrête à un coin de rue pour assister à une belle sédition ou à un bel assassinat, on suit une procession ou un convoi funèbre.

(Et Boccace ? diront certains. Les Toscans de Boccace, sous leurs riches habits de marchands et de prélats, sont ceux aussi des gens du peuple, quoique engraissés, et sous leur langage pompeux à la latine, les longues phrases cicéroniennes à rallonge, on entend le parler populaire de Calimala et de San Frediano. Après tout, tant pis pour Boccace, demi-français de naissance et qui a vécu longtemps à la cour angevine de Naples, si dans le fait d'être Toscan il se fait moucher par Sacchetti qui, lui, était un vrai Toscan, de la race des maigres ; tant pis encore pour Francesco de Sanctis[1], le pauvre, qui prend le « bon Sacchetti », comme il l'appelle, pour un sous-ordre de Boccace, tient les *Nouvelles* pour une « matière première, à peine dégrossie, mais si magnifiquement organisée dans le *Décaméron* », et voudrait nous faire croire que Boccace avec son triple menton est un écrivain plus vif que le maigre Sacchetti. Ce sont là des jugements qu'on professe à Avellino, pas en Toscane.)

Ou bien il suffit d'entrer dans la *Divine Comédie* par cette porte étroite et basse où Dante est passé, de se mettre à parcourir et à mesurer l'*Enfer*, de cercle en cercle : le grandiose y est de proportions réduites, le sublime d'aspect ordinaire, et tous, damnés et diables, conservent des proportions humaines qui sont les vraies proportions de l'Enfer. Qu'on pense un peu à ce que serait l'Enfer de la *Divine Comédie* si, plutôt qu'un Toscan, un Napolitain, un Romain ou un Lombard l'avait édifié. Qu'on pense à un Enfer du chevalier Marino[2], du Bernin, de Berromini : un Enfer de style baroque !

Que de voûtes, d'arches, de colonnes, que de groins, cuisses, bras, mains et gueules ! Et les hurlements, bousculades, sentences, pleurs, gestes, attitudes, poses ! Et les chlamydes, toges, cuirasses, musculatures et queues ! Et les blasphèmes ! Tout est plus grand que le vrai, tout est à la mesure de géants gonflés d'orgueil et non de pauvres pécheurs. Qu'on n'oublie pas non plus les bruits, vacarmes, grondements, tintamarres et clameurs. Qu'on pense à ce que serait devenue, dans la bouche d'un diable qui n'aurait pas

1. Patriote, critique littéraire que Cavour nomma ministre de l'Instruction publique (1818-1883).

2. Connu en France sous le nom de Cavalier Marin. Son style précieux a donné naissance au terme marinisme.

été toscan (et je suis poli en parlant de la bouche) la trompette du bon diable dantesque. Un rugissement, un roulement de tonnerre, un vent de tempête, tout autre chose qu'un coup de trompette[1].

Arrêtons-nous ici, en Enfer. Je veux dire que j'abandonne la montée vers le Purgatoire et le Paradis, car je m'essouffle à gravir les marches. Mais tout Dante est déjà là, en ce sens très toscan de la mesure, que seuls les Grecs ont eu avant eux et, après eux, les Français. Tout entiers, ils résident en cette vertu : voir les choses les plus grandes en petit (faire du Paradis un coin de Toscane), les réduire à la mesure de l'homme, non certes en émondant les feuillages touffus, mais en les faisant vivre dans une perspective humaine, celle-là même qui est particulière aux Toscans et par la grâce de laquelle on ne sait plus ce qui est le plus grand : « mon beau San Giovanni » ou Saint-Pierre de Rome, la petite église Santa Maria della Spina à Pise ou le Dôme de Milan, le pont de Sainte-Trinité ou le pont de Brooklyn, la tour du Mangia ou la tour Eiffel, la loggia Del Bigallo ou Notre-Dame de Paris. Dans une telle perspective, la moindre nouvelle de Franco Sacchetti semble démesurée, comparée à un roman de Victor Hugo et la même simplicité chez Manzoni semble être celle du chevalier Marino comparée à celle de Firenzuola[2].

Il a fallu rien moins que Michel-Ange lui-même, non le Florentin mais le Romain, avec sa manie de grandeur et son goût, tout catholique, du rond et du disproportionné, pour trahir la Toscane en créant des œuvres non à la mesure de l'homme, mais à la mesure de Dieu. Artiste exceptionnel, et Toscan, lorsqu'il parlait florentin, mais non lorsqu'il parlait romain. Lorsqu'il parlait grec et non latin. Lorsqu'il sculptait des hommes qui pouvaient franchir des portes, et non des entrées monumentales. Lorsqu'il faisait des toits, non des coupoles. Lorsqu'il peignait le Christ avec des bras et des

1. Allusion aux démons de Dante qui, comme dirait Rabelais, barytonnent non de la bouche, mais du cul.

2. Lettré florentin. Auteur du *Discours des Animaux*, de la *Beauté des Femmes*, etc. (1493-1545). Voir aussi p. 171.

jambes d'homme, non des cuisses de bœuf. Lorsqu'il sculptait le Jour et la Nuit, non lorsqu'il peignait les comices de la Sixtine.

Grand, certes, autant qu'il vous plaira, mais spécialement quand il l'était à la manière des Toscans, sur un mode discret et serein. À qui me cite Michel-Ange, je réponds Donatello. Ce qui revient à répondre Cino da Pistoia[1] à qui vous cite d'Annunzio, ou à opposer un seul vers de Lapo Gianni[2] à toutes les descriptions emphatiques des nuits florentines dont les littératures italienne et étrangère sont bourrées jusqu'au plafond :

Le mura di Firenze inargentate...
Les murs de Florence argentés...

Et tout à coup, au sommet de la *Divine Comédie*, à la cime de ce Paradis qui ressemble à un coin de Toscane (avec les cyprès, les rangées de ceps, la silhouette changeante des oliviers sur les collines, les saints qui vont au ruisseau, comme les moinillons à Galceti, avec cette lumière qui pleut on ne sait d'où, entre le vert, le bleu et l'argent, parcourue d'infimes veines d'or, avec cette musique céleste qui n'est autre que le chant des cigales dans l'éternel été du Paradis) voici qu'on remarque la présence cachée de quelqu'un qui vous observe de derrière une meule, une haie, un cyprès. N'y prends pas garde : ce n'est que le régisseur, je veux dire le Souverain Régisseur. Passe sans te retourner, mine de rien. Les Toscans ont l'habitude de ne jamais saluer personne les premiers, même au Paradis. Et cela Dieu le sait. Tu verras qu'il te saluera, lui, le premier.

1. Juriste et poète, grand ami de Dante (1270-1337).
2. Autre poète se rattachant au mouvement du *dolce stil nuovo*.

IV

En enfer, les Toscans vont pisser.

Mais si les saints d'Ombrie, contrairement à ce qui arrive aux saints de Toscane, ont la vie difficile, la cause n'en est pas tant que les Pérugins, et les Ombriens en général, sont de beaucoup plus exigeants, querelleurs et bizarres, et c'est tout dire, que les Florentins eux-mêmes ; c'est qu'ils veulent des miracles sur commande, sur mesure, avec le poivre sous la queue. Car en Ombrie les miracles ne sont pas gratuits comme en Toscane, où ils laissent indifférent, mais sont polémiques, visent toujours quelqu'un ou quelque chose et tirent souvent leur raison d'être de la politique.

De même qu'une armée, dirais-je, a besoin d'artillerie pour faire la guerre, de même les Ombriens ont besoin des saints (qui sont pour eux ce que l'artillerie est pour une armée) afin de lancer des miracles, comme des boulets de canon, dans le camp ennemi. Et ce camp ennemi est pour les Ombriens, Dieu leur pardonne, le camp de l'Église. Non qu'ils soient hérétiques, mais, ayant vécu de nombreux siècles sous le gouvernement de l'Église, ils se méfient des soutanes et de ce qu'il y a dessous :

Sotto sottana
Campa campana,

Sous la soutane
La Cloche vivote,

dit un antique proverbe de Gubbio, dont on ne sait trop ce qu'il veut dire, mais il doit signifier quelque chose. Ainsi les saints de Pérouse, Gubbio, Foligno, Todi, Spoleto, Assise ne cessent d'être en guerre contre l'Église ; ils ont toujours l'allure de capitaines de milices, non d'humbles serviteurs de Dieu, ils semblent issus de Braccio da Montone[1], non de saint Louis de Gonzague et l'odeur qu'ils dégagent est plus de poudre que de sainteté.

Ils se forcent à tenir les yeux baissés ou, comme saint François, à parler aux oiseaux : mais à les bien regarder, ils ont tous l'aspect d'agitateurs. Ils ne font pas un pas sans traîner après eux un peuple armé de bâtons (saint François lui-même s'était entouré d'une garde de frères, par méfiance à l'égard du pape et de ses sbires à bas violets), peuple prompt non seulement à les défendre dans le cas où la nécessité s'imposait de mettre le feu à la mèche, mais aussi à leur caresser les épaules s'ils ne visaient pas juste. C'est toujours un très beau spectacle que de voir les miracles, comme des boulets de canon, traverser l'air en sifflant pour aller éclater au beau milieu du camp ennemi.

Prenons-y garde, ce n'est pas là un comportement de Turc – car ils sont tout sauf des Turcs – mais de Toscan, même d'habitant de Prato, car ils sont tous de Prato : je n'oublierai jamais que le cardinal Julien de Médicis, quand l'artillerie espagnole de Cardona[2] tirait à boulets rouges contre les murs de Prato défendus par les dos des Pratéiens (je devrais dire les poitrines, mais je dis les dos, parce qu'il est plus difficile, plus dangereux et plus digne de gloire de défendre la patrie en présentant le dos plutôt que toujours la poitrine), je n'oublierai jamais donc qu'il était au septième ciel. Quoi d'étonnant dès lors si moi aussi je me sens au septième ciel à voir sauter en l'air les soutanes et les chapes dans le camp ennemi,

1. Condottiere au service de Florence, du pape Jean XXIII, de Bologne (1365-1424).
2. Condottiere espagnol qui guerroya en Italie pour les papes et pour les Florentins.

chaque fois qu'un saint ombrien tire l'obus d'un miracle ? Tout le monde gagne à sa manière l'indulgence plénière et la rémission des péchés : ma méthode est celle que je viens de décrire, méthode toscane, pour ne pas dire pratéenne.

Cependant, entre deux obus, même les saints d'Ombrie se la coulent assez douce. On les voit se promener d'un village à l'autre, suivis par une bande de gens et menant une vie de vagabonds : ils jouent sur les chemins de campagne à rouler des fromages ronds, s'asseyent dans les auberges à boire le petit vin blanc, chantent, et discutent de semences et de récoltes, de décuvage et de politique, content des histoires salées sur les prêtres, les nonnes, les abbés, et comment le pape Léon mourut d'une fistule à l'anus, comment le pape Clément attrapa le mal français, comment le pape Alexandre aida sa fille Lucrèce à lui donner un petit fils et comment les Pérugins, voleurs et massacreurs, fidèles du Chat et fidèles du Faucon[1], chassèrent de Pérouse l'abbé de Cluny, dit le Mommaggiore[2], et ses Français barricadés entre les murs de la Porta Sole, avec la fameuse bombarde appelée « boute-prêtre ».

On les voit se déplacer de bourg en bourg, d'auberge en auberge, d'une aire à l'autre entre les haies fleuries de sureau et d'aubépine, la tête penchée sur l'épaule et chantant comme autant de Jacopone da Todi[3] ; s'ils rencontrent un ami en chemin, ils le saluent sur le mode populaire ombrien : « Crache-moi le sang, comment vas-tu ? » Ou de ce souhait qui fait toujours très bel effet dans la bouche d'un saint – c'est presque une bénédiction : « Prends un coup de sang ! » C'est le meilleur souhait que puissent échanger entre eux les Pérugins, et les Ombriens en général : lesquels sont tous un peu fous, pleins de fantaisie et d'accès d'humeur ; ils portent des noms très beaux et rares d'antiques héros de la Grèce et de Rome qui leur vont beaucoup mieux que le nom d'Épaminondas à l'authentique Épaminondas.

1. Animaux héraldiques.
2. Pour *Monsignore maggiore* : Monseigneur majeur.
3. Poète toscan mystique (1230-1306).

Si tu ne me crois pas, va te planter sur la place de Bevagna. D'une porte à l'autre, d'une fenêtre à l'autre, du fourneau à la fontaine, du lavoir à la cuisine, de l'écurie au moulin à huile, tu entendras Thémistocle appeler Cassandre, Électre Agamemnon, Hécube Astyanax et Tirésias Antigone. Un jour que je me rendais à Bevagna avec le docteur Mattoli, médecin de Giolitti, et avec Ciro Trabalza, lequel était de Bevagna et s'appelait naturellement Cyrus (Ciro), nous trouvâmes tout le village en rumeur parce qu'on avait arrêté Anaxagore pour un vol de poulets. Quand je traversai la place, cet Anaxagore, menottes aux poings au milieu des carabiniers, saluait parents et amis en les appelant par leur nom : « Eh ! Coriolan ! eh ! Aristote ! eh ! Sophocle ! » Une femme s'approcha de lui et lui mit une fiasque de vin sous le bras. C'était la femme d'Anaxagore ; elle s'appelait Clytemnestre.

Si tu ne me crois pas encore, va-t'en à San Mariano, à deux pas de Pérouse, sur la route du lac Trasimène ; frappe aux portes des paysans et, s'ils t'ouvrent, demande-leur comment ils s'appellent. Tu apprendras ainsi les noms les plus étranges et les plus fiers du monde : Strozzacapone (coupe-chapon), Schioppaculo (tire-dans-le-cul), Ficamagna (gros-con), Picciafoco (pique-feu), Umbellicone (gros nombril), Billamolla (couille-molle), Piglianuvole (attrape-nuages), Piscione (gros-pisseur), pour ne rien dire des autres. Là aussi, comme à Bevagna et dans toute cette partie de l'Ombrie qui regarde l'Occident, les noms font pressentir la proximité de la Toscane, qui sur les noms ne plaisante pas. Ceci pour la raison donnée plus haut que les Toscans ne sont ni meilleurs ni pires que les autres, mais différents, et c'est pourquoi ils n'ont pas torts de ne pas vouloir s'appeler comme les autres chrétiens. Quand je dis « chrétien », c'est manière de parler.

Mais ce n'est pas seulement vivants, mais aussi morts que les Ombriens sont riches de merveilleux caprices et d'heureuses folies. Un seul exemple suffirait, celui de ce saint Ercolano, défenseur de Pérouse contre l'assaut de Totila et de ses Goths, qui voulut être enseveli avec un bébé de quelques mois, et l'on ne voit vraiment pas ce qu'il pensait en faire dans l'autre monde : peut-être s'en nourrir, chemin faisant. Avec ses chairs dorées, le petit mort ressemble à une belle baguette de pain croquant, à peine sorti du four. Et bien qu'à première vue la chose paraisse atroce, sacrilège, c'est la pensée la plus chrétienne et la plus respectueuse qui puisse venir à l'esprit : à quoi d'autre ce petit pantin emmailloté pouvait-il être utile ? Je n'ai jamais entendu dire que les saints, même en Ombrie, fussent capables d'allaiter les enfants.

Si l'on observe ensuite avec quel soin les Pérugins, dans les fresques de Bonfigli qui sont à la Chapelle des Prieurs, enterrent leur saint Ercolano à côté de ce petit mort, on se prend à songer que la chose était une antique coutume ombrienne, héritée des Étrusques, que non seulement le saint, mais le simple particulier pouvait s'offrir : on se faisait enterrer en compagnie, qui d'une belle fille, qui d'une jeune épouse rondelette, au sein orgueilleux, afin de dormir du sommeil éternel, la tête appuyée contre un bel oreiller de chair.

Et il s'en trouve encore qui croient que les Ombriens sont un peuple mystique ! On parle de l'Ombrie mystique ! On vous peint les Ombriens, qui ont les yeux si allumés et la bouche si avide, à l'image de pâles larves humaines errant parmi les oliviers, le cou tordu, l'œil vide, les mains transparentes voletant dans l'air autour d'un visage auréolé de soleil, comme les icônes le sont d'or ! Alors qu'il n'y a pas au monde de peuple plus pétri de chair et d'os, plus attaché à la terre et aux choses terrestres et qui méprise davantage le mysticisme ; sinon peut-être les Florentins qui, parlant d'un mystique, usent du mot composé « mischero » pour le désigner[1].

Ah ! la chance de nous autres Toscans que d'avoir pour voisin de maison un peuple comme le peuple ombrien, qui nous aime, nous comprend, n'éprouve ni méfiance ni envie à l'égard de notre intelligence et nous défend à visage découvert quand on dit du mal de nous ! Si les Ombriens n'existaient pas, et spécialement les Pérugins, nous serions un ramassis de pauvres gens, des enfants

1. *Mistico* + *bischero* = mystique + bitte = Mysbitte.

de personne : nous nous sentirions seuls sur la terre avec la peste à nos trousses. Car si parmi les peuples italiens qui nous haïssent et sont jaloux de nous ne se trouvaient pas les Ombriens à nous vouloir du bien, nous serions vraiment les orphelins de l'Italie.

Quant à savoir pour quelle raison ils nous aiment, nous estiment, nous défendent contre la haine et la médisance, personne ne peut le dire. Peut-être parce que nous leur épargnons la sensation d'être les seuls fous de la terre ; peut-être aussi, parce que, soumis comme ils étaient au gouvernement des prêtres, ils doivent à l'appui de la Toscane d'être restés des hommes libres ; une Toscane qui, sur le sujet des prêtres, n'a jamais rien voulu savoir, bien qu'infiniment dévote. Entendons-nous : non que les prêtres, tout au moins en Toscane, ne soient pas de bonnes gens, mais parce que les prêtres ne savent pas ce que les hommes sont en réalité et s'imaginent qu'être chrétien se distingue de la qualité d'être homme.

Un tel discours sur les prêtres a toujours présenté quelque difficulté en Italie, aujourd'hui surtout que les prêtres relèvent la tête et auraient vite la prétention de nous enseigner que les chrétiens ne sont pas des hommes, ni les hommes des chrétiens : ce qui sera vrai dans le reste de l'Italie, mais jamais en Toscane où plus le chrétien est homme, plus il est chrétien. Pour éviter tout malentendu et le reproche qu'on pourrait leur faire de bouffer du curé, je m'empresse d'ajouter qu'il faut entendre par prêtres les vieilles perruques réactionnaires, tord-cous, radoteurs, sournois, bref, tous ceux qui soignent leur intérêt en s'aidant de la peur de l'enfer.

Comme si, en Toscane, on avait peur de l'enfer ! Non qu'on ignore qu'il existe, mais en enfer, il n'y a que celui qui veut y aller ou celui qui y est expédié qui y va. (En enfer, les Toscans vont pisser.) Donc, lorsqu'on dit chez nous gouvernement des prêtres, il faut entendre gouvernement des vieilles perruques, radoteurs, tartufes et sournois. La chose vaut aussi pour Pérouse et pour l'Ombrie entière. Si quelqu'un vient vous dire que les Toscans et les Ombriens, Florentins et Pérugins en particulier, sont ennemis des prêtres pour la seule raison qu'ils ne peuvent les voir, c'est là une calomnie : il n'y a pas de pays au monde, à l'exception de l'Ombrie et de la Toscane, où citoyens et prêtres se regardent de travers avec plus de bonne grâce, de sourires, de petites bises en public, exactement comme la grue et le loup font à Pérouse, dans le cartouche de la Fontaine Majeure.

Ils s'aiment donc, même s'ils ne peuvent se voir ; ils s'aimeraient davantage si les Toscans et les Ombriens ne mettaient pas une pointe de provocation dans leur dévotion et ne s'entêtaient pas à croire qu'être homme et chrétien est une seule et même chose, que la vie éternelle est, sans doute possible, une fort belle vie, mais pour autant on ne jettera pas la vie terrestre aux ordures ; ils s'aimeraient surtout si, à l'inverse des autres Italiens qui croient que foi et liberté se combattent et qui, pour cette raison, renoncent à la liberté dans l'espoir de sauver leur âme, ils ne pensaient pas qu'un homme ne peut sauver son âme qu'à condition d'être libre, qu'esclavage et Paradis ne vont pas ensemble et que mieux vaut un homme libre en enfer qu'un pauvre esclave en Paradis.

Il va de soi que les prêtres n'entendent pas ces choses comme nous les entendons : ils nous promettent flammes et douleur éternelle. Qu'à cela ne tienne : nous abandonnons le Paradis à tous les autres Italiens, Lombards et Piémontais, Siciliens et Napolitains, qui aspirent à y entrer de la même manière qu'ils désirent être pensionnés, et nous nous contentons de vivre en hommes libres, c'est-à-dire en chrétiens. Pour ce qui touche ensuite l'enfer, nous ne nous y rendrons que si cela nous convient. Il n'est pas encore né l'homme capable d'expédier un Toscan en enfer, si le Toscan n'a pas envie d'y aller.

Telle est la vraie raison pour laquelle les Toscans préfèrent les saints aux saintes : c'est parce que ceux-ci, bien que saints, restent des hommes, des hommes libres, tandis que celles-là ne sont plus des femmes, mais des saintes. Il me déplaît d'avoir à dire certaines choses quand je pense à Santa Fina, la sainte fillette de San Gimignano, car il n'y a point de sainte plus douce, plus gentille, plus innocente qu'elle, ni plus chère à nos cœurs.

Elle avait dix ans quand elle s'étendit sur une table raboteuse, dans sa petite chambre qui ressemble à une grotte, pour y faire pénitence ; et elle n'en bougea plus ; restant cinq ans allongée sur ce lit très dur, jusqu'à sa quinzième année, moment où elle mourut. Elle mourut exactement ainsi que l'a peinte Benozzo Gozzoli, tout doucement, comme une enfant malade. D'une manière combien différente des saints florentins, pisans, arétins, livournais, qui meurent les dents serrées, le poing fermé, durs et irrités, les tendons du cou apparents, sous l'effet de la rage, comme les cordes sur le métier des cordiers ; et ils te regardent de leurs énormes yeux fous, comme s'ils voulaient t'expédier en enfer à leur place.

Si j'étais siennois, et particulièrement de San Gimignano, je ne sais si je pourrais marquer de la dévotion à Santa Fina, une fillette restée étendue sur une table pendant presque toute sa vie. Sa pénitence m'émeut, je dirais même qu'elle m'attriste, mais elle ne me rend pas plus chrétien que je ne le suis déjà, elle ne me pousse pas à lutter pour arracher le Christ de la croix où il fut cloué, c'est-à-dire à accomplir la seule chose qu'un chrétien doit faire s'il est vraiment un homme. Et ce que je dis de sa pénitence, je voudrais le dire aussi de ses miracles, qui sont trop gentils, aimables, bien élevés pour plaire à un Toscan : car ce sont de ces miracles que les saintes font comme les poules pondent des œufs. Les miracles que nous aimons, nous, sont ceux que les saints font d'un air dur, sans regarder personne en face, entrant dans la mêlée des choses réelles comme pour se bagarrer avec le démon, ou comme Jacob fit avec l'Ange.

Si je devais, à défaut de mieux, me contenter d'une sainte, je ne choisirais pas Santa Fina, mais sainte Catherine de Sienne, pour son goût sadique des larmes et des blessures, pour sa cruauté toute moderne, pour l'instinct morbide qui l'incitait à tremper ses mains dans le sang des condamnés, à recueillir en son giron la tête détachée du tronc par la hache, pour cette lumière qui la transfigurait quand elle s'en revenait chez elle toute barbouillée de sang, l'odeur du sang dans les narines, les habits, les cheveux, le sang du supplicié sur ses mains blanches, le sang du Christ coagulé sur ses mains blanches. J'aime en sainte Catherine cette sympathie atroce, exaltée pour les criminels, les assassins, les parricides, cette passion trouble pour les délits les plus barbares. Le sang des scélérats, les pendus oscillants, le condamné à la hache agenouillé devant le billot, le cri et le supplice des écartelés, tout cela l'appelait comme la voix du mâle appelle la femelle en chaleur.

Elle arrivait de sa démarche rapide et légère, absente d'elle-même, vacillant sur ses pieds fragiles, ses genoux mal affermis, les yeux mi-clos, les lèvres tremblantes d'un sourire avide, les mains non jointes sur la poitrine, mais tendues en avant, mains si petites, si blanches, si transparentes. Elle marchait par les rues étroites, entre les hauts murs de pierre, vers l'échafaud, pâle, souriante, et le bourreau tournait la tête, l'entendant venir de loin, avant même que ses yeux la découvrent ; il l'appelait par son nom, et Catherine s'avançait, presque en courant, le sein soulevé par la course, par la crainte et tout à la fois le désir d'arriver trop tard : ainsi qu'il apparaît dans ses terribles lettres, pleines du cynisme anxieux de Stavroguine, de l'exaltation amoureuse de Mathilde de la Mole (sainte Catherine qui écoute à genoux la confession de Stavroguine, sainte Catherine qui serre entre ses bras, dans la voiture fermée, la tête ensanglantée de Julien Sorel soustraite au lieu d'exécution, sainte Catherine baisant les lèvres livides de Stavroguine, baisant les lèvres exsangues de Julien Sorel). On trouve en certaines de ses lettres la même irréelle attente que chez Kafka, les mêmes paysages blêmes, la même angoisse, la même peur, le même amour de la peur.

L'aiguillon qui la fait mouvoir n'est pas la pitié à l'égard des innocents, mais l'amour des assassins. Le plus pur, le plus mystérieux, le plus chrétien des amours. Les innocents appartiennent au Christ : ils sont déjà Ses Enfants. Catherine n'aurait su, ne savait que faire d'eux. Excepté le Christ, personne ne peut sauver un innocent. Les innocents sont le peuple le plus désarmé et le plus guerrier du monde, que personne ne peut vaincre, le Christ excepté. Leur sang n'a pas de saveur, pas de couleur ; il est froid et transparent comme l'eau. Le sang des innocents n'exhale pas la même odeur âcre et forte que le sang des endurcis, des scélérats.

Catherine courait vers l'échafaud où l'assassin pliait déjà le genou, offrait sa nuque au tranchant de la hache, déjà tournait la tête (percevant le léger glissement des pieds nus) pour regarder venir à lui cette dernière amante, cette épouse ignorée à ce dernier rendez-vous d'amour. Elle courait en enjambant d'un pied léger les victimes sanguinolentes, sans se soucier du sang qui baignait le pavé de la rue. Que lui importaient les larmes des innocents, leur cri d'invocation, leur lamentation ? Elle courait vers l'assassin, son sang, vers l'éclat jaune de l'œil de l'assassin. Elle attrapait par les cheveux ou par le poil de la barbe la tête du supplicié, la tirant à elle, afin que dans l'éclair et le sifflement de la hache, la tête lui tombe dans le giron, vive fontaine de sang, et l'inonde du sang du Christ. Cette tête encore vivante. Ces paupières tremblantes sur les yeux encore vivants. Cette bouche qui crachait le sang, et la langue rouge, gonflée, lui léchait les mains dans les derniers spasmes.

Allez donc vous fier aux Siennois, même quand ils sont des saints. Allez vous fier aux saintes de Sienne. À la grâce, à la douceur, à la gentillesse des Siennois. Et je ne dis pas cela comme un reproche à ce peuple, mais en manière d'avertissement à tous les Italiens qui condamnent les Florentins, les Pisans, les Lucquois, les Arétins et n'épargnent parmi tous les Toscans, quand ils ne peuvent faire autrement, que les habitants de Sienne, les seuls, à les entendre, qui soient gentils, doux, paisibles, esclaves. Allez vous fier, dis-je, à la gentillesse des Siennois. Lesquels sont Toscans eux aussi, possèdent eux aussi un grand-père étrusque dans la famille, et, s'ils sont gentils, c'est par prudence, non par douceur de cœur, plante que, par chance, les vers dévorent en Toscane avant qu'elle ait pu croître. Car ils savent qu'être Toscan à la mode des Florentins, des Pisans, des Lucquois, des Arétins, ne rapporte rien dans une Italie comme la nôtre, qui se fie davantage au masque qu'au visage et de ce fait tient les Toscans en haine, parce qu'ils sont des pieds à la tête un seul visage découvert.

Entendons-nous bien : les Siennois aussi ne sont qu'un seul visage, sous le masque. Un masque qu'on dirait peint par Duccio, le Duccio de la Madone Ruccellai, de la Madone de Crevole et de la Maestà. Sous la peau de magnolia, qui a la transparence et la luminosité de la porcelaine, au fond des yeux sereins d'eau claire, on devine l'esprit cruel qui est le propre des Toscans, ce très cruel esprit qu'on retrouve non seulement chez Cecco Angiolieri[1], mais chez tous les Siennois ; et tandis qu'il est amer et fou chez Cecco, il est doux et malin chez tous les autres, particulièrement chez les femmes qui, à les voir, ressemblent aux anges de Duccio, de Segna di Bonaventura, d'Uglonio di Nerio, de Meo de Sienne, du Maître de Badia à Isola : de même que ces anges, elles ont toutes quelque chose de courroucé dans le visage, une ombre sévère, presque de colère, entre le nez et la bouche, au centre des yeux tristes. Des anges de Duccio, elles ont encore la manière de marcher, de tourner la tête, de mouvoir les mains, d'abaisser le regard par pudeur. Elles sont si pudiques qu'elles ont l'air de se promener dans les rues de Sienne avec une feuille de figuier à la main[2].

Elles respirent à tel point la courtoisie, la modestie, l'innocence angélique que la soldatesque espagnole pensa se rompre les cordes du cou à force de rire (et pareillement, j'ai déplaisir à le dire, les hommes de toute l'Italie, si fiers d'être des mâles, pensèrent crever de rire) le jour où Montluc, réduit aux dernières extrémités, appela les femmes siennoises à la défense de Sienne et de Montalcino, derniers remparts de la liberté toscane et italienne[3]. Je ne sais si, en tant qu'homme, je dois rougir de honte ou pâlir d'émotion à l'idée que ce sont justement les gentilles dames de Sienne qui défendirent jusqu'à la mort la liberté de la Toscane et de l'Italie, une liberté qui est de sexe masculin ; ceci avec un courage, une grâce dont Montluc lui-même, français de nationalité et, partant, bon connaisseur et amoureux de la grâce féminine, resta ébahi et du même coup frappé de terreur. Car il n'existe aucune femme au monde qui égale la femme siennoise en l'art de tuer avec grâce.

1. Poète populaire siennois du XIIIe siècle.
2. Emblème de la virginité.
3. En 1555.

Elles ne tuaient pas brutalement, mais d'une main légère et caressante. Le coup porté, elles se penchaient avec pitié sur le blessé (il me semble les voir, avec leurs yeux, leurs regards amoureux, leurs lèvres roses, leurs sourires angéliques, leurs seins de lis blancs débordant le sommet de la cuirasse, leurs boucles de cheveux blonds s'échappant du casque de fer) ; elles levaient la visière, tâtaient la gorge palpitante et très lentement, délicatement, d'une lame effilée, tranchaient la grosse veine du cou. Ce devait être un plaisir, pour ces rustres d'Espagnols, que de se faire égorger par des mains si aimables.

Le bruit de tels meurtres, la renommée de tant de grâce féminine couvrirent la France et l'Espagne. Certes, il n'y avait point de femmes au monde plus hardies et plus courtoises que les femmes de Sienne. Les Lombardes, les Siciliennes, les Allemandes, les Flamandes, les Hongroises, même les Françaises et les Espagnoles, étaient sur le champ de bataille des furies déchaînées : manches retroussées, les bras souillés de sang jusqu'au coude, échevelées, suantes, ébouriffées, elles tuaient avec férocité, sans égards, avec des mots grossiers, hurlant et blasphémant, plus semblables à des reîtres qu'à des femmes. Face à ces amazones brutales et impitoyables, les femmes siennoises étaient des Angéliques et des Armides, qui, pleines de componction et de charme, tuaient avec cette gentillesse qui est à Sienne le patrimoine commun des femmes et des hommes, – des femmes surtout, cela va de soi.

Allez maintenant vous fier à la gentillesse des Siennois. Eux aussi sont des Toscans qui, comme tous les Toscans, font les choses avec tact, avec cette civilité de manières et de sentiments que réclame par-dessus tout l'action de tuer. Il n'y a qu'en Toscane, en effet, que le meurtre est une action civile qu'il faut accomplir avec gentillesse et urbanité : tandis qu'auprès des autres peuples italiens, un homme qui tue un autre homme est considéré comme un assassin, en Toscane, et surtout à Florence, on le considère comme un gentilhomme, et il viendrait à l'esprit de personne de l'appeler assassin. Parce qu'en Toscane, lorsqu'on tue (ce qui arrive très rarement, et seulement dans le cas où quelqu'un veut à toute force se faire tuer), on ne tue jamais, comme ailleurs, par intérêt, par passion ou mauvais instinct, mais par un très haut sens de la civilité : à savoir pour la bonne raison qu'un Toscan ne viole jamais la règle suprême de la civilité, qui est le respect de la vie humaine ou, pour mieux dire, des hommes vivants.

Et c'est ainsi qu'en un homme tué les Toscans ne voient qu'un homme mort : ils tiennent celui qui a tué pour plus respectable que le mort, justement parce qu'il est vivant.

V

Moi, je suis de Prato
Je veux être respecté
Pose ta pierre, compris.
(Ancien dicton du peuple de Prato.)

Je pousse la porte : c'est Pâques. J'entre dans la boucherie : c'est Pâques à San Gimignano. Pâques par la tête de taureau posée sur l'appui de la fenêtre, le bœuf dépecé suspendu aux crochets, l'agneau égorgé étendu sur l'étagère de marbre. Cette odeur de sang, de viande rouge, c'est Pâques. Et Pâques encore cette touffe de « violettes de Santa Fina », là-haut, au sommet de la tour.

De la fenêtre de la boucherie, on découvre les tours rouges et lumineuses dans le matin, les toits de corail ancien, les oliviers qui s'élèvent des collines comme une légère brume argentée, les champs, les vignes, les bosquets dorés de Montagnola, là-bas, vers Volterra, le ciel au-dessus du Val d'Elsa, couleur de feuilles potagères (et les choux noirs dans les jardins, frisés comme le poil noir sur le front du taureau). La tête du taureau plane sur ce paysage, en équilibre sur l'appui bleu de pierre grise[1], contre la transparence à peine verte du blé, sous les nuages blancs. L'œil

1. Sorte de calcédoine qu'on ne rencontre qu'en Toscane.

mort me regarde férocement, avec une haine presque humaine. Et pourtant je connais cet œil.

Je fais quelques pas dans la boutique, touche les coutelas, l'affiloir, les maillets, les hachettes, le couperet. La souche de bois sur laquelle le couperet brise et fait éclater les os est toute taraudée comme une ruche, une ruche pleine de sang noir et de suif blanc. Je tourne le dos à la fenêtre et je sens que le taureau me regarde. Cette tête de taureau, c'est Pâques. La boîte d'allumettes suédoises, à étiquette jaune, sur l'étagère de marbre, c'est Pâques. La lame d'un long couteau traverse l'étagère en biais. Le sang coagulé sur le marbre, la sciure rouge répandue par terre, c'est Pâques.

Soudain, je me souviens de cet œil, de l'homme qui le portait au front, cet œil féroce de taureau.

C'était Pâques à Coiano et je jouais avec Dario devant la grille, avec Dario Paoli qui tenait une échoppe de cordonnier dans la maison à côté de la nôtre (il y est encore, le dos rond, à Coiano, battant la semelle de vachette sur la pierre noire serrée entre ses genoux, parmi ses marteaux à tête plate, les alênes, les tranchets, les clous, les formes de bois, les gobelets de chêne pleins de poussière blanche et douce). Sur la route qui va de Prato à Vaiano passait une diligence chargée de conscrits revenant du bureau de recrutement et qui arboraient tous, glissé dans le ruban du chapeau, un morceau de papier portant écrit le numéro qu'ils avaient tiré au sort au district. Ils étaient ivres et chantaient ; la diligence allait au pas et, derrière, un jeune homme suivait, son numéro au chapeau. Il marchait courbé, très pâle, pressant son ventre à deux mains entre les doigts desquelles ses boyaux s'écoulaient. Près de la portière de la diligence, un de ses camarades était assis, penché dans sa direction, un couteau rouge à la main : il avait au milieu du front l'œil féroce du taureau. Soudain, le blessé tomba, le visage dans la poussière ; une femme poussa un cri et le premier de tous Agénor accourut, le fouet à la main, tira l'assassin à terre et, du manche du fouet, il le frappait sur le poil noir des sourcils, leurs petites cornes en quartier de lune, en plein dans l'œil noir, féroce.

Aujourd'hui encore, chaque fois que je retourne à Prato, je sens que l'œil du taureau me regarde : je ne sais d'où, mais comme s'il était partout et nulle part. Il me regarde du fond de la rue Magnolfi, de la rue de l'Oie, de la rue des Teinturiers, de la rue Firenzuola, de la Lunette de Della Robbia qui est sur la porte du Dôme, de la fenêtre de la maison de Bianca, à San Fabiano. (Elle avait le cheveu noir et brillant, la Bianca de San Fabiano, les seins imposants, l'œil profond et fixe, la bouche rouge, aux lèvres un peu gonflées.)

Pourtant, il n'y a rien de féroce ni de sanguinaire dans l'atmosphère de Prato. Parmi les cités de Toscane, Prato est toute de clarté : claire comme Pise. Et les Pratéens, à l'inverse de leur réputation, sont lisses comme les galets du Bisenzio. On ne saurait avoir réputation plus mauvaise, à en croire tout au moins les habitants d'Empoli qui, avec ceux de Pistoie, sont les ennemis naturels de Prato. Mais si Pistoie et Empoli, pour ne rien dire de Florence, parlent mal de Prato, je jure que ce n'est pas la faute du peuple pratéen et ne provient pas du fait que ce peuple est pire que les autres, – étant humainement impossible qu'un Toscan soit plus mauvais qu'un autre Toscan, – mais du fait qu'il est le plus Toscan des Toscans, si l'on entend par Toscans tous ceux qui le sont moins que les Pratéens.

Quant à moi, je suis de Prato, il me suffit d'être de Prato, et si je n'y étais pas né, je voudrais n'être jamais venu au monde tant je plains ceux qui, ouvrant l'œil à la lumière, n'aperçoivent pas autour d'eux les pâles faces des Pratéens, dédaigneuses et goguenardes, aux yeux petits, à la bouche large (mais avoir la bouche grande ne signifie pas à Prato, comme ailleurs, être un gros pot) et hors des fenêtres, au-delà des toits, la courbe affectueuse de la Retaia, le genou nu du Spazzavento, les trois bosses vertes du Monte Ferrato, les oliviers de Filettole, de Santa Lucia, des Secca, et les cyprès de la colline du Fossino, au-dessus de Coiano. Je ne dis pas cela parce que je suis pratéen et veux coucher le poil de mes compatriotes, mais parce que je pense que le seul défaut des Toscans est de n'être pas tous pratéens.

Qu'on imagine ce qu'auraient été un Dante, un Pétrarque, un Boccace, un Donatello, un Arnolfo, un Brunelleschi, un Michel-Ange si au lieu de naître çà et là, éparpillés autour de Prato, ils étaient nés à Prato ; et ce que seraient les villes de Florence, Pistoie, Pise, Lucques, Sienne, Arezzo, Livourne, si au lieu de croître disséminées, comme des faubourgs, à l'entour des murs de Prato, elles avaient été construites dans ces murs ! Tout le monde y aurait certainement gagné : l'histoire de Prato aurait été l'histoire d'Italie, tandis qu'aujourd'hui l'histoire d'Italie est l'histoire de Prato.

C'est pourquoi il ne me paraît pas juste que les Florentins et les habitants de Pistoie feignent de ne pas nous connaître, par jalousie ou par prudence, je l'ignore ; à qui les interroge sur les Pratéens, ils jouent la comédie de ne rien savoir, de n'avoir jamais entendu notre nom : « Prato ? Connais pas », et ils cherchent à détourner la conversation, parlant de la beauté de Florence, de la grandeur de Pistoie ; alors que, pour nous Pratéens, Florence n'est rien d'autre qu'un Prato placé au-delà de la Porte de Florence et que Pistoie n'existerait même pas s'il n'y avait pas à Prato une Porte de Pistoie. Il ne me paraît pas juste non plus que les habitants d'Empoli parlent mal de Prato ; car si nous n'étions pas là, nous Pratéens, à leur souffler dans le derrière, je ne sais comment ils s'y prendraient pour souffler dans leurs cannes et fabriquer leurs fiasques.

Ceux qui croient offenser les Pratéens en colportant que c'est le peuple le plus gueux de Toscane, et même d'Italie, me font bien rire. Comme si gueux était un mot malsonnant et vous traiter de gueux une injure. Un gueux est un gueux, c'est-à-dire un Toscan en état de grâce. Les Pratéens sont des gueux, quand ils le sont, non parce qu'ils travaillent dans les guenilles et vivent parmi les guenilles, au milieu de l'odeur sèche et poussiéreuse des chiffons, qui est l'odeur de Prato (ces guenilles, je m'empresse de le dire, ne sont pas pratéennes : elles pleuvent sur Prato de toute l'Italie et du monde entier), mais parce qu'ils profèrent à haute voix et sur la place publique ce que les autres Italiens taisent ou susurrent entre quatre murs, en famille, parce qu'ils parlent comme ils pensent, tandis que les autres Italiens pensent comme ils parlent, c'est-à-dire en balbutiant de l'esprit comme ils balbutient des lèvres, parce qu'ils ne craignent pas de « gueuler », même quand ils ont tort, alors que les autres Italiens ont peur de crier même lorsqu'ils ont raison, parce qu'enfin ils sont gueux mais pratéens, tandis que les autres Italiens sont gueux sans en tirer l'avantage d'être toscans et pratéens.

Que le fait d'être pratéen soit un grand avantage, et plus un mérite qu'une chance, se remarque à l'acharnement des Pratéens de vouloir rester Pratéens, quand il leur serait si facile de se faire passer pour des Florentins. (Il y en a, par bonheur, qui vont habiter Florence et se font passer pour Florentins ; mais ils sont comme les fayots qui remontent à la surface au moment de l'ébullition : ils sont véreux et l'ébullition les rejette hors de Prato comme d'une marmite. Et hors de Prato, il y a Florence. Dommage, pourtant, que Florence soit hors de Prato : cela me fait l'effet d'un chien mis à la porte.) Ainsi, les Pratéens ont toujours vécu à part, à leur manière, et n'ont jamais contracté de parenté avec les peuples voisins en dépit de tout le bien qu'ils se veulent, ce qui contredit les commérages : mais Pratéens ils sont restés, ne pouvant faire autrement. Au point que leur langage est aujourd'hui ce qu'il était dans le passé, tel que Dante l'a aimé, plus florentin que le langage florentin lui-même et en même temps très éloigné du parler de Pistoie. Non que Prato, mis à part les coups de bec, morsures et sourires jaunes, n'aimât pas Pistoie, mais parce que les habitants de Pistoie usent du *z* avec excès et disent zel et zoleil pour sel et soleil.

Comme les habitants de Pistoie sont un peuple courtois, lent, tranquille et qui, sans vouloir l'offenser, a l'air un peu endormi (contrairement aux Pratéens, qui ont l'habitude de s'éveiller avant de s'endormir, les habitants de Pistoie s'endorment avant de s'éveiller), on pourrait croire qu'ils sont du parti du Grand-Duc, même aujourd'hui qu'il n'existe plus, par leur propension à bégayer : manière de parler dont les Pratéens ont plus peur que du veilleur de nuit. Quel dommage que les habitants de Pistoie bégaient et usent du *z* avec excès. Car le reste mis à part, qui ici ne compte pas, on peut dire en toute conscience qu'ils ont tout ce qu'il faut pour être toscan, à l'exception du côté méchant, qui est le meilleur des Toscans, particulièrement des Pratéens.

Ces Pratéens sont travailleurs, trafiquants, inventeurs de métiers et ont le cœur sur la main : ils dépensent tout ce qu'ils gagnent et autant ils sont braves aussi longtemps qu'ils restent de pauvres ouvriers, autant ils sont avides et de mauvais poil aussitôt que par de bons ou de moins bons moyens leur arrive un peu d'argent et que d'ouvriers ils deviennent patrons, de tisserands fabricants d'étoffes (ce qui, certes, n'est pas le propre des Pratéens, mais de tous les peuples du monde, et il n'y a pas à en être surpris). J'ai dit qu'ils étaient inventeurs de métiers : en effet, les métiers qu'ils pratiquent, ils se les ont inventés, à commencer par celui d'être pratéen, car être pratéen est déjà un métier et non des plus faciles : pratéen veut dire homme libre et le métier d'homme libre, comme chacun sait, n'est pas des plus faciles, surtout en Italie.

De l'amour de la liberté au peu d'estime à l'égard des chefs, le pas est court et c'est pourquoi on ne s'étonnera pas que nous soyons, nous autres de Prato, un peuple sans maîtres, ennemi de toute autorité, plein de mépris pour les titres et la suffisance, au point même qu'à Prato les coqs naissent sans crête, par prudence. Où est la ville au monde, à l'exception de Prato, où celui qui commande, enseigne ou monte en chaire, qui se tient sur son quant-à-soi, parle en gonflant les bajoues, se donne l'apparence d'être un envoyé de Dieu, prêche à large bec et à fesses étalées, bref, qui chante sans pondre l'œuf, où est la ville, je vous le demande, où ce personnage soit traité plus mal qu'un peaussier de Santa Croce sur l'Arno et où l'on ne marque de respect ni pour les choses sacrées, ni pour les choses qui touchent au profane, encore plus sacrées aux yeux des Pratéens ?

Colériques, hargneux, prompts à la rixe, les Pratéens n'en sont pas moins de bons travailleurs, bien qu'ils se refusent à suer pour autrui, mais encore de bons soldats, bien qu'ils aillent à la guerre sans bandeau sur les yeux et qu'ils n'entendent mourir pour rien qui ne comportât pas également quelque espoir de gain. Mourir est une chose, y perdre en est une autre. Il me semble qu'ils n'ont pas tort. Car, de même qu'ils tiennent pour une grosse couillonnade de travailler pour autrui, si bien que chacun s'efforce de travailler pour soi, de même mourir à la guerre leur paraît être encore une plus grosse couillonnade : tant il est vrai que mourir à la guerre est un labeur altruiste et pis encore une manière de procurer des millions à ceux qui restent à la maison à exploiter le travail et la mort des autres. Au point que bien des gens, qui ne sont pas toscans, qui s'engraissent de rhétorique et vont prêchant que la meilleure façon d'aimer en Italie, c'est de travailler pour les autres et de mourir pour enrichir autrui, en sont à se demander si les Pratéens, étant admis qu'ils sont pratéens, sont aussi des Italiens. Il me semble que oui, tout au moins pour autant qu'il existe deux Italies, l'une qui travaille et meurt, l'autre qui regarde travailler et mourir.

Qu'on ne vienne pas me raconter que les Pratéens non seulement font des affaires, mais savent les faire, comme si l'habileté en affaires était un délit. Perdre son temps à travailler et à faire des affaires n'est certes pas un destin héroïque. Mais si dans notre histoire entière nous autres de Prato n'avons jamais remporté une victoire (cela n'est d'ailleurs pas très difficile : simple question d'argent. Nous n'avons pas gagné de bataille parce que nous n'étions pas assez naïfs pour payer, comme le faisaient les autres cités italiennes, une bande de mercenaires qui l'eussent perdue pour notre compte), nous avons cependant fait beaucoup plus que remporter une victoire pour la civilisation et l'Italie. Jouer au héros avec la peau des autres, tout le monde en est capable. Mais si nous n'avions pas inventé la lettre de change et le chèque bancaire (et il s'en est fallu d'un cheveu que nous n'inventions aussi le chèque sans provision), le commerce en Europe serait mort à sa naissance et l'Italie, pour ne pas dire Florence, ne serait pas devenue la première puissance bancaire du monde.

La vérité est que les Pratéens sont dégourdis en affaires en même temps qu'avisés, hardis en même temps que tatillons et plus attentifs à l'ingénuité d'autrui qu'à leur propre profit : je veux dire qu'ils ont toujours peur que les autres, en faisant des affaires avec eux, y laissent des plumes. C'est pourquoi ils ont d'autant plus l'œil ouvert que les autres l'ont fermé. Car les Pratéens ont bon cœur, spécialement en affaires, et préfèrent se faire embobiner qu'embobiner autrui ; s'ils sont toujours prêts à se lancer dans une mauvaise affaire, il faut les tirer par les cheveux pour les amener à se risquer dans une bonne : ils veulent puis ne veulent plus, se dérobent, disent non, font bande à part, battent en retraite, se couvrent le visage, tendent les mains en avant, crachent par terre, menacent de se mettre en colère, de prendre les choses très mal, de crier au secours, d'appeler la police, et ce n'est pas leur faute, si après une lutte épuisante, fatigués et suants, ils finissent par se rendre et, à contrecœur, en se faisant violence, se résignent enfin à conclure l'affaire : laquelle, sans fait exprès, est toujours une bonne affaire.

Que les Pratéens restent honnêtes même lorsqu'ils gagnent de l'argent se remarque à ceci : ils réussissent toujours à sauver leur âme ; c'est la meilleure affaire dont un bon chrétien puisse se vanter dans le monde. Au point que le pape qui, jusqu'à l'année dernière, se préoccupait de l'âme des Pratéens, – c'est-à-dire tant que Prato (par une antique et honteuse injustice) dépendait de l'évêque de Pistoie, – se préoccupe aujourd'hui de l'âme de l'évêque, maintenant qu'il en a finalement installé un à Prato. On est en droit de se demander en effet comment l'évêque de Prato s'y prendra pour sauver son âme et s'il ne se décidera pas, lui aussi, à faire des affaires.

(Mais le pape a tort de se mettre en peine : des affaires louches, notre évêque vient d'en faire déjà quelques-unes, selon la recette pratéenne.)

Il me paraît honnête d'ajouter que si parmi les Toscans, tous très dignes de respect, il s'en trouve certains de plus respectables, ce ne peut être que les Pratéens, même si le monde en parle mal, ne les connaissant pas, et en parlerait plus mal encore, Dieu merci, s'il les connaissait : tant les hommes pratiquent l'envie et la médisance. Car les Pratéens sont toscans à leur manière et n'ont rien à faire avec Rome et les Romains (auxquels la Toscane ne pardonnera jamais le brutal esclavage, les persécutions féroces, les tueries effroyables et la mort de la langue étrusque étouffée dans la gorge des enfants de Volterra, Fiesole, Arezzo, Cortona, Orvieto, Tarquinia, Véies). Ainsi que le raconte Malespini, les Pratéens sont descendus très tard du Monte Javello, de Schignano, de Figline, de toute la vallée du Bisenzio pour vendre du vin et des légumes aux Lombards de la forteresse de Borgo al Cornio qui fut le noyau de Prato.

De cette rencontre avec les Lombards sont nés d'abord les Pratéens, puis Prato. Ils ne doivent donc rien à la classique intervention de Marius, Sylla, César, puisqu'ils sont nés alors que Rome et les Romains étaient déjà morts ; ils se sont constitué une histoire pratéenne des chaussures au drapeau, comme si le monde avait commencé avec eux, sans rien devoir à personne ; voilà qui est déjà, pour un peuple d'ouvriers et de marchands, un bel exemple de bonne administration.

Je veux dire qu'ils sont nés sans dettes, si l'on excepte le petit emprunt de la brebis qu'ils ont contracté auprès des Étrusques. Le mot brebis ne s'entend pas ici au figuré, étant donné qu'en fait de brebis au figuré, ils n'ont rien à partager avec personne. D'autant plus qu'à propos de moutonnerie, qui va oser, en Italie, leur lancer la première pierre ? Laissons donc le langage par images, qui n'est pas un langage toscan, et venons-en à ce petit emprunt de la brebis.

Sans aucun doute, les Pratéens ont comme tous les Toscans quelque chose d'étrusque dans leur origine, si l'on en juge au goût qu'ils ont de manger non des agneaux, mais des brebis adultes, vieilles de deux ou trois ans, à odeur forte et sauvage, pour ne pas dire qu'elles puent. C'est là un goût oriental, apporté en Italie par les Étrusques qui venaient de Lydie. Il faut en effet pousser jusqu'en Grèce, en Thrace, en Anatolie, jusqu'aux rivages ioniques de l'Asie pour retrouver cette passion gloutonne de la brebis à l'étouffée, qu'on rencontre sur tout le cours du Bisenzio, d'en amont de Vernio où il a sa source jusqu'à Campi et finalement Signa où il se jette dans l'Arno. À l'exception des Pratéens, il n'y a pas de peuple en Italie qui mange de la brebis : ce qui revient à dire qu'il n'y a pas de peuple où se conserve plus vivant l'esprit des anciens parents étrusques, grands mangeurs de troupeaux, et leur penchant asiatique pour le trafic, le va-et-vient mercantile, le plaisir de courir terres et mers, en quête de choses à vendre et à acheter, et surtout le plaisir de faire de l'argent.

En conséquence, les Pratéens savent faire argent de tout, à commencer par les guenilles qui arrivent à Prato de tous les coins du monde, de l'Asie, de l'Afrique, des Amériques, de l'Australie, et plus elles sont sales, pouilleuses, en lambeaux, plus elles constituent une matière précieuse pour un peuple qui sait tirer sa richesse des rebuts de la terre entière.

VI

Toute l'histoire d'Italie et d'Europe va finir à Prato :
toute à Prato, en guenilles.

Du fond de ma chambre, à l'hôtel de Caciotti *L'Étoile d'Italie*, sur la place du Dôme, mon regard est arrêté par le monument à Mazzoni, triumvir, avec Guerrazzi et Montanelli, de la République toscane de 1849 et Pratéen comme moi. (Nous sommes un petit nombre à être pratéens comme nous deux.)

Viva Guerrazzi
Mazzoni e Montanelli,
Tutti fratelli
Dell' Università.
Vive Guerrazzi
Mazzoni et Montanelli,
Tous frères
De l'Université.

Ce Mazzoni, qui sait pourquoi, me tourne le dos : je dois dire que je ne l'avais jamais vu sous cet angle puisque pour la première fois de ma vie je passe la nuit à l'hôtel de Caciotti. (C'est là un rêve que je caresse depuis mon enfance : passer une nuit, ne serait-ce qu'une seule, à *L'Étoile d'Italie*.) Je me mets à la fenêtre et, me penchant un peu de côté, j'aperçois le front marmoréen du Dôme, à rayures blanches et vertes, la chaire de Michelozzo et de Donatello, suspendue comme un nid d'ange à la façade, et le beau campanile qui servit de modèle à celui de Giotto, mais celui-ci est plus simple, élégant et pur ; en pierre taillée, bonne pierre polie de Prato.

Juste devant moi s'ouvre la rue Magnolfi que les vieux Pratéens appellent encore rue Neuve. Jadis s'étendaient là des plants de choux, des jardins particuliers plantés de magnolias et de lauriers. Nous y sommes nés, Filippino Lippi et moi-même. Au fond se dresse le Spazzavento pointu et rageur : ma montagne lorsque j'étais enfant à Coiano, à Santa Lucia. Je voudrais avoir ma tombe là-haut, au sommet du Spazzavento, pour lever de temps en temps la tête et cracher dans le courant froid de la tramontane.

Le dos de Mazzoni me bouche la vue d'une grande partie de la place, la plus aérée et la plus claire de toute la Toscane, qui porte en son centre la tache rose de la fontaine de marbre, d'une belle couleur charnelle. Il fait nuit et les jeunes Pratéens, appuyés sur leurs vélos et leurs « vespas », rient, plaisantent, parlent fort avec de magnifiques voix rondes. Ils n'ont aucune envie d'aller se coucher. Demain, c'est dimanche. Prato est une ville ouvrière où les jours de fête sont plus tristes qu'ailleurs, peut-être parce que plus attendus et qu'on y arrive plus fatigué. Le dimanche pratéen est comme une fabrique fermée, une machine arrêtée.

Je m'accoude sur l'appui de la fenêtre, je respire le vent de la vallée du Bisenzio. Beau manteau que ce Mazzoni ! Beau manteau de marbre. Le rembourrage d'étoupe et de crin lui fait les épaules larges et carrées. Beau manteau, il n'y a pas à dire, sans un bouton manquant. Le sculpteur était vraiment un tailleur remarquable. Des poignées de journaux débordent des poches, et, s'il faisait plus clair, je pourrais lire les titres des dernières nouvelles : le discours de Cavour, les télégrammes de Paris et de Londres, la protestation du Grand-Duc.

Mazzoni a une main fourrée dans la poche, l'autre levée en un geste éloquent. Quand il pleut, l'eau goutte de son index tendu. Si l'on se met à une certaine distance, sur le côté de la statue, de telle sorte qu'on ne voie que ce doigt de la main, on dirait que Mazzoni est en train de faire pipi. Ce qui est encore une manière toute pratéenne de faire l'histoire. L'autre manière est de travailler dans les guenilles. Car toute l'histoire d'Italie et d'Europe finit à Prato : tout à Prato, en guenilles.

Étant tout jeune, j'allais avec les enfants de Messiade Baldi dans les entrepôts de chiffons de Sbraci, Campolmi, Cavaciocchi, Calamai et, assis par terre au milieu des chiffonniers, m'amusais à fouiller dans les monceaux de hardes où il m'arrivait de trouver les choses les plus impensables et les plus merveilleuses : des coquillages, des fragments de verre coloré, des gouttes d'ambre, de petites perles des fleuves de l'Inde, des pierres qui paraissaient précieuses, d'un beau coloris vert, violet, bleu ou jaune et ces pierres indiennes que les chiffonniers appelaient « pierres de lune », pâles, lisses, transparentes, semblables à des éclats de lune. Ou encore des pierres rouges dont les chiffonniers disaient qu'en les pressant on en tirait du sang et les enfants que nous étions s'acharnaient à vouloir les casser entre les dents, à les mordre, à les pressurer avec les doigts dans l'espoir d'en faire s'égoutter du sang. Quelquefois nous tombaient sous la main d'étranges petits animaux desséchés, les uns pareils à des hippocampes, les autres à des momies de lézards ou de souris, d'autres à des fœtus à tête écrasée.

C'était un monde fantastique. Tout Prato était plein de montagnes de guenilles, mais bien peu, à l'exception des chiffonniers, s'aventuraient à explorer ce continent mystérieux, sinon, parmi ce petit nombre, nous autres les enfants, Faliro, Baldo, moi-même et ceux qui habitaient près de Mersiade, dans la rue Archangeli, hors de la Porta Santa Trinità, sur les biefs. À peine avions-nous franchi le seuil de l'entrepôt que l'odeur des chiffons, une odeur sèche et poussiéreuse, à la fois forte et enivrante, comme un parfum de fruits en fermentation, nous montait à la tête, obscurcissait notre vue. Le ballot éventré d'un coup de couteau, les chiffons s'échappaient de la blessure, comme des boyaux jaunes, rouges, verts, bleus. On plongeait le bras à l'intérieur de cette chair couleur de sang, d'herbe, de ciel, on fouillait dans le ventre obèse, dans les viscères chauds et la main comme douée de vision cherchait en ce monde obscur le trésor lumineux, la perle, le coquillage, la « pierre de lune ». Puis nous plongions, tête la première, ainsi que l'été dans les bassins du Bisenzio, parmi les montagnes de guenilles, nous laissant couler lentement au sein de cette odeur douce et profonde d'encens, de musc, de girofle, qui est l'odeur de l'Inde, de Ceylan, de Sumatra, de Java, de Zanzibar, l'odeur des mers du Sud.

Nous avons trouvé une fois un serpent à gueule de dragon, aux écailles vertes et bleues, semblable à un gros cordon de soie ; une autre fois, une tortue azurée, aux pattes dorées, une autre fois encore, un masque chinois en porcelaine verte et, le jour où la pauvre Prilia mourut, une main de femme aux ongles laqués d'or, une petite main de femme, douce et légère comme si elle avait été faite de bois de rose. La première chose qui meurt chez un mort, ce sont les yeux ; la dernière, les ongles. C'étaient des ongles brillants, pointus, encore vivants.

C'est à moi qu'il revint de fourrer cette main dans ma poche et de la porter à la maison où je la cachai sous mon oreiller du grand lit, dans lequel nous dormions à cinq, Mersiade, ma nourrice Eugenia, Faliero, Baldino et moi-même. Cette nuit-là, je ne réussis pas à trouver le sommeil, à cause de la fièvre que me donnait cette main, sous l'oreiller. Je la sentais bouger, plier les doigts, enfoncer les ongles dans le drap. Faliero et Baldino qui dormaient tête-bêche avaient ramené leurs genoux sous le ventre par peur de cette main qui, en s'agitant, faisait craquer horriblement le grand matelas de feuilles de maïs. Je ne sais comment il se fit que je m'endormis : je rêvai que la main sortait doucement de dessous l'oreiller, glissait sur mon épaule, me caressait le cou. Je me réveillai dans un cri : « Prilia ! Prilia ! », me trouvai assis sur le lit, tout moite d'une sueur froide, et Mersiade, qui m'avait lancé une gifle pour me tirer de ma peur, devint pâle comme la cire lorsqu'il vit la main effectivement sortie de dessous l'oreiller. Mais Eugenia la saisit par le bout des doigts et sauta à terre en disant : « Voyez-vous cela, une telle histoire pour la main d'un mort. »

Ce fut la première fois qu'il m'arriva de penser que les Pratéens craignent plus les mains des vivants que celles des morts et qu'on peut se fier aux morts, mais non point aux vivants. La première fois qu'il me fut donné de remarquer qu'à Prato être mort n'est pas une imprudence, comme d'être vivant, mais une précaution ; tandis que le fait d'être vivant vous expose à toutes sortes de dangers, vous oblige à tenir l'œil ouvert, on peut à Prato tranquillement le fermer dès que la mort vous a pris. Eugenia sauta du lit et gagna la fenêtre. L'odeur des tomates entrait dans la chambre, chaude, grasse, douceâtre. « Elle fera sécher les tomates », dit Mersiade. « C'est ta cervelle qu'elle fera sécher », rétorqua Eugenia et elle jeta la main dans le jardin où le matin suivant nous l'avons retrouvée toute pleine de fourmis qui la traînaient lentement parmi les tomates vers la haie de roseaux. Nous la laissâmes aller. Elle ne revint pas.

Pas plus que la petite tête de vieillard desséchée et sonore comme une balle de peau tannée qu'un chiffonnier de Cavaciocchi trouva dans un tas de guenilles provenant du Vénézuéla. Elle était sans dents et sans cheveux, elle avait les yeux secs et un peu de barbe grise autour du menton. Les chiffonniers la portèrent sur la place Saint-François et se mirent à jouer au ballon avec cette tête qui volait légère dans l'espace, comme la tête d'un chérubin dans les peintures vénitiennes. Mais c'était un vieux chérubin édenté et la foule vite rassemblée autour des joueurs riait et excitait par dérision les chiffonniers : « Vas-y Paciatta ! Vas-y Nardini ! » C'étaient les noms des meilleurs footballeurs de Prato à cette époque. Sur le seuil de son étude, on vit apparaître le notaire Camillo Dami, à la barbe d'argent, son fils Giovacchino, qui mourut deux ans plus tard de la poitrine, et son commis Nello ; le vieux Ciro Cavaciocchi, les frères de Saint-François, Motonella des biscuits et le barbier Brogi arrivèrent aussi et ils voulaient arracher cette pauvre tête des mains des chiffonniers. Les chiffonniers disaient non, les autres disaient oui, jusqu'au moment où le secrétaire de la Chambre du Travail, Strobino, vint à passer sur la place, et s'étant fait remettre la tête, alla la jeter dans le Bisenzio, du haut du pont du Mercatale, disant que c'était ainsi que devaient finir toutes les têtes des gros bonnets pratéens.

Des ballots de guenilles on voyait souvent sortir les uniformes de toutes les armées du monde, des vêtements de toutes sortes : de l'habit rouge des soldats britanniques des Indes aux pantalons « garance » des soldats français, des tuniques de lin transparentes des femmes de Calcutta et de Bombay aux culottes, chemises, corsets hérissés de baleines et harnachements féminins de toute espèce recueillis par les chiffonniers de Paris ; les nôtres s'en revêtaient pour rire, et l'on eût dit les croque-morts d'une peste. Un jour, d'un tas de guenilles qui arrivaient de Sicile, Scaracchia de San Fabiano trouva un lambeau tricolore, déchiré et déteint : c'était le drapeau que les Italiennes de Valparaiso au Chili avaient offert à Giuseppe Garibaldi, le même que Schiaffino da Camogli serrait haut dans son poing au combat de Calatafimi[1] et il disparut avec lui dans la mêlée. C'était le plus glorieux des drapeaux italiens : qu'il ait fini à Prato dans un tas de guenilles peut étonner certains, mais non les Pratéens.

Ceux-ci savent que toute l'histoire d'Italie vient finir à Prato tout entière en guenilles : gloires, misères, révoltes, batailles, victoires, défaites. Où donc ont fini les chemises rouges des garibaldiens de Mentana[2], les uniformes des soldats de Pie IX, des volontaires de Curtatone et Montanara[3], des bersagliers de Porta Pia[4] ? Où les « carbonari », la Jeune Italie, Novare, Lissa, Custoza et l'Église libre dans l'État libre ? Où ont fini les vêtements recueillis dans toutes les villes et tous les villages d'Italie pour secourir les rescapés du tremblement de terre de Messine, des inondations du Polesine, de la tempête d'Amalfi et de Salerne ? Tout vient finir à Prato : drapeaux de toutes les nations, uniformes de généraux et

1. Victoire des Mille de Garibaldi sur les Bourbons (15 mai 1860).

2. Combat des Garibaldiens contre les zouaves pontificaux et les Français du général De Failly (3 novembre 1867).

3. Combats célèbres contre les troupes autrichiennes (1848).

4. L'une des quinze portes de Rome où se joua le destin de la ville, le 20 septembre 1870.

de soldats de toutes les armées, soutanes de prêtres, bas de monseigneurs, pourpres de cardinaux, toges de magistrats, uniformes de carabiniers, de sbires, de geôliers, voiles d'épouses, dentelles jaunies, langes de nouveau-nés. Même l'habit de bourgeois que le roi Humbert portait à Monza quand Gaetano Bresci, qui était de Prato, le tua à coups de pistolets, a échoué à Prato dans un ballot de chiffons. (Et l'on n'a jamais su si ce fut par l'effet du hasard ou d'une gentille pensée de la reine Marguerite ou du roi Vittorio, son fils : la pensée de vendre aux Pratéens, comme guenille, l'habit du roi Humbert qu'un Pratéen avait réduit en écumoire.)

Non seulement l'histoire d'Italie, mais celle de l'Europe entière vient finir à Prato, depuis le plus profond des temps, moment où les Pratéens se mirent à faire des couvertures avec les rebuts de tout le monde. C'est à Prato, dans un monceau de chiffons, qu'a pris fin la gloire espagnole en Italie, la grandeur de Charles Quint en Europe ; et de la même manière la splendeur des rois de France, la fureur jacobine, la gloire de Napoléon. Pendant des années et des années, les Pratéens ont filé, tissé, cardé les guenilles de Marengo, d'Austerlitz, de Waterloo, les drapeaux de la Grande Armée, les uniformes de Murat, les habits dorés de la Sainte Alliance. Et où croyez-vous que soient allés finir les uniformes gris-vert de nos soldats morts sur le Carso et la Piave ? Les tenues de toile de nos soldats d'Afrique tombés à El Alamein ? Ayez le courage de le dire. Où ont-ils fini ? Au Panthéon ? Non, à Prato, parmi les chiffons. Et les drapeaux, les uniformes de l'Armée de Libération ? De la République de Salò ? Les uniformes et les mouchoirs rouges des partisans ? Des puissantes armées anglaises et américaines qui ont libéré l'Italie et l'Europe ? À la Galerie des Offices ? Non, à Prato, vendus comme chiffons. Et les vêtements de deuil des mères, des veuves, des orphelins de toute la terre ? À Prato, en monceaux de chiffons poussiéreux. À Prato où tout vient trouver sa fin : la gloire, l'honneur, l'amour, l'orgueil, la vanité du monde.

Ceci dit, il y en a encore qui s'étonnent de ce que les Pratéens ne croient en rien de ce qui est article de foi pour les autres ? Qui voudrait tenir rigueur aux Pratéens de croire plus aux guenilles qu'à la gloire ? Plus aux guenilles qu'aux belles paroles, à la liberté, à la justice, aux abus de pouvoir, à la gueule tordue des chefs ? Il y en a qui s'étonnent que les Pratéens, lorsqu'ils voient un drapeau, sachent aussitôt dire de quelle étoffe il est, laine, coton, soie ou lin, et vous en apprennent le prix, non pour ce qu'il vaut en honneur, sang et sacrifice, mais comme guenille ? Ce qui n'exclut pas que les Pratéens ne soient eux aussi de bons Italiens, même d'excellents Italiens ; beaucoup plus dignes de louanges que les autres, car, tandis que ces autres croient que tout est de bonne laine, eux savent que tout est fait de haillons. Pourtant personne ne peut leur en remontrer, dans les cas où il leur est impossible de se mettre à l'abri, pour exposer leur propre peau à la macération, bien qu'ils sachent mieux que quiconque qu'il se trouve toujours dans le monde des gens qui font commerce de cette peau et en tirent profit.

Oh ! admirable insouciance des Pratéens qui ne s'étonnent, ne s'indignent, ne se scandalisent de rien, qui rient de la grandeur humaine, de l'orgueil des hommes, parce qu'ils savent de quoi il retourne. Oh ! simplicité des Pratéens qui se savent nés du néant et ne font pas comme tant d'autres qui, quand ils vont à pied, semblent aller en voiture, et quand ils marchent font tinter les piécettes dans leur poche pour faire voir qu'ils sont gens de bien et possèdent de quoi se payer une réputation. Oh ! loyauté des Pratéens qui n'ont pas honte d'être nés pauvres (pas honte non plus, à vrai dire, d'être devenus riches), ne se donnent pas l'apparence d'être des fils de nobles ou de prêtres, comme il est d'usage dans certaines régions de l'Italie, mais restent gens du peuple même lorsqu'ils vont en voiture, ce qui n'est rien d'autre pour eux qu'une manière d'aller à pied en étant assis, et dans leur manger, leur boire, leur façon de se vêtir et de prendre femme demeurent fidèles à leur origine populaire, bel exemple de fidélité et de loyauté dans un monde où chacun cherche à cacher ce qu'il est, ce qu'il était, et se donne l'apparence d'être le contraire de ce qu'il semble être.

Car entre tous les peuples d'Italie, et je le dirai tant que je vivrai, seuls les habitants de Prato et de Lucques ne rougissent pas d'être nés les uns des guenilles, les autres de la fosse d'aisances, vrais titres de noblesse dans un monde comme le nôtre, où tout s'en va finir à la fosse d'aisances ou en chiffons. Je le sais, le cas de Lucques appelle d'autres propos : la fosse d'aisances est comme la profession de galant homme ; elle peut vous élever très haut à condition qu'on sache en sortir à temps. Que les Lucquois en soient sortis à temps, quoique avec beaucoup de peine, l'histoire de la ville le prouve, toute dégoulinante de gloire, je veux dire de cette matière dont est faite la gloire.

Quant à Prato, l'histoire de ses habitants est une histoire de petites gens, sans tragédies ni drames, ni abominations épiques : histoire d'un peuple qui n'a jamais élevé de nobles en son sein, donc n'a jamais dû plier l'échine devant les natifs du lieu, ni s'éveiller au son de la trompette, se jeter hors du lit pour de grandes entreprises, courir à pied, dans la poussière, derrière des chevaux bardés de fer et emplumés. À Prato, même les grands noms, comme les Guazzalotri et les Dagomari, étaient des noms qui sortaient du peuple.

(Chaque jour, dans mon enfance, en revenant de Cicognini chez nous, j'allais saluer celui des Dagomari qui est enterré à Saint-François : étendu sur les dalles, enveloppé dans le froc de la pénitence, le capuchon rabattu sur les yeux afin de pouvoir observer les Pratéens en face sans se faire remarquer, la main droite cachée entre les plis de marbre. Il faisait partie de la lignée de ce Panfollia dei Dagomari qui possédait en lui toutes les folies des Pratéens et fut le premier, dans l'histoire d'Italie, à enseigner aux Italiens, l'art de bâtonner les seigneurs. Mais en dépit de son grand nom, ce Dagomari enterré à Saint-François était aussi un enfant du peuple, doué de l'esprit du peuple. Je m'agenouillais chaque fois sur les dalles pour essayer de découvrir ce qu'il serrait dans sa main cachée entre les plis du froc : un couteau ou une poignée de menue monnaie ? le couteau pour se faire payer des Pratéens morts, qui sont durs à la détente, les dettes qu'ils avaient oublié de rembourser de leur vivant ; de la menue monnaie pour acheter des chiffons jusqu'en enfer et pour en faire commerce.)

Ceci est à ne pas perdre de vue lorsqu'on juge les Pratéens, à savoir ce qui compte à Prato, c'est le peuple, seulement le peuple, que Prato est une ville ouvrière, entièrement ouvrière, la seule en Italie qui le soit des pieds à la tête. Non qu'il n'y ait pas de bourgeois parmi les Pratéens, mais, dès que la nuit tombe, les gros bourgeois s'en vont à Florence où ils ont leur maison, et ceux qui ne peuvent faire autrement que d'habiter Prato, boutique fermée et porte close à double tour, ou bien vont au lit avec les poules, ou bien, s'ils sortent, font tout pour se confondre avec les ouvriers dans la façon de se vêtir, de parler, de marcher. De telle sorte que, passé sept heures du soir, Prato devient propriété du peuple, qui s'y promène comme chez lui, en maître et non en locataire.

Les cafés, les restaurants, les cinémas, les coins de rues, les arcades de la Maison de Commune se remplissent de chiffonniers, tisserands, cardeurs, mécaniciens, teinturiers qui parlent à voix haute avec l'accent de Bernocchino, de Carnaccia, de Pimpero, de Scaracchia. Même le Théâtre Métastase a aujourd'hui l'air d'un rendez-vous ouvrier (alors que c'était jadis le rendez-vous des nobles et des gros bourgeois, et les ouvriers étaient entassés au paradis ou se tenaient debout dans un enclos au fond du parterre, comme dans les théâtres de Paris au temps de Molière). Les chiffonniers et les tisserands sont assis dans les fauteuils et dans les loges, les cheveux blanchis par la poussière des guenilles, les doigts encore noirs de la graisse des métiers à tisser. Et la *Traviata* ou le *Trovatore* ressemblent à des « comices chantés ».

Qu'on n'aille pas penser que le mépris de la gloire, de la morgue, des nez haut dressés, des lèvres arrogantes, des sourcils levés, des manteaux de brocart et de tout ce qui fait l'orgueil de l'homme soit un sentiment nouveau à Prato : c'est une chose ancienne. Chaque fois qu'il arrivait à un pape, un roi, un empereur, de passer par Prato, nos Pratéens étaient tous là, place de la Commune, entre les grilles du *Petit Bacchus* et les arcades, avec cet air railleur que les Florentins nous ont prêté, calculant entre eux à haute voix le prix du drap dont étaient vêtus ce grand personnage, tous les seigneurs à cheval et les « fusiane » de la suite (« fusiana », à Prato veut dire courtisane), pages, serviteurs, ruffians, « mignons », bouffons, fauconniers, valets de chiens, et si c'était de la laine, du damasquiné, de la toile de Flandre, de la soie de Lyon ou du drap de demi-laine, bref, s'ils étaient vêtus en gentilshommes ou en gens de Campi. Et leurs regards semblaient dire : « Vous viendrez finir à Prato », en d'autres termes, toutes vos soies et tous vos brocarts viendront finir ici, sous forme de haillons.

C'est ce qu'il arriva quand passa par Prato le roi de France Charles VIII, celui des trompettes et des cloches[1], qui descendit en Italie pour enseigner aux Italiens le respect de l'autorité. Nos Pratéens ne se contentèrent pas d'estimer le drap dont il était vêtu, mais disant : « Il va venir finir à Prato », ils se tournèrent tous ensemble contre le mur pour se soulager d'un pisson. Le pauvre Charles VIII, comme dit un chroniqueur, « en fut tout esbahi » et pour ne pas avoir l'air d'admettre que les Pratéens lui avaient tourné le dos pour le saluer du derrière, qui est l'antique manière pratéenne de montrer du respect aux maîtres, il descendit de cheval et se soulagea lui aussi d'un pisson contre le mur, feignant d'avoir compris que « le peuple de cette ville pissoit par nécessité et non par politique ». (Ce qui me remet à l'esprit cette vieille chanson pratéenne :

> *Carlottavo era stancato*
> *si fermo a pisciare a Prato*,
> Charles VIII étant fatigué
> S'arrêta à Prato pour pisser,

chanson aussi vieille ou à peu près que le *Chi vuol esser lieto sia* (Qui veut être heureux le soit) de Laurent le Magnifique, auquel une seule chose a manqué pour être vraiment magnifique : être de Prato. Ce fut la première et la dernière fois, durant toute la campagne d'Italie, que le pauvre roi se montra prudent et fin en simulant d'avoir compris le contraire de ce que faisaient les

1. Voir page 92.

Pratéens : on leur doit que la Toscane soit le seul pays en Italie où l'on pisse par politique et non par nécessité.

Conséquemment il n'y a pas de pape, de roi, d'empereur qui réussisse à faire pisser les Toscans, non quand ils n'en ont pas besoin, mais quand ils n'en ont pas envie.

VII

« Tu ne sais donc pas que les Toscans sont assis sur les trous des autres ? »

À leur manière de regarder, on dirait que les Toscans ne sont pas seulement des témoins : ce sont des juges. Ils ne te regardent pas pour te voir, comme font les autres Italiens, mais pour te juger : combien tu pèses, combien tu coûtes, ce que tu vaux, penses et veux. Et cette manière de regarder est telle qu'à un certain moment tu t'aperçois que tu vaux bien peu, si ce n'est même rien. C'est de cela, non d'autre chose, que naissent l'inquiétude et le soupçon que suscite la seule vue d'un Toscan chez tous les peuples, italiens et étrangers.

Comment se fait-il, en effet, que tout le monde se sente mal à l'aise, presque coupable en présence d'un Toscan ? (Non seulement face à lui, mais seulement en sa présence.) Quelle est la raison qui fait, dirais-je à nouveau, comme j'ai dit au début, que tout le monde devient muet, que les instruments se taisent, que le rire meurt sur les lèvres, dès qu'à un bal ou à un repas de noces, on tombe à l'improviste sur un Toscan ? Comment se fait-il qu'un Toscan à des funérailles fasse figure d'insulteur ? Qu'au chevet d'un malade, il paraisse être venu pour voir le malade mourir ?

J'avancerai que cette raison est celle-ci : il te regarde à sa manière, non pour te regarder seulement, mais pour te juger. Non pour observer comment tu es fait, parce qu'à ses yeux tu es toujours mal fait, mais de quoi tu es fait : si c'est de chair ou d'une autre matière plus vile, bien qu'il soit difficile de trouver matière plus vile que la chair, ce que tu as dans le ventre, ce que tu crois être, ce que tu es, ce que tu serais si tu n'étais pas ce que tu es. Un coup d'œil lui suffit pour te compter les poils du nez.

Ce n'est pas pour rien que tous les peuples étrangers qui ont eu la prétention d'envahir et de conquérir la Toscane ont toujours fini par s'apercevoir qu'on n'avait pas plus de respect pour eux que pour leur derrière : pour ne pas faire figure d'imbéciles, ils se sont toujours excusés et s'en sont allés. Et s'il leur est arrivé de rester, ils sont restés en tant qu'imbéciles, avec cet air ridicule que les étrangers et particulièrement les puissants à prétentions ont sur les toiles des peintres florentins. Ceux-ci les peignent non seulement tels qu'ils étaient, mais tels qu'ils apparaissaient aux yeux des Toscans, qui ont la vertu de voir les choses et les personnes non seulement telles qu'elles sont mais telles qu'elles apparaissent. Rare vertu qui fait le prix essentiel de leur art : et ceci est valable pour les peintres, mais beaucoup plus encore pour les écrivains qui, sous l'air renfrogné et la suffisance, les grands bonnets et les justaucorps, les casques, les cuirasses des guerriers, des papes, des empereurs, des rois, des évêques, des courtisans, des dignitaires, savent voir ce qu'il y a dedans, savent saisir le ridicule et en rire, de ce petit rire toscan maigre et vert qu'ils tournent entre leurs dents comme un brin de paille. Ce n'est pas le rire gras et large des Lombards, des gens de Romagne, des Romains, ni le rire pincé des Ligures et des Piémontais, ni le rire pourpre des Napolitains, mais un rire froid, coupant, qui vous entre dans l'œil comme un coup de lancette dans une dent.

L'idée que les étrangers descendus à la conquête de la Toscane – à commencer par Annibal, qui fut le premier – sont gonflés d'un orgueil ridicule est restée vivante dans le peuple, en dépit des siècles écoulés. « Tu as l'air plus bête qu'Annibal », disent mes habitants de Prato. Peut-être parce qu'Annibal était couleur de suie et n'avait qu'un œil. Chose certaine, c'est qu'il fut accueilli avec des grands éclats de rire par les Toscans assemblés sur les murs de leurs cités pour jouir du défilé des Maures et des éléphants ; et que personne ne vienne me dire qu'il s'agissait là d'une impolitesse. Aucune ville ne lui ouvrit ses portes. Si Annibal voulait dormir, il lui fallait coucher dehors, s'il voulait goûter de notre vin, l'acheter « avec ses sous », s'il voulait une femme, la faire venir d'Afrique. Au point qu'une fois hors de Toscane, il ne voulut plus y remettre les pieds et préféra rester à tournicoter et à batailler pendant vingt ans dans les Pouilles et en Calabre où, pour se conserver l'amitié de ces peuples, il lui suffisait de donner spectacle sur la place, le dimanche, avec ses éléphants savants.

Repasser par la Toscane n'était pas chose à faire, après un si bel accueil : il risquait d'y laisser son œil sain. Il avait perdu l'autre entre Massa Montignoso et Pietra Santa ou, selon d'autres, à Fucecchio ou dans l'Osmannoro, la grande plaine herbeuse et marécageuse qui s'étend entre Florence et Prato ; et on raconte que c'est la malaria qui le lui creva. Mais depuis quand la malaria arrache-t-elle les yeux aux gens ? Il le perdit parce que quelqu'un le lui enleva. Sans cette malheureuse rencontre, Annibal se serait certainement arrêté en Toscane, comme il fit plus tard à Capoue, pour jouir de l'air frais.

> *Oh ! la bella insalatina,*
> *ell'è fresca et tenerina.*
> Oh ! la belle petite salade,
> Comme elle est fraîche et tendre.

Mais si voir la Toscane lui avait coûté un œil de la tête, tout fait supposer qu'à la revoir il aurait laissé l'œil de son derrière, comme on dit à Prato : c'est un grand et bel œil.

Je me souviens avoir assisté enfant, à l'Amphithéâtre de Prato, à deux pas du collège Cicognini, à une tragédie en langue pratéenne intitulée *Les Carthaginois*. Tout vêtu de jaune, avec un bandeau noir sur son œil perdu, Annibal frappait à une porte de ville qui, à bien la regarder, ressemblait à la Porte de Pistoie, celle par laquelle les Pistoiens entrent à Prato. (Les Carthaginois sont toujours entrés et entreront toujours à Prato par la Porte de Pistoie.)

« Tous morts là-dedans ? On ne peut pas boire un verre ? » vociférait Annibal.

« Il est passé neuf heures, va te coucher, vagabond ! » répondait un Pratéen, passant la tête entre deux créneaux. Ce Pratéen n'était pas Stenterello[1], mais Bernocchino[2], le plus fantasque et le plus glorieux des mendiants pratéens qui jouait à l'Amphithéâtre de Prato le rôle que Stenterello jouait à Florence où l'on a le goût facile. Ce Stenterello ne fait la joie ni des Pratéens, ni des autres Toscans. C'est un personnage de théâtre qui plaisait aux Florentins du Grand-Duc, qui plaît encore aux bigots, tord-cous et ni-lard-ni-cochons, mais que les autres Toscans, et surtout les Pratéens, n'ont jamais trouvé aimable. Stenterello est un réactionnaire qui porte la perruque à petite queue : et quand donc les Toscans l'ont-ils jamais portée, cette perruque ? Il a le parler doux et rond, en forme de crottes ; il dit « *mamma mia* », il dit « Voulez-vous vous retirer par-là, faites-moi le plaisir, ne vous gênez pas, je vous en prie, votre serviteur. » Votre serviteur ? Et quand donc les Toscans ont-ils jamais dit « votre serviteur » ? Pour faire le signe de croix, il se met d'abord les doigts dans la bouche. Et quand donc les Toscans ont-ils jamais fait le signe de croix avec de la salive ? Pas même avec un crachat, comme on le fait à Florence ! Stenterello porte des savates. Et quand donc les Toscans sont-ils jamais allés en savates ? Les savates, c'est nonchalant. Et quand donc les Toscans ont-ils jamais été des nonchalants ? Et puis la savate est le propre de l'homme qui a de petites fesses. Où a-t-on jamais vu un Toscan avec de petites fesses ? Les Toscans ont des fesses, et y tiennent. Même les belles Livournaises du quartier de la Petite Venise en ont, bien qu'elles soient les seules femmes de Toscane à aller en savates. C'est de là qu'est peut-être né le proverbe livournais : « femme en savates, fesses basses ».

« Non, mais quelles mœurs ? vociférait Annibal.

1. Personnage de théâtre florentin inventé par le comique Del Buono (1790).
2. Bernocchino, Liccio, Lachera ; figures pittoresques de Prato.

– Quelles mœurs ? Des mœurs pratéennes, répondait Bernocchino.

– Eh ! je suis bien tombé, disait Annibal.

– Tu es tombé à Prato, et tu ne pouvais mieux faire, rétorquait Bernocchino. Où pensais-tu être tombé ? En Italie ?

– Pourquoi ? Prato n'est pas en Italie ?

– Pour sûr que non, Prato n'est pas en Italie ! criait Bernocchino.

– Où est-ce que c'est, vociférait Annibal, si ce n'est pas en Italie ?

– C'est en Toscane ! » répondait Bernocchino.

Et le public éclatait de rire, applaudissait à s'écorcher les mains, trépignait. Parce qu'en ces années-là, ils la connaissaient tous en Toscane l'histoire de l'Italie, ils savaient tous qu'en Italie personne ne peut nous voir, personne ne veut de nous et que les Italiens nous traitent d'étrangers, par peur et gêne à l'égard des Toscans, par envie et méfiance et parce qu'ils n'ignorent pas qu'ils seraient le peuple le plus heureux de la terre si les Toscans n'étaient pas italiens. (« Écoute ça ! disait Bernocchino. Comme s'il était difficile d'être italien ! Pour être italien, n'importe qui suffit : les Piémontais et les Siciliens y sont bien arrivés ! Mais essaie d'être toscan, ou pratéen, si tu y arrives ! »)

Et là-dessus, les applaudissements s'étant enfin éteints, s'engageait entre eux deux un dialogue qui semblait emprunté aux nouvelles de Sacchetti, où les personnages parlent des choses, de tous et de chacun, des affaires privées et publiques, du prince, de l'évêque, du podestà, du peuple gras et du peuple maigre aussi bien que d'une action personnelle ou d'un membre de la famille ; jamais personne ne pleure ou ne radote, ne se lamente, implore ou grogne, mais tout le monde discourt avec cette sécheresse qui est le propre des Toscans, sécheresse qui consiste à parler des autres comme si l'on parlait de personne et de tout comme si l'on parlait de rien. Ce qui est le contraire de la manière de parler des autres Italiens, qui parlent de rien comme s'ils parlaient de tout.

Je me souviens qu'à un certain moment Bernocchino demandait à Annibal : « Mais dis-moi, Annibal : qu'est-ce qui t'a pris de venir en Toscane, si tu ne sais même pas sur combien de trous est assis un Toscan ?

– Sur un trou, répondait Annibal.

– Sur un trou ? Tu ne sais donc pas que les Toscans sont assis sur les trous des autres ?

– Il vaut mieux que je m'en aille, disait Annibal. Que je m'en vaille », disait-il à la pratéenne. Et il s'en allait sous les sifflets du peuple, tout vêtu de jaune, son bandeau noir sur l'œil.

Il me revient ici qu'il me faudrait poursuivre le discours commencé tout à l'heure sur la façon de regarder des Toscans.

Si tu traverses l'Italie de la tête aux pieds, je veux dire des Alpes à la Sicile, ou d'un flanc à l'autre, de la mer Tyrrhénienne à l'Adriatique, tu t'apercevras qu'en Italie tout le monde te regarde, contrairement à ce qui se passe dans les pays étrangers, où personne ne lève les yeux pour vous dévisager et où les gens ne semblent même pas vous voir.

Des millions de regards te suivent du seuil des maisons, des fenêtres, du fond des boutiques. Tu as l'impression qu'un peuple entier t'observe, te suit des yeux. Non pour te juger, à l'inverse des Toscans : simplement pour te regarder. Il n'y a pas de curiosité mesquine dans les yeux des Italiens, mais quelque chose de douloureux, de profond, de triste, quelque chose qui est aussi dans les yeux des animaux. Surtout chez les femmes et les enfants, dont la seule défense est dans le regard. Et on te regarde encore quand tu crois que personne ne te voit : de derrière les jalousies, les portes entrebâillées, du fond des ruelles désertes. En Italie, même les aveugles te regardent.

Dès leur débarquement en Sicile et à Salerne, en 1943, les Anglais et les Américains qui remontaient lentement l'Italie à travers la Calabre, la Lucanie, les Pouilles, la Campagnie, les Abruzzes, le Latium jusqu'à Rome, se sont sentis observés par des millions de regards : jeunes, vieux, femmes, enfants, chiens, chats, chevaux, ânes, moutons, bœufs, tous les Italiens, hommes et bêtes, les regardaient. Non pour voir comment ils étaient, de quelle couleur, mais pour une raison plus importante, plus profonde. Pour voir si ces étrangers étaient des hommes, pour mesurer des yeux leur qualité humaine. C'était la première fois que quelqu'un les regardait en face. Et sentir tant de regards accrochés à leur personne procurait un plaisir tout neuf à ces gens venus du Texas, du Canada, d'Écosse, d'Australie, d'Afrique du Sud, de Nouvelle-Zélande. Non seulement ils en étaient fiers, mais ébahis. Ils arrivaient de pays où personne ne regarde personne, où aucun homme ne se sent digne d'être regardé.

Puis, ayant traversé Rome entre deux haies d'un peuple en fête qui applaudissait en les toisant en face, ayant franchi le Tibre, dépassé Montalto di Castro, Borsena, Orvieto, enjambé Radicofani, les Alliés entrèrent en Toscane : les choses changèrent. Il y avait dans les yeux des gens quelque chose qui n'était pas dans les yeux des autres Italiens : une ironie, un mépris, une cruauté moqueuse qui les rendait méfiants, les humiliait, les faisait rougir. Les Toscans ne se contentaient pas de les regarder, ils les jugeaient. Ils disaient : « Les pauvres types ! » Non avec l'intention de les prendre par la peau du derrière, comme on pourrait le croire, ou de leur marquer de la compassion. Les Toscans n'ont pitié de personne. Il y avait dans ce « pauvres types ! » toute la charité chrétienne dont les Toscans sont capables : une charité dont il faut se garder, plus meurtrière que les pistolets. Il n'y a pas de pire offense que ce mot de « pauvre type ! » dans la bouche d'un Toscan. Allez traiter un homme de Campi de « pauvre type », si vous voulez attraper un bon coup de couteau.

Quand ils eurent traversé la mer de blé de la Maremme, dépassé Livourne, Sienne, Arezzo, qu'ils se furent répandus dans la vallée de l'Arno, en direction de Pise, Florence, Prato, Pistoie et Lucques, ce poussiéreux voyage (on était en juillet et les cigales sciaient les branches des arbres) parmi une population vaincue qui les regardait avec une ironie froide, disant : « Pauvres types ! », ce voyage, dis-je, distilla peu à peu dans l'âme de ces étrangers, de ces soldats victorieux, une inquiétude, un soupçon, un doute qui les incita à ne plus se sentir si sûrs d'eux-mêmes.

Jusqu'à ce jour, ils s'étaient crus forts, riches, justes, honnêtes, du parti de la raison ; jusqu'à ce jour, ils s'étaient sentis vainqueurs, et voilà que maintenant ils commençaient à douter non seulement de leurs propres forces, de leur propre richesse, de leur supériorité de vainqueurs sur les Italiens vaincus, dispersés, humiliés, pleins du vide de la faim jusqu'aux oreilles, mais à douter même de leur état de vainqueurs. Sous les regards froids, ironiques, cruels, railleurs, parmi la population qui les regardait, disant : « Qu'est-ce qu'ils veulent donc, ces pauvres types ? Pour qui est-ce qu'ils se prennent ? Non, regardez-les ! » ils en vinrent à se sentir plus faibles, plus pauvres, plus lessivés que ceux qui les considéraient avec une si compatissante cruauté, qui les suivaient des yeux tandis qu'ils passaient dans la pétarade des moteurs. Les plus intelligents – en petit nombre, mais il y en avait – se sentirent ridicules.

C'était la première fois qu'ils tombaient au milieu d'Italiens libres. Ils avaient cru jusqu'alors que la seule forme de liberté en usage en Italie était les applaudissements ; ils découvraient maintenant que la liberté en Toscane (mis à part que bon nombre d'enragés, hommes et femmes, pour la plupart très jeunes, leur tiraient dessus des toits et des fenêtres ; qu'ils aient mal fait est évident, mais ils le faisaient, ce qui est également évident) était quelque chose de méprisant, de cruel, d'orgueilleux, sans suffisance : respect sans pudeur, je dirais presque impudicité décente. Les Toscans se permettaient de rire d'eux, de les tourner en ridicule, de les appeler « trous du cul », de les traiter comme des gens de rien, de leur dire : « Pauvres types ! », quoi d'étonnant dès lors si les Alliés (pour la première fois depuis qu'ils avaient débarqué en Italie) se sentirent en Toscane en terre étrangère.

C'étaient des intrus, des hôtes peu appréciés, presque des parents pauvres ; ainsi qu'il arrive lorsqu'on entre dans une maison étrangère sans en demander la permission. Au point qu'ils menaient la conquête de la Toscane au milieu des compliments, je veux parler des compliments susdits, et des coups de fusil tirés des toits, comme s'ils avaient demandé des excuses, ne sachant pas, dans une telle confusion, si les compliments étaient hostiles et les coups de fusil amicaux. Allez vous étonner ensuite que ces « pauvres types », ces « trous du cul » n'aient pas su comment se comporter, en maîtres ou en invités, en vainqueurs canardés ou en vaincus ridiculisés ou, pour le dire à l'espagnole avec De Quevedo, en alguazils possédés du démon ou en démons possédés d'alguazil.

Qu'on y prenne garde : en Toscane comme dans le reste de l'Italie, les connivences entre vainqueurs et vaincus n'ont pas manqué : petits clins d'œil, petits sourires au coin de la bouche, curieuses manières de lever la cuisse pour dire : « Si tu te tiens bien, tout s'arrangera », art dans lequel les Italiens sont passés maîtres, beaucoup plus que les Toscans. Mais il y avait dans ces accommodements entre Toscans et Alliés, dans ces petits clins d'œil, ces petits sourires, ces voltigements de cuisses, un sous-entendu signifiant : « Si tu joues le jeu, c'est parfait, sinon je t'envoie deux pruneaux dans la tête. » Et cela va de soi, ils jouaient le jeu. Les choses se passèrent ainsi non parce que les Toscans sont de plus grands héros que les autres Italiens dans les moments de confusion comme ceux-là, mais parce qu'ils sont de moins grands héros. Je veux dire que ce ne sont pas des ténors : ils ne chantent pas, ils parlent. Ils ne se rincent pas la bouche à coups de beaux mots à l'italienne. Ils ne font pas de poésie sur ce qui touche à leurs affaires : la prose leur suffit.

Et c'est à une prose pure, antique qu'appartenaient les façons et exclamations avec lesquelles les Toscans accueillaient les soldats anglais et américains, mots qui sont d'ailleurs ceux mêmes dont ils usaient depuis des siècles pour s'adresser aux intrus et aux puissants prétentieux : « Allons-nous-en, partons, mon vieux », « ne me faites pas de boniment », « ne prenez pas de grands airs », « déboutonnez-vous », « laissez-vous donc aller », « ne vous fâchez pas », et autres semblables gentillesses. Car il n'y a rien qui ennuie autant les Toscans que la rhétorique et le vice de jouer au héros en faisant marcher sa langue.

Capponi[1] ne dit pas à Charles VIII : « Faites sonner vos trompettes, nous ferons sonner nos cloches », comme le voudraient

1. Gonfalonier de Florence qui déchira devant Charles VIII le papier stipulant les conditions de reddition de la ville.

ceux qui ne connaissent pas les Toscans, ou ne les connaissent qu'accommodés à la sauce d'Azeglio[1]. Il dit simplement, avec l'accent de Borgo Tegolaio : « Eh ! trou du cul, enlève-toi d'ici si tu ne veux pas que je t'assomme avec mes cloches », qui sont paroles justes et dignes. Ferruccio[2] ne dit pas à Maramaldo, à la bataille de Gavinana : « Homme vil, tu assassines un mort », mots boursouflés de comédien, non de Toscan. Il dit simplement : « Tu descends un mort », qui sont paroles simples et très toscanes.

Que fit et que proféra ce « chef de famille », Jacopone de' Pazzi ? C'est Agnolo Poliziano qui nous le raconte : « Comme il voyait s'évanouir l'espoir de tuer Laurent de Médicis, il se giflait des deux mains » (quel beau trait de Florentin) et continua à se gifler jusqu'à sa capture et sa pendaison ; et « près de mourir, il cria qu'il donnait son corps au diable » alors qu'un autre, qui n'eût pas été toscan et florentin, aurait crié miséricorde et marmotté des prières. (Poliziano qui raconte ces très hauts faits, et très toscans, a tort de s'en émerveiller bêtement, puisque Jacopone montra ainsi qu'il était un homme, même plus qu'un homme, un Toscan, et puisque donner son propre corps au diable était une vertu dans un moment pareil et dans une ville comme Florence où beaucoup des citoyens les plus en vue, Laurent et Julien de Médicis, et Poliziano lui-même, avaient l'habitude de donner au diable ce petit trou d'où sort souvent, même à Florence, le souffle de l'âme).

Et que fit donc, pour rester dans la famille des Pazzi (qui fut une famille toscane, et pour un peu je serais désolé de n'être pas un des leurs), que fit et que dit ce Francesco, né d'Antonio frère de Jacopo, dont Poliziano nous conte encore qu'il était lui aussi « comme tous les Pazzi, indiciblement prompt à la colère : il était de petite taille, de corps gracile, de carnation terreuse, blond de chevelure, dont il prenait, dit-on, un soin excessif » (quelle jalousie de femme, Messire Agnolo, dans cet « excessif »). Cette chevelure

1. Patriote italien qui prit part à la guerre contre l'Autriche en 1848. Beau-fils de Manzoni.

2. Capitaine et patriote mort à la bataille de Gavinana, alors qu'il se portait au secours de Florence assiégée par le prince d'Orange (1530).

toute blonde me semble se trouver d'accord avec cet autre trait de son caractère, à savoir que « c'était un homme sanguinaire » ; il le prouva à Santa Reparata, le matin où il s'attaqua à Julien, déjà à demi-tué par Bandino et évanoui à terre et qu'il le transperça de plusieurs coups de poignard. Francesco fut également blessé dans cette échauffourée et, comme il était revenu à la maison, en fut tiré tout nu et à moitié vivant, la corde au cou. Il ne faisait que cracher (Poliziano ne le dit pas, mais tout le monde sait qu'il ne faisait que cracher : et éjectés d'une telle bouche, les crachats valaient mieux que les discours) offrant le spectacle de son « incroyable orgueil ». (Quel reproche est-ce là ? Depuis quand l'orgueil, serait-ce celui des Florentins, est-il un péché dans un pays comme l'Italie où qui n'est pas orgueilleux est mouton ? Comme si le fait d'être orgueilleux était un défaut dans une cité qui se préparait à ramasser avec la langue les miettes tombées de la table des Médicis.)

Il crachait, pendu à la grille du Palais des Seigneurs, et cracha jusqu'à ce qu'il fût mort. Un autre Francesco le rejoignit là, Francesco Salviati, archevêque de Pise – très digne de lui et de son orgueil rageur – qui fut pendu par-dessus son cadavre. « Et raconte Poliziano, soit hasard, soit mouvement de rage, il s'accrocha des dents au cadavre de Francesco de' Pazzi, et mordait férocement une de ses mamelles, les yeux ouverts comme un possédé, dans l'instant même où il était étranglé par la corde. » (Allez donc vous fier aux archevêques, surtout s'ils sont de Pise !)

Est-ce par effet de la rage qu'ils ont au corps, laquelle les pousse à préférer le crachat à la parole et l'usage des dents à l'usage de la langue, ou pour une tout autre raison, mais le fait est que les Toscans, et spécialement les Florentins, mènent toutes leurs affaires en prose, avec une grande simplicité, sans mots inutiles, et plus encore les affaires importantes et atroces que celles qui sont insignifiantes et gentilles. Ainsi qu'on le voit bien dans cette conjuration des Pazzi qui donna à chacun l'occasion, aussi bien du côté des Médicis que des Pazzi, de montrer à quel point les Toscans attachent peu de prix à la rhétorique, aux beaux discours, aux gestes grandiloquents. Qu'on pense à ce qu'il advint de ce Jacopo de' Pazzi après sa mort.

Poliziano raconte qu'en ces jours « survinrent de longues, continuelles et ruineuses pluies » provoquant de graves dommages « aux blés encore laiteux ». Les paysans des environs de Florence tinrent Jacopo de' Pazzi pour responsable de ces pluies, pour avoir été enseveli en terre sacrée, alors qu'il était un si grand scélérat. C'est pourquoi une grande foule se rassemble à l'endroit de sa sépulture, le déterre et va l'ensevelir hors des murs. Mais le lendemain, « chose qui parut vraiment monstrueuse, une multitude d'enfants, comme enflammés par le feu mystérieux des Furies, déterrent de nouveau le cadavre (le voilà bien qui nous saute au nez au moment le plus inattendu ce Poliziano des vers latins avec tout son cortège de muses, de nymphes, d'Apollons, d'Orphées, le voilà bien le petit instituteur attaché à la maison des Médicis ! S'il était florentin et non un misérable petit toscan de Montepulciano, il ferait rougir jusqu'au porcelet de Tacca[1]). Il s'en fallut de peu que quelqu'un qui voulait les en empêcher ne fût tué à coups de pierres. Tirant le cadavre par la corde qui l'avait étranglé, ils le traînent à travers toutes les rues de la ville sous les injures et les risées. Quelques-uns par dérision le précédaient, avertissant les citadins qu'ils aient à s'écarter et à laisser passer un aussi insigne chevalier. D'autres, battant le cadavre à coups de gourdin et d'aiguillon, l'incitaient à marcher vite, à ne pas faire attendre trop longtemps les Florentins sur la place, si avides de le voir. L'ayant ensuite traîné devant la maison des Pazzi, ils lui faisaient heurter la porte du front, en criant bien haut : Eh ! là-dedans. Venez recevoir le maître qui rentre chez lui ! Enfin, ils descendirent au bord de l'Arno et jetèrent ce sale cadavre dans le fleuve ». Et c'est sur ce « sale cadavre » que s'achève la scène : jamais mot ne m'a paru plus toscan et plus courtois.

Ce mort, bien qu'il ait eu de quoi le faire à revendre, ne pouvait se défendre, ne se défendit pas et, s'il en eût été capable, ne se

1. Sculpteur de Carrare (1580-1650).

serait certainement pas défendu avec de belles sentences, comme il est d'usage en Italie, où la rhétorique tient souvent lieu d'action. Car il n'y a point de Toscan, il n'y en a jamais eu, qui, en quelque danger, en plein triomphe ou en péril de mort, se mette à chanter, à faire la roue, à jouer le rôle du héros : ce qui lui sort d'habitude de la bouche, en de pareils moments, c'est un éclat de rire, un gros mot, et personne ne sait s'il a voulu se tourner lui-même en ridicule ou se moquer des autres, faire rire de lui ou d'autrui. Chose certaine, il penche plus du côté d'Aristophane que de Pindare. Et s'il lui arrive de devoir mourir « en héros », comme on dit, il ne saisit pas une épée à garde dorée, mais ce qui lui tombe sous la main. Ainsi que fit Laurent de Médicis quand il eut à se défendre à Santa Reparata contre les Pazzi et leurs sicaires : il utilise une espèce de stylet, qui était d'ailleurs un coupe-papier.

« Cependant les sicaires, raconte Poliziano qui fut témoin et acteur de cette vilaine affaire, s'attaquent aussi à Laurent, et Antonio da Volterra lui pose le premier la main sur l'épaule gauche, voulant le frapper à la gorge. Mais Laurent, impavide, dénoue son manteau. (Poliziano dit « impavide », croyant lui faire honneur : mais impavide se dit d'un homme qui reste froid et orgueilleux dans le péril, ne remue ni un cil ni un poil ; ce qui est le contraire de ce que fit Laurent avec un emportement plébéien, en fils de la plèbe qu'il était, ses aînés étant issus de rien, des parvenus, et lui-même étant de peau fine mais de sang épais ; il ne dénoua pas son manteau, comme dit Poliziano, mais, ainsi que d'autres l'affirment, il enleva sa veste. Il s'en enveloppe le bras gauche et dégaine sur-le-champ l'estoc (croyant faire honneur à Laurent, Poliziano dit « estoc » pour ne pas parler du coupe-papier qu'à cet instant critique il eut la présence d'esprit de mettre dans la main de Laurent, lequel, en bon chrétien, allait à l'église sans armes).

« Il est pourtant atteint d'un coup, car, tandis qu'il se déshabillait, il reçoit une blessure à la gorge ; mais prompt et courageux comme il est, l'estoc au poing, il se tourne vers les sicaires et, se gardant de tous côtés, se défend contre eux tous. » (Le revoilà avec cet estoc ! C'était un coupe-papier encore tout parfumé de l'odeur du papier humide d'encre, tout parfumé encore, dirais-je, du grec de Platon et de Plutarque, du latin d'Horace et du toscan des « stances » écrites par Poliziano.) On l'aurait tué si ses mignons, Antonio Ridolfi, noble jeune homme, fils de Jacopo, Andrea et Laurent Cavalcanti « dont il se prévalait comme de ses gardes de corps » et au-dessus des autres Sigismondo della Stufa, « jeune homme insigne qui depuis son enfance était lié à Laurent par l'amour et une merveilleuse affection », ne l'avaient défendu.

Dans cette échauffourée et ce très grave péril, la bouche de Laurent ne proféra aucune parole, aucune sentence, de celles qui plaisent aux écrivains auliques et aux poètes courtisans. « Il hurlait et se livrait à des imprécations », raconte Agnolo Poliziano. C'est tout. Si au lieu de hurler et de se livrer à des imprécations, si à la place des jurons et des blasphèmes étaient sorties de sa bouche quelques-unes de ces jolies paroles en forme de crottes qui plaisent tant aux timorés, on peut être sûr que Poliziano nous les aurait rapportées, fût-ce en grec ou en latin. Quant à moi, il ne me déplaît pas qu'il les ait « tous envoyés se la manier dans la poche », et les sicaires des Pazzi, en effet, « effrayés prirent la fuite », ainsi que raconte Messire Agnolo, et c'est une manière polie de dire qu'ils allèrent en hâte se la faire foutre au cul.

Cette façon d'expédier les gens, qu'ils soient du pays ou étrangers, est une façon très toscane de concevoir l'histoire, qu'on retrouve chez tous les Toscans, aussi bien chez ceux qui tiennent le haut du pavé que chez les autres, c'est-à-dire chez les gras comme chez les maigres. Au point que l'histoire des cités de Toscane, Florence en particulier, est entièrement faite de gens qui s'envoient les uns les autres se la faire foutre au cul, et il n'y a pas de Toscan ou d'étranger, grand ou petit, peu importe, qui n'ait goûté de la chose au moment le mieux choisi. Même Dante s'est fait expédier de la sorte : il n'est pas vrai qu'il l'ait fait de son propre chef, pour régler des affaires de famille. On l'a proprement expédié.

Ce qu'en criant et blasphémant Laurent disait aux sicaires des Pazzi de derrière la porte fermée de la sacristie de Santa Reparata, tous les Toscans l'ont dit dans les moments où ces paroles doivent être dites : et je voudrais que dans les épigraphes des monuments, sur les pierres commémoratives, aux façades des palais et des maisons et jusque sur les architraves du Palais de la Seigneurie, sous la dédicace au Christ-Roi de Florence fussent sculptés les mots : « Va te la manier dans la poche. » Je les voudrais imprimés en tête des chroniques de Dino Compagni et de Villani, des œuvres historiques de Machiavel, de Guicciardini, de Giambulari, car toute l'histoire de Florence et de la Toscane est dans cette phrase ; je veux dire l'histoire de la liberté toscane, et surtout florentine, du « *cosa fatta capo ha*, chose faite a force de loi » de Dino Compagni, qui veut dire que tôt ou tard tout le monde va se la manier dans la poche, au très fameux « allez vous la faire foutre au cul, vous et la liberté » de Lorenzino de Médicis.

Après avoir assassiné le duc Alexandre qui n'était pas seulement un tyran mais un géant de deux mètres, Lorenzino se vit reprocher par les principaux citoyens « libéraux » de Florence, ennemis de la tyrannie d'Alexandre, de ne s'être pas jeté le cadavre du tyran sur les épaules et de n'être pas descendu sur la place publique en appelant les Florentins à la liberté. À ce reproche, Lorenzino répondit qu'avant tout il n'aurait pu le faire, petit et gracile comme il était, et que s'il était sorti la nuit avec cet énorme corps sur les épaules, criant de son filet de voix aigu : « Florentins, vive la liberté ! » personne ne se serait éveillé, personne ne serait descendu sur la place et les quelques curieux qui auraient quitté leur lit se seraient mis à rire derrière les jalousies. « Allez tous vous la faire foutre au cul, vous et la liberté ! » semble conclure ce Brutus mineur, ce héros de la liberté toscane ; et je ne vois pas qui pourrait lui donner tort. Ainsi parle-t-il lui-même dans son *Apologie*, qui est une prose non pas digne de son siècle, déjà poussif et baroque, mais du maigre Trecento[1] et des Grecs qui furent très maigres, spécialement Xénophon…

C'est exactement pour cette raison que les Alliés ont laissé en Toscane un tel souvenir ; souvenir d'une très puissante armée vic-

1. XIVe siècle.

torieuse qui avait l'air d'aller là où on l'avait expédiée, c'est-à-dire se la manier dans la poche, et elle marchait les fesses en dedans, se retournant de temps en temps dans la crainte que quelqu'un ne vienne tout à coup lui pincer le derrière. Presque le même souvenir laissé par Charles VIII, roi de France.

VIII

L'Arno est un fleuve qui rit, le seul fleuve en Italie qui rie à la face des gens.

Ce matin d'août 1944, quand les Anglais, ayant enfin traversé l'Arno, débouchèrent par le Ponte Vecchio sur la place de la Seigneurie, j'eus l'impression d'assister à l'arrivée de Charles VIII à Florence, comme elle est peinte sur la toile des Offices, où les Florentins formant la haie le long des murs, juste en face du palais de la Préfecture, qui était à cette époque le palais des Médicis, admirent l'entrée du roi Charles à Florence par la rue Cavour.

Charles monte un genet français aux jambes longues et maigres et porte sur les épaules un grand manteau rouge ; sur sa tête blondasse, de guingois parmi ses boucles d'étoupe, une couronne d'or en équilibre sur le front, dans la main un sceptre du même métal ; il dirige son cheval vers la porte monumentale de la Préfecture, escorté par une suite de seigneurs français vêtus de soie, de damas, de velours de Lyon orné de lis d'or en arabesques. J'ai vu des visages d'imbécile, mais comme celui-là, jamais. C'est non seulement ce qu'on appelle un visage d'imbécile, mais ce que nous appelons mieux encore en Toscane un « *muso di bischero* » (gueule de bitte) : un petit nez tout délicat et gentil, une bouche en cœur de donzelle, un je ne sais quoi de « mammi-mammi » dans les manières, l'attitude, le geste affecté des bras malingres, de la menote qui tient le sceptre d'or, dans les épaules étriquées, drapées de rouge, enveloppées dans la pourpre de César, si ce n'est de Césarette, dans les jambes tordues où l'os du genou ressemble à un os d'agneau et dans ces yeux blonds de cils, pleins jusqu'au bord de morgue, de suffisance et d'une grande peur de tomber de cheval.

Bref un « *muso di bischero* », une gueule de bitte, comme celles qui sont dessinées à la craie sur les parois de tôle des urinoirs publics, vrai journal mural des Italiens et témoignage le plus probant que la liberté de la presse appartient en Italie à la même famille que la liberté de pisser. Une gueule de bitte comme on en voit tant chez nous, si bien qu'on ne comprend pas quelle raison elles auraient pour arriver d'ailleurs, comme si nous en manquions à la maison. (Tout le suc de l'histoire de l'Italie est là : nos malheurs viennent du fait que les gueules de bitte ne sont pas seulement un produit du terroir, mais nous arrivent aussi de l'étranger, et ces gueules de l'étranger font concurrence aux nôtres.) Tout en ajoutant son bon poids de sottise à ce petit nez, à cette bouche en cœur, à ces petits yeux, à cette peau de lait, à ce visage moulé-maison, les Florentins établissaient la comparaison avec le nez en forme de savate de ces plébéiens de Médicis, avec la bouche du gros pot évasé et les yeux de possédés, exorbités, de Laurent et des siens, avec ces mentons de bois en galoche, avec ces longues chevelures si noires qu'elles semblaient bleues, avec cette expression de tout le visage, entre la fierté et l'arrogance, entre la moquerie et la malignité, qui pouvait être aussi, soyons justes, un air de gentilhomme, d'homme, en tout cas, cela est sûr.

À regarder Charles VIII comme il est peint aux Offices, il me revient à l'esprit, par contraste, l'image de Julien de Médicis décrit par Poliziano : « Il était de haute stature, carré d'épaules ; il avait une poitrine large et proéminente, des bras vigoureux, des jointures fortes, un ventre dur, de larges cuisses, des mollets un peu plus gros qu'il n'aurait fallu, des yeux vifs, un regard aigu, une carnation brune, une chevelure abondante, cheveux longs et noirs rejetés en arrière du front sur la nuque. Cavalier habile et archer valeureux, excellent au saut et dans les autres exercices corporels, il prenait merveilleusement plaisir à la chasse. Il était d'un grand courage et d'une constance absolue, cultivant la religion et les bonnes mœurs (hé, hé, vous entendez ?), particulièrement avide de peinture, de musique et de tout ce qui peut charmer. Il avait un esprit non impropre à la poésie. Il écrivit quelques rimes toscanes d'une merveilleuse gravité et pleines de sentences. Il lisait volontiers des vers d'amour ; il avait de la faconde et était prudent, mais cependant d'esprit peu prompt. Grand amateur de courtoisie, il était même très poli. Il haïssait fortement les menteurs et ceux qui n'oublient pas les injures. Médiocrement soucieux de son corps, il était pourtant élégant et très propre. » (C'est-il, peut-être, qu'il se lavait avec de l'eau sèche ?)

Dommage que les sicaires des Pazzi l'aient assassiné à Santa Reparata : s'il n'avait pas été tué, il m'aurait plu de le voir s'avancer à la rencontre de Charles VIII sur le seuil du palais de la Préfecture et j'aurais pris plaisir à comparer ce gros morceau de Florentin avec ce petit brin de Français.

« Vous avez fait un bon voyage, par hasard ? » demande Julien. « Oui, merci ! » répond Charles VIII. « La route de Paris à Florence est longue ! » dit Julien. « Oui, merci ! » répond Charles VIII. « Et vous avez fait tout ce chemin pour venir à Florence vous la faire foutre au cul ? » dit Julien. « Oh ! oui, merci ! » répond Charles VIII, entrouvrant en un sourire rond sa bouche en cœur « mammi-mammi ». Il m'aurait plu de voir, à ce moment-là, le visage des Florentins qui, sur la toile des Offices, jouissent de la scène sur les trottoirs de la rue Cavour ou debout sur les bancs de pierre courant le long des murs des palais ; ou bien, ils vont à leurs affaires, se retournant pour regarder Charles VIII, le lorgner du coin de l'œil, comme on dit, et ils ont l'air de se dire entre eux : « Qui c'est celui-là ? qu'est-ce qu'il nous veut ? Qui c'est qui nous l'a expédié ? Pourquoi qu'il ne va pas se la manier un peu plus loin ? » Ce qui est une manière toute toscane, et pour mieux dire florentine, d'accueillir les gueules de bitte arrivées du dehors pour faire concurrence à celles du dedans.

(Au fond de la rue Cavour, au-dessus des toits rouges des maisons, on aperçoit la colline de Fiesole, toute claire d'oliviers, un des flancs du Monte Morello, surmonté d'un nuage blanc, gonflé d'une douce eau qui a la saveur de l'eau de l'Arno, de l'Affrico, du Mognone ; et, au premier plan de cette claire perspective toscane de maisons, d'oliviers, de vignes, de cyprès, de pierre grise et de ciel vert, s'élargit et se dissout dans l'air la face de Charles VIII qui a une peau grasse et molle comme une peau de poule. Un rire clair court parmi les spectateurs, ce rire qui court toujours parmi les Toscans comme un fleuve, comme le fleuve qui a pour nom l'Arno : c'est un fleuve qui rit, le seul en Italie qui rie à la face des gens.)

En ce matin d'août 1944, quand ils passèrent l'Arno, débouchant par le Ponte Vecchio dans la Por Santa Maria et que de la place de la Seigneurie ils s'engagèrent dans la Via de'Calzaioli, voilà qu'un petit homme avec sa charrette à bras marchait en tête de la colonne blindée anglaise. À chaque carrefour, les agents au milieu de la rue, avec le lis rouge sur le col de la tunique et les gants de fil blanc, réglaient la circulation ; par circulation, il faut entendre l'entrée des armées alliées à Florence. (C'était l'été, il faisait chaud, et ces agents florentins, impeccables dans leur uniforme sobre, suscitaient l'étonnement admiratif des Anglais qui s'attendaient à voir des gens échevelés et déguenillés dans une ville livide et épuisée par le long siège.) En tête de colonne, juste derrière la charrette du petit homme, s'avançait un tank dans un infernal fracas de ferraille.

De la tourelle ouverte, un tankiste criait au petit homme : « *Get away ! go away !* » en lui faisant de grands gestes de ses bras étendus. Poussant sa charrette pleine de fiasques de vin, celui-ci se retournait en hurlant : « Du calme ! Du calme ! Suivez derrière moi avec votre engin, si vous êtes pressés !

– *Go away, go away !* criait le tankiste.

– Mais qu'est-ce que c'est que ces mœurs ? Je suis pressé moi aussi ! » vociférait le petit homme, et se tournant vers les passants qui vaquaient à leurs affaires sans daigner jeter un coup d'œil sur l'armée étrangère qui encombrait la Via de'Calzaioli, ou qui assistaient, ironiques, l'œil plissé, à ce défilé de ferraille poussiéreuse, il hurlait : « Qu'est-ce que c'est que ce culot ? On n'a jamais fini d'en voir de nouvelles ! Ceux-là s'en vont, ceux-ci reviennent ! Eh ! M'sieur l'agent, vous n'avez rien à dire, vous ? Vous entendez comme ils m'engueulent ? Gueulez, gueulez ! T'as envie de gueuler, moi je ne bouge pas d'ici, j' suis sur mon chemin ! Et si t'es pressé, passe par un autre côté ! Compris, trous du cul ! »

Ainsi criant et poussant sa charrette en tête de la colonne blindée, le petit homme continua sa route sans s'écarter jusqu'à ce que, parvenu au bout de la Via de' Calzaioli, il débouchât sur la place du Dôme ; il s'arrêta à côté du kiosque à journaux qui est à l'angle de la Misericordia et se tournant vers la colonne qui défilait dans un horrible fracas de chaînes, il cria : « Qu'est-ce que vous croyez ? Que vous êtes chez vous ? Il y a tellement de place dans le monde pour aller faire la guerre, et c'est juste ici que vous venez ? Trous du cul. »

Un agent s'approcha de lui pour dresser contravention. Le petit homme leva son visage vers le campanile de Giotto, la coupole de Brunelleschi, vers son beau San Giovanni, et les prenant à témoin : « Voilà qu'on recommence avec les contraventions ! cria-t-il. Nous sommes libres ! »

Un soldat américain passait à ce moment-là à côté de la Loggia del Bigallo ; un de ces Américains gras, au gros derrière ficelé dans des pantalons étroits et qui marchait en se dandinant. L'agent lui jeta un coup d'œil, se tourna vers le petit homme et dit : « T'as raison de les appeler trous du cul. Si celui-là fait un pet dans un sac de farine, on en a pour six mois de brouillard à Florence. »

IX

Ils s'en vont dans l'autre monde, dans l'au-delà,
comme s'ils passaient d'ici dans une autre pièce.

Le voyageur qui pénètre en Toscane s'aperçoit tout de suite qu'il est entré dans un pays où tout le monde est paysan. Mais être paysan chez nous ne veut pas dire seulement savoir bêcher, piocher, labourer, semer, émonder, moissonner, vendanger ; cela veut dire surtout savoir mêler mottes de terre et nuages, faire une seule chose du ciel et de la terre. Je dirai que nulle part le ciel n'est aussi proche de la terre qu'en Toscane : on le retrouve dans les feuilles, dans l'herbe, dans l'œil des bœufs et des enfants, sur le front lisse des filles. Un miroir que ce ciel toscan, si proche que la moindre haleine le ternit : des montagnes, des collines, des nuages et parmi tout cela les vallées ombreuses, les prairies vertes, les champs aux sillons droits (et quand il fait clair, on discerne dans le fond, comme en une eau limpide, les maisons, les meules, les chemins, les biefs, les églises). À chaque coup de pioche, l'air se mélange à la terre, un duvet d'herbe verte et bleue pointe aussitôt des mottes et des larves de cigales, des alouettes inattendues naissent d'elles.

Il suffit de la toucher pour sentir que notre terre est pleine de bulles d'air ; certains jours, elle se gonfle et lève et l'on dirait que d'un moment à l'autre des formes de pains vont en sortir. C'est une manière légère et pure, propre à faire des statues et des hommes. C'est de cette glèbe que fut certainement pétri le premier homme, cet Adam qui, avant le péché, était une mixture d'air et de terre et ne devint de chair qu'après son étrange erreur.

Cette terre, la nôtre, n'est pas grasse et pesante comme celle de la vallée du Pô et de la Romagne qui graisse les mains et le tranchant de la bêche, qui dans les jours de pluie devient une boue tiède, couleur de cuivre, où le bœuf enfonce jusqu'aux genoux et qui s'échauffe au printemps, exhalant cette odeur chaude d'herbe et de lait qu'on retrouve dans le pain, le vin, l'huile. Ce n'est pas non plus la terre maigre et avare de Ligurie que la mer dessèche de son souffle salé et où les poissons pourraient vivre, nager, croître comme le blé et être moissonnés à la bonne saison. (En Ligurie, les vignes, les oliviers, les pierres ont des écailles, des arêtes, des nageoires et tout sent le poisson sec.) Ce n'est pas non plus la terre dure et compacte du Latium, où la charrue met au jour des armes, des squelettes d'ossements et de marbre, comme si le propre de la terre latine n'était pas seulement de produire des moissons et des chevaux, mais d'engendrer des fragments de statues, de colonnes, des vestiges de cités et de nécropoles. La seule qui ressemble à la terre toscane est la terre ombrienne. Mais les paysans d'Ombrie, disséminés dans les champs, courbés sur les sillons, lèvent de temps en temps les yeux de dessus la charrue et regardent vers le haut, interrogeant le nuage sur la montagne, les oiseaux dans les golfes de l'espace. Ils espèrent toujours que la grâce de Dieu leur pleuvra du ciel et non, comme en Toscane, qu'elle naîtra de la terre.

Cette terre nôtre est de nature variée. Il y a la terre de Lucques saturée d'eau et de fumier, toute grouillante des vermisseaux de l'abondance, blancs et roses. Les vrais Toscans ne l'apprécient pas, car la trop bonne terre corrompt rapidement les hommes, les fait engraisser dans l'avarice et l'orgueil. Puis il y a la Maremme. Où la charrue révèle des tessons d'amphores étrusques, des médailles, des colliers d'or et de bronze, des miroirs d'argent. Et, en certains lieux, elle sent le fer, en d'autres le soufre, mêlée comme elle est de métaux et de feu. Puis il y a la terre siennoise qui est exactement de la couleur que les peintres appellent « terre de Sienne », et on la retrouve dans les cheveux des femmes, les nuages, les feuillages des arbres, le ciel lui-même, ce ciel terreux où voguent les argiles d'Asciano : par cette vertu qu'ont les Siennois de mélanger les choses célestes aux choses terrestres et de refaire le ciel avec la matière même, dont est faite la terre. Le long de l'Arbia, de l'Elsa, de l'Orcia, d'étranges vieillards sont assis au pied des oliviers, se reposant, discourant de semences, de récoltes, de miracles, et leurs yeux sont blancs et fixes. Ils ressemblent à des corps vides, à des formes vaines, à des peaux de couleuvre argentées.

Puis il y a la terre de Florence, de Pise, d'Arezzo. Celle des collines, grise et bleutée, exactement de la même couleur que la pierre grise, laquelle n'est rien d'autre que de la terre durcie, cuite au soleil. De cette terre grise sont faits non seulement les seuils, les églises, les statues, mais les arbres, les vignes, les plumes des oiseaux, les mains des enfants. D'une couleur pareille sont encore les nuages, et leur reflet donne aux visages une luminosité si pure qu'elle éveille chez quiconque les contemple un étrange sentiment de détachement à l'égard des choses et des hommes, une étrange espérance. Il y a aussi la terre de vallée et de plaine, où le bleu se mêle au vert et qui semble une terre non seulement pétrie d'air mais d'herbe : une terre de nature végétale. Les paysans eux-mêmes sont faits de bois vert ; ils ont des cheveux d'herbe, des visages en écorce de saule tendre, des yeux comme de tendres pierres précieuses. Les corps paraissent vides de sang, les membres ligneux, sans trace de chair ni d'os. Et ces corps en vieillissant deviennent secs et légers, les hommes ressemblent à d'antiques arbres, lisses et argentés ; leurs doigts sont pareils à des sarments de vigne, noueux et maigres. Ils n'ont confiance qu'en leur terre, en ce qu'ils sèment, en ce qu'ils récoltent. Et s'ils explorent le ciel, ils le font sans inutile rébellion, sans souci du gain, mais avec l'ironique conscience d'être soumis aux lois de la nature.

Le sens de la petitesse humaine accompagne toujours chez eux cette vieille confiance en la terre. Bien que les Toscans laissent voir avec une particulière évidence un certain orgueil, la conviction intime de leur propre supériorité sur les forces naturelles auxquelles ils sont soumis et contre lesquelles ils sont en lutte perpétuelle, un certain mépris, dirais-je, pour tout ce qui échappe à l'empire de leur raison cauteleuse et parcimonieuse, il est clair que se manifeste pourtant en eux la modestie qui naît du sens des proportions, des rapports, des affinités. Le monde dans lequel les Toscans vivent est un monde humain, le plus humain de tous les mondes où vivent les peuples. Un monde où chaque sujet, chaque personne, chaque force, chaque animal, chaque plante a sa place, assignée non seulement par les lois de la nature, mais par les lois de l'homme, spécialement celles auxquelles préside la très particulière raison des Toscans, une raison non fantaisiste. Tout est gouverné dans ce monde non seulement par des lois physiques mais par des normes morales : par les règles d'une architecture qui est celle des coupoles, des arcs, des maisons, formes et couleurs des montagnes et des arbres, pensées, actions et sentiments des hommes.

D'où la philosophie des Toscans, je veux dire l'histoire de leurs rapports avec la nature. Une ironique prudence gouverne ces rapports : et la nature elle-même confrontée avec eux, se montre prudente, se gardant bien d'enfreindre ses propres lois, comme elle le fait ailleurs, par goût de la nouveauté et capricieux penchant à l'égard des monstres, car un rien suffirait pour enlever aux Toscans leur confiance en Dieu, laquelle est étroitement associée à leur amour de l'ordre et de la justice. Les fléaux inhumains dont Dieu use afin de punir l'orgueil et parfois la sagesse des hommes, pestes, famines, déluges, n'auraient d'autre effet en Toscane que de rendre les Toscans encore plus orgueilleux et sûrs d'eux-mêmes. Ils les inciteraient à n'avoir plus confiance qu'en leur propre valeur et à soumettre la nature à l'empire sévère de leurs lois morales, à une tyrannie que le jeu des saisons même ne pourrait secouer. La mort en personne se verrait contrainte, par crainte du pire, à respecter les lois morales de ce peuple, qui est le seul à ne pas croire à la mort.

Ne pas croire à la mort, non en tant que règle universelle, mais en tant que norme particulière à chacun, aventure, événement personnel, tel est le propre des Toscans. La pensée de la mort ne les réjouit ni ne les attriste. Ils s'en vont dans l'autre monde, dans l'au-delà, comme s'ils passaient d'ici dans une autre pièce. Et lorsqu'ils s'en vont, ils ont toujours soin de fermer la porte derrière eux. Le seul Toscan qui s'en soit allé sans le faire est Dante. (Ce fut un scandale qui dure encore.) Il était vivant et pensait laisser la porte ouverte pour le moment de son retour. Mais quelle raison auraient donc les Toscans de laisser la porte entrebâillée ? C'est le seul peuple au monde qui ne songe pas à revenir en arrière.

Ils savent très bien que la mort n'est pour eux qu'un changement de domaine. Ils changent un métayage contre un autre, voilà tout. Le Régisseur reste toujours le même. Ainsi s'en vont-ils en enfer avec la pioche sur l'épaule. Ils savent qu'en enfer aussi ils trouveront un peu de terre à cultiver.

X

Et il y en a qui disent qu'ainsi que toutes les choses toscanes, ce vent naît de dessous terre ou, comme le croyaient les Étrusques, de l'enfer.

Chaque pays a son vent, chaque terre se reconnaît à sa manière de respirer : souffle qui rend les feuilles des oliviers plus claires, gonfle la chevelure des pins, lisse les pierres des murs et le crépi des maisons, ébouriffe des cheveux sur le front des filles et nettoie le ciel dans les jours troubles de mars. Haleine même de cette terre et sa profonde respiration.

La Toscane aussi a sa manière de respirer, très différente de celle de la Ligurie, de l'Émilie, de la Romagne, de l'Ombrie, du Latium, qui lui tiennent lieu de clôture. Mais différent est peu dire : contraire vaudrait mieux. C'est la même manière de respirer qu'ont ses habitants, ses pierres, ses plantes, ses fleuves, sa mer. En Toscane, comme ailleurs, les vents cardinaux sont au nombre de quatre, le vent grec, le vent libyen, le sirocco et la tramontane. Mais ce ne sont pas ces vents-là qui font le caractère de la Toscane, qui lui donnent sa couleur, sa respiration, le ton de la peau et de la terre, des yeux et des feuilles.

Du Latium, le vent grec apporte une forte odeur de cheval et de brebis : tu respires dans l'air tiède la fumée des grands feux allumés sur l'entrée des tombes étrusques, le long des rives sauvages de Montalto di Castro, de Tarquinia, de Tuscania. Tu sens l'odeur des fromages de brebis mis à sécher au soleil sur un lit d'herbes aromatiques, des chaudrons pleins de lait recuit bouillant, des peaux de brebis clouées sur les portes des chaumières, de la boue qui crépite et se lézarde à la canicule, devenant marais aux premières pluies d'automne. Tu sens la puanteur du sanglier dans les broussailles, du sang des cochons égorgés sur les aires, des buffles noirs qui ouvrent la voie aux eaux d'écoulement, dans les canaux d'irrigation, saccageant de leur dur poitrail les forêts de roseaux et de joncs. Tu t'aperçois qu'une odeur épaisse et jaune de tuf se mêle dans l'air léger à l'odeur fraîche et bleutée de la pierre grise.

Car aux confins du duché de Castro, là où la Maremme devient la campagne romaine, une antique alliance s'établit dans l'espace entre, d'une part, le tuf des sarcophages, le travertin des colonnes, la brique des aqueducs et, d'autre part, les gerbes des meules de la Maremme, la pierre grise, la pierre à chaux, le marbre vert des églises et des maisons toscanes. Bon vent que ce vent grec, mais il n'est pas de chez nous.

Le vent libyen vient de la mer, soufflant à l'improviste, violent, fou et voleur. Il arrive du Maroc, de l'Espagne ; c'est un vent échappé du bagne, qui se refait comme il peut de sa longue incarcération. Il fond comme un bélier sur les ondes éparses, les heurte du front, les rassemble, les pousse, semblables à un troupeau de moutons en délire, contre les rivages blancs, les rochers pourpres, les môles noirs de charbon. Il descend comme un faucon sur les voiles, les lacère, et des lambeaux de toile volent dans son tourbillon, comme des colombes. Son long sifflement rageur, aiguisé comme une faucille, coupe l'herbe des pâturages marins où s'ébattent des bandes de chevaux à la crinière d'écume que son sifflement inattendu éparpille au galop sur la mer verte striée de longs hennissements blancs. L'horizon se fend, et des prisons d'Algérie et d'Espagne s'évadent en foule les prisonniers demi-nus, hurlant de joie. Des flancs des voiliers brisés par l'ouragan, une racaille saoule avance la tête, la langue crevassée et gonflée par le scorbut. Des meutes de chiens en fureur aboient sur les monts et dans les vallées que forment les eaux furieuses. Et le tout monte à l'assaut de Livourne et de Viareggio : les guenilles étendues à sécher aux fenêtres, les voiles amenées des grandes barques dans le bassin claquent comme des drapeaux ; des nuages de poussières s'élèvent sur les aires, une nuée argentée se soulève des rives et des rochers, envahit les villes, les faubourgs, s'étend sur les campagnes. L'odeur amère du sel, le craquement des haubans et des beauprés, entrent dans les prisons, les hôpitaux, les couvents. Les hommes et les animaux, les prisonniers sur leur paillasse, les malades sur leur grabat, les frères dans leur cellule, les fous dans les asiles, les vieux dans les hospices, les paysans dans les champs et les bûcherons sur les montagnes ont la bouche pleine de la mer. Le vent libyen, le vent libyen ! Les enfants se ruent en masse hors de l'école, le cartable sous le bras, et c'est fête partout, cris et poursuites. Tout le rivage est blanc d'écume. Beau vent que le vent de Libye, mais il n'est pas de chez nous.

Le sirocco souffle de l'île d'Elbe, de l'île du Giglio, il souffle de l'enfer marin ; vent mou et suant, souffle paresseux et flâneur qui vagabonde par les rues en laissant derrière lui un relent de tabac et de vin, de poisson avarié et de goudron. « Il pue le fromage », dit-on du sirocco en Sicile. Un vent pansu, à replis, tout en graisse et en peau, armé d'immenses mains velues qui bâillonnent la bouche, caressent les joues, glissent le long des bras, le long du creux de l'échine, et il t'en reste sur le corps une molle bavure de sueur. Dans l'espace, sur les fils invisibles de leurs toiles, d'énormes araignées se promènent de guingois. Des lézards morts gisent sur le dos au pied des murs, montrant leur ventre gonflé et blanc. Les cuivres suspendus dans les cuisines se couvrent d'une moisissure verte. Le ciel est gris et pesant. Des nuages sales, ourlés de jaune, heurtent les murs. La mer est trouble, les eaux rejettent sur la plage de vieilles chaussures gâtées et des poissons crevés. Vilain vent que le sirocco : mais il n'est pas de chez nous.

De l'Émilie et de la Romagne, la tramontane descend en rafales glacées : on l'appelle le rémouleur parce qu'elle affile les cyprès et en fait des couteaux. Comme un fleuve en crue, elle apporte avec elle une odeur de genêts et de châtaigniers, d'écurie tiède, de bosquets de chênes, de fumée de broussailles dans les chemins de pierre claire. L'air purifié vibre et résonne comme une vitre. Le ciel balayé s'incurve et s'éloigne, les montagnes se découpent avec netteté sur l'azur pâle et poli, les arbres se font fragiles et maigres, les routes paraissent plus blanches, l'eau des fleuves luit et claque contre les rives, le ciel entre dans les maisons, emplit d'azur bouteilles, verres et assiettes. Beau vent que la tramontane : mais il n'est pas de chez nous.

Puis il y a un petit vent mineur ; on ne sait trop ce qu'il est, ni quel nom lui donner ; les uns l'appellent le petit saoulard, d'autres le petit fou, mais la plupart l'appellent le moineau : et il est vrai qu'il sautille comme un moineau parmi les champs et les haies, caressant le visage des fermiers, lustrant le poil des bœufs et des chevaux, nettoyant les vitres des fenêtres, les seaux de cuivre sur le petit mur du puits, transformant les grains de raisin en autant de pupilles brillantes et mutines qui vous lorgnent entre les pampres. Un petit vent qui fait du bien aux oliviers, et on ne sait d'où il vient. Il y en a qui disent qu'il vient d'Ombrie, d'autres de plus loin encore, des Marches ou au-delà. Moi, je dirais qu'il vient des environs de Pérouse, parce qu'il est propre, clair et paré de civilité ; petit vent qui fait maigrir, qui rend simple et ordonné ; ce n'est que lorsqu'il fait le fou qu'il m'a l'air de venir de cette région de l'Ombrie où habitent ces toqués de Gubbio. C'est le vent qui plaît aux Siennois, et on le voit représenté sur les toiles de leurs peintres, on l'entend souffler dans le parler de saint Bernardin, courir comme une eau vive le long des façades de marbre des églises, le long des murs des couvents. Il plaît aux Siennois comme le vent libyen plaît aux gens d'Arezzo et de Viareggio, le vent grec aux gens de la Maremme. Comme le sirocco plaît aux voleurs, aux parjures, aux marins ivres et aux Toscans avariés.

Puis il y a le vent de chez nous, toscan de la tête aux pieds, le vent qui n'a pas de nom ; c'est lui qui fait aspirer le *h* et le *t*, qui change certains *t* en thêta grec et le *c* en *g* sur les lèvres des Toscans de la Versilia, le *s* en *z* sur les lèvres des habitants de Pistoie, lui qui éteint les jurons dans la bouche des Florentins. Exactement un vent que nous nous sommes façonné de nos propres mains, à notre mesure, un vent de maison comme le pain des paysans, et on le retrouve dans la chevelure des arbres de Giotto, sur les fronts et dans les yeux des jeunes gens de Masaccio, dans les paysages de Piero della Francesca, de Léonard, de Lippi, dans les vers de Cavalcanti et de Guinizelli, dans la prose de Dino Compagni et de Machiavel, jusque dans les soupirs de Pétrarque, pourtant brisés par le mistral provençal. C'est le vent de Pulci, de Berni, de Cellini, et on le retrouve chez Dante, Boccace, Sacchetti, Lachera, Bernocchino ; sur tout ce qu'il touche, il laisse son signe et vous déchire les habits sur le dos sans que vous vous en aperceviez. S'il se fâche, il fait la tête, mais il se fâche rarement, et plus par dépit que par inclination. D'habitude, il est lisse, sans colifichets ni franges, et s'il se gonfle, c'est pour caresser la coupole de Brunelleschi, jamais pour s'adapter à la bouche ronde des grands-ducs, des puristes et de ceux qui jouent au rustre ou au précieux pour paraître toscans. Le respirer convenablement n'est pas facile, il faut être né toscan : sinon tu te mets à tousser, tes boyaux se nouent ou, ce qui est pire, tes joues se gonflent, chose chez nous très laide à voir. Il a un arrière-goût doux-amer, comme la vraie huile de chez nous, comme le vrai Chianti, comme les poissons de l'Arno, comme l'argutie, l'ironie, le rire et jusqu'à l'urbanité familière des vrais Toscans, lesquels sont pleins de finesse, d'ironie, souriants, polis de manières et de langage, mais au fond combien amers ! Quel triste et sévère sentiment du temps, quel sens rusé, méchant, désolé de la misère humaine, de la petitesse imbécile et de l'infélicité des hommes dans ces âmes en apparence si joyeuses et insouciantes !

Le bon sens des Toscans, quelle excuse commode ! Et quelle plaisante vision que celle de ce peuple élancé, maigre, adroit, rieur, pour qui ne le connaît pas ou feint de ne pas le connaître, par paresse ou par prudence ! Dino dit en voyant les Florentins assis le soir à prendre le frais sur les marches du Dôme : « Attendu qu'un vent très frais et un air très suave soufflent toujours et qu'en eux-mêmes les marbres blancs conservent ordinairement le frais. » Pourtant, essaie de t'y fier à cet air si suave. S'il souffle en rasant la terre, tu marcheras dessus comme sur un fil et gare aux faux pas. S'il souffle haut sur les toits, il le fait exprès pour que tu lèves la tête, mais gare si tu trébuches ; du coup, le ciel, les nuages, les toits, les murs, les tours, les campaniles, la Toscane tout entière et tous les Toscans te dégringolent sur le dos, t'écrasent, te mettent en capilotade ; non content de t'avoir tué, on te prend pour un imbécile. Je ne te conseille pas de plaisanter avec un tel vent, car on ne sait pas d'où il sort. Il y en a qui disent qu'ainsi que toutes les choses toscanes, ce vent naît de dessous terre ou, comme le croyaient les Étrusques, de l'enfer.

XI

« To mae ! »
(Cri de guerre des Pratéens et des Florentins.)

Que viennent faire les lis dans les armes de Prato, « cette fille fleurdelisée de Florence », comme l'appelle Machiavel ? (Et Gabriel d'Annunzio de lui faire aussitôt l'écho : « Salut, fille fleurdelisée de Florence. ») Fille de Florence, Prato ? Fils des Florentins, les Pratéens ? « *To mae !* » dit-on à Prato pour dire : « Ta mère ! » aux Florentins ; mais le malheur veut que les Florentins disent aussi : « *To mae !* » aux Pratéens, si bien qu'on ne sait trop si les Pratéens sont fils des Florentins, ou les Florentins fils des Pratéens.

Ce que nous sommes, il serait trop long de l'exposer. Mais qui donc ignore que les Pratéens sont tous amoureux des Florentins ? Ils donneraient leur peau pour être à même d'imiter – dans la manière de porter le chapeau, de nouer la cravate, de marcher, de parler, de rire – ce je ne sais quoi de fantasque, cet air effronté et railleur, cette inimitable célérité à mêler le rire à la parole (tant et si bien que tu ne sais pas s'ils parlent ou rient de toi, et tu te trouves déjà occis quand tu n'étais même pas blessé) ; bref, cette élégance, cette maigre et allègre fantaisie qui font des Florentins le plus bizarre, le plus agréable, le plus dangereux des peuples d'Italie. Amoureux, mes Pratéens le sont jusqu'à répéter leurs gestes, le ton et l'accent, avec une fureur jalouse qu'étant enfant je n'arrivais pas à m'expliquer, Prato n'ayant rien à envier, selon moi, à aucune autre cité et moins encore à Florence ; d'autant plus surprenante me paraissait donc cette manie, toute pratéenne, de justifier nos propres bizarreries et caprices par une phrase qui me semblait alors pleine d'une obscure et mystérieuse signification : « À Florence, on fait comme ça », disent encore aujourd'hui mes Pratéens, à voix haute, chaque fois qu'ils se trouvent obligés de justifier leurs fantaisies, un geste ou une action qui sortent de l'ordinaire, hors des règles, hors de la tradition de prudence raisonnée dont s'enorgueillit l'histoire de ma cité.

Un mari jaloux bat sa femme ? À Florence, on fait comme ça. Deux cochers de fiacre se flanquent une torgnole ? Une fille allonge une baffe à un malappris ? Deux femmes se crêpent le chignon ? À Florence, on fait comme ça. Un ivrogne se met à haranguer la foule du balcon du palais du Prétoire ? À Florence, on fait comme ça. Les militants de l'Assistance publique se bagarrent avec les Frères de la Miséricorde ? Un chiffonnier va en prison ? Une femme trahit son mari ? Où est le mal ? Ignorerais-tu par hasard qu'à Florence on fait comme ça ? Au point qu'étant enfant j'acquis peu à peu la conviction que Florence était une cage à fous où les étrangetés de toute sorte étaient monnaie courante, constituaient la règle, non l'exception, où les gens passaient, non leur temps, ce qui serait trop peu dire, mais le meilleur de leur vie à combiner toujours de nouvelles folies. Une ville de fous où tous les maris s'amusaient à battre leur femme, où tous les cochers se flanquent des torgnoles du matin au soir, où toutes les filles ne songent qu'à allonger des revers de main aux garçons, toutes les femmes à se crêper le chignon, tous les ivrognes à haranguer la foule du haut du balcon du Palazzo Vecchio ; où tout le monde, finalement, rivalisait à qui mieux mieux dans l'invention de fantaisies jamais vues. Une ville extraordinaire où je rêvais de pouvoir me rendre un jour pour admirer dans la plénitude de leur gloire, les fous les plus heureux, les plus divertissants, les plus fantasques du monde.

Chaque jour m'apportait une raison nouvelle de croire avec plus de conviction à la folie des Florentins. Ainsi cette fois où j'entendis quelqu'un au café du *Petit Bacchus* – c'était Livi le pharmacien – s'exclamer d'un air fâché : « Alors, quoi ? Qu'est-ce qu'il y a d'extraordinaire ? Dante aussi a été pharmacien. » Dante pharmacien ! Mais Dante était florentin, et à Florence on fait comme ça. Et cette autre fois où le bruit se répandit qu'un Allemand, un certain Stroscheneider, marchait sur un fil tendu à la hauteur du quatrième étage d'un bout à l'autre de la place Santa Maria Novella ? Personne ne pouvait m'ôter de la tête que tous les Florentins marchaient à la hauteur des lucarnes, sur un fil tendu à travers les places et les rues. Ou cette fois encore qu'arriva à Prato, pour ses affaires, un Florentin gigantesque, haut de plus de deux mètres, qui s'appelait, si je ne me trompe, M. Palais ; et tout le monde racontait qu'il avait vendu son squelette à l'Observatoire et vivait maintenant sur les rentes que lui fournissaient ses os ? Cela me semblait la chose la plus naturelle du monde que les Florentins vendent tous leur squelette de leur vivant aux musées de Florence et vivent ainsi honnêtement de leurs rentes. Et les bizarreries du poète Fagioli[1] ? Fagioli signifie fayot : tous les Florentins me paraissaient être des fayots.

Et les étrangetés des grands-ducs ? Ces grands-ducs, bons vivants qui ne dormaient pas la nuit pour penser aux farces qu'ils feraient le lendemain à leurs très chers sujets. Ça, oui, c'étaient là des souverains dignes de Florence ! Quand un grand-duc passait dans les rues, ce n'était que cris, bousculade, fenêtres ouvertes en claquant et grande envolée de bras et de chapeaux : « Vive le grand-duc ! Vive le grand-duc ! », et le grand-duc se retournait, faisait la grimace, saluait à droite et à gauche, criant : « Vous ne perdez rien pour attendre ! », et la foule de rire, de mener grand bruit et de battre des mains, tandis que des volées de gamins couraient derrière la voiture, s'agrippaient au soufflet, s'excitaient à qui arracherait le plus de plumes au bicorne grand-ducal, et que finalement le peuple entier lui tendait des embûches, embuscades et guet-apens sans que rien annonçât la colère du souverain ou,

1. Poète burlesque (1660-1742).

pour les Florentins, une mauvaise tournure des choses. Ou la dernière plaisanterie qu'ils firent à leur dernier grand-duc ? C'était en 1859 ; un soir, ils allèrent le prendre au palais Pitti pour l'expédier à l'étranger. Les plus remuants voulaient dételer les chevaux et se mettre eux-mêmes dans les brancards. Le grand-duc croyait qu'il s'agissait d'une farce et riait, clignait de l'œil d'un air entendu, se laissa hisser dans la voiture, se penchait à la portière en agitant son tube. La foule hurlait des vivats, lui envoyait des baisers et des fleurs, et le grand-duc, de la portière, avec une grosse voix mi-amusée, mi-menaçante : « Parfait, mes braves ! Demain, ce sera mon tour ! Demain, ce sera à moi de vous arranger ! » Il se croyait en pleine plaisanterie, une de ses habituelles plaisanteries. « Oh ! grand-duc, lui répondait la foule en délire, oh ! grand-duc, à Florence on fait comme ça ! » La voiture se mit en mouvement, s'éloigna, et le grand-duc ne revint plus à Florence.

À se remémorer tous ces faits, les Pratéens en avaient le sang tout remué d'envie et d'admiration. Quelle ville que cette Florence ! Ça, oui, c'était une ville ! Pas comme Prato où nulle folie n'était permise, sinon à la florentine. Fous, on l'était, mais pas à la mode de Prato. Règle prudente, il n'y a pas à dire. Et cependant les jours passaient, les mois, les années, et je me sentais enfermé dans ma ville comme dans une prison, aspirant de toute la force de mon âme à m'évader de la sage prudence des Pratéens, à me réfugier dans la merveilleuse folie des Florentins. Un jour enfin, pour un dix en mathématiques qui m'était échu, j'obtins en récompense la permission d'aller à Florence, en compagnie de Bino Binazzi, mon cher mentor, mon pauvre et cher Binazzi. Collé à la fenêtre du train, je regardais fuir les champs, les maisons, les montagnes, et l'impression m'envahissait que le paysage peu à peu se faisait étrangement plus lumineux et profond, que la couleur même de l'air changeait. Sur la grande route de Calenzano et de Sesto, les chars passaient en longues files : il me semblait que ce n'étaient pas les mêmes rouliers que ceux de la vallée du Bisenzio. Le crépi des maisons me paraissait plus lisse, plus clair, les rangs de vignes se poursuivaient parmi les champs avec une grâce plus vive et plus légère, l'éclair des campaniles surgissant dans les lointains verts m'invitait à des fuites aériennes ; je découvrais en tout un je ne sais quoi d'étrange, de jamais vu ni rêvé. J'aurais considéré comme une chose très naturelle de me trouver soudain, en arrivant à Florence, au milieu d'un peuple ailé, parmi des hommes à cheveux verts, munis de cent bras comme Briarée ou d'un seul œil au milieu du front comme les Cyclopes, tant j'étais porté au merveilleux.

Mais à peine sorti de la gare je vis venir à ma rencontre une population en tout point semblable aux Pratéens. Je ne dirai pas combien j'en restai pantois ; par bonheur, je me trouvai réanimé un peu par son langage ouvert et violent, sa manière de rire, son ton franc et gai, son ample gesticulation et simultanément par son ironie qui n'était pas que des lèvres et du regard, mais du front, des cheveux, des mains. « Nous y sommes », me dis-je. J'écarquillai les yeux dans l'espoir d'en voir des vertes et des pas mûres, en me disposant à assister à toutes sortes de folies et de spectacles cocasses. Et voici les balayeurs qui arrosaient les rues, les marchands de vin et les charcutiers sur le seuil de leur débit et de leur charcuterie, les cochers de fiacre somnolents sur leur siège devant l'hôtel Baglioni, le tube sur la nuque, sous le parasol tout frémissant de franges ; voici les agents, les crieurs de journaux, les passants, les gamins qui se poursuivaient dans la rue Panzani entre les jambes des chevaux, et l'on s'appelait, on se répondait, on gueulait, on riait, comme si tout le monde, me semblait-il, avait joué une comédie bourrée de bons mots, d'éclats de rire, de gestes bizarres, comme si tout le monde, à mes yeux, s'était trémoussé, chantant et parlant, au fil d'une musique, au tempo d'une danse ; rien de neuf, rien de merveilleux, somme toute, rien de différent de Prato dans la manière de se mouvoir, de parler, de gesticuler. Je me demandais : les Florentins ne seraient-ils pas vraiment les fils des Pratéens ?

Ce doute m'inquiéta et Bino Binazzi s'en aperçut certainement, car, juste à cet instant, il me prit par la main et allongea le pas, disant : « Regarde autour de toi si tu veux voir comment les Florentins sont fous. » Nous tournâmes à droite par la rue Rondinelli, et la promenade la plus étrange, la plus surprenante du voyage de ma vie commença alors pour moi. Palais Strozzi, les quais de l'Arno, palais Pitti, rue des Offices, place de la Seigneurie, le Bargello, Santa Croce et des églises, des palais, des monuments, des rues, des places, des ruelles, et tout soudain, après deux heures d'allées et venues d'un bout à l'autre de Florence, nous débouchâmes, je ne sais comment, devant Santa Maria del Fiore. « Regarde », me dit Binazzi. Je levai les yeux et le miracle du Dôme m'apparut tout à coup comme si la coupole de Brunelleschi et le campanile de Giotto étaient sortis à cette seconde de dessous terre. Il me semblait que la coupole n'avait pas encore fini de s'épanouir et se dandinait doucement dans l'air azuré. Je comprenais maintenant ce qu'est la folie des Florentins. Tous fous, les Florentins, mais quelle race de fous !

Bino Binazzi me lorgnait du coin de l'œil en souriant. Puis il leva peu à peu les bras, les déploya en un geste très lent, ample, solennel, ému, comme pour embrasser la coupole, le campanile, le baptistère, San Lorenzo, Santa Croce, Santa Maria Novella, le Palazzo Vecchio, Florence tout entière avec ses statues, ses tableaux, ses poèmes, ses palais, ses églises, Florence tout entière avec tous ses fous et toutes ses folies : « Tu vois, me dit-il, ce n'est qu'à Florence qu'on fait comme ça. »

XII

En été, comme chacun sait, les Florentins ont chaud.

Parmi toutes les statues de Florence, la statue de Jean des Bandes Noires[1] est celle qui mériterait le plus une paire de gifles sur la gueule. Regardez donc un peu comme il se tient assis bien à l'aise à San Lorenzo, avec son morceau de trique au poing. Qu'il pleuve ou qu'il vente, Jean est toujours là, avec son sourire mou dans son visage barbu. Et quelle barbe de petit efféminé, toute en bouclettes courtes, bien peignée, bien lissée autour d'une bouche semblable à celle d'une femme qui aurait envie d'une pastèque. Il ne se dérange pas même si vous le piquez dans le derrière avec une aiguille. « Je suis bien ici, j'y reste, semble-t-il dire ; essaie de me faire lever, si tu peux. » Et ce bâton qu'il tient en main, qu'en fait-il ? Pourquoi ne l'emploie-t-il pas ? Oui, pourquoi ne l'emploie-t-il pas ? On ne peut pas dire qu'en ces derniers temps la manière et l'occasion lui aient manqué.

Cette époque sentait le passé. Une époque de grandes idées et de grandes actions. On humait dans l'air un rien d'insolite et à la fois de familier, quelque chose qui était de tous les jours et

1. Condottiere, parent de Léon X, chargé par celui-ci de mettre à la raison quelques tyranneaux de la Marche d'Ancône. Il créa à cette occasion la cavalerie légère dite des Bandes noires, portant le deuil de Léon X (1498-1526).

en même temps d'étrange et de reculé. Les Florentins ne s'en apercevaient pas, habitués qu'ils étaient à respirer cet air, à se mouvoir entre leurs murs, sur les places et dans les rues, bref, à vivre entre eux. Mais ceux qui venaient d'au-delà des portes, les habitants des campagnes et des villages aux alentours de Florence dressaient l'oreille et restaient le nez au vent aussitôt qu'ils avaient mis le pied en ville. Le mardi et le vendredi, jours de marché, les paysans, les fermiers, les amateurs de chahut marchaient dans les rues d'un air soupçonneux, comme s'ils avaient craint à chaque instant de recevoir la caresse d'un bâton entre la tête et le cou. Les plus braves se plantaient le chapeau sur la nuque ou de travers, et un demi-cigare éteint entre les lèvres, les mains dans les poches, déambulaient tout raides au milieu de la rue, regardant fixement devant eux entre leurs cils blancs de poussière. Mais ils étaient peu nombreux et tous des environs de Prato et de Campi. Les autres s'avançaient tout doucement le long des murs, sur la pointe des pieds, les coudes levés, le chapeau sur le front, courbés et clignant des yeux avec l'air de ne rien savoir, de ne rien voir, de ne rien demander.

À une certaine heure, ils se rassemblaient tous sur la place de la Seigneurie et autour du Porcelet, puis, après le dîner, se retrouvaient à San Lorenzo, parmi les bancs et les tentes des petits marchands, devant les boutiques en contrebas des brocanteurs, discutant d'achats et de ventes, de bétail, de grain, de vin, de tresses de paille, de « gros sous » et de femmes. Du haut de son piédestal, assis sur les murmures et les gesticulations de la foule, Jean des Bandes Noires ne regardait personne en face : visage fermé, tête droite, le menton barbu dressé, son inutile bâton en main. Il faisait le sourd, mais ne perdait pas un mot des bavardages des gens. Non par prudence, mais par paresse, indifférence et orgueil. Choses qui ne sont pas certainement d'un Toscan. Le laisser-faire et le laisser-dire ne sont pas de la chicorée de nos champs. La chicorée toscane, c'est le donner raison, le « boucle-la, petite tête », le « touche-moi le nez si tu l'oses », « enlève-toi de là » et « fais-moi le plaisir ».

Pour nous qui étions jeunes, c'était une grande et belle époque. Une époque de grandes amours, de fugues, de : « *Guido vorrei che tu e Lapo ed io…* » (Je voudrais, Guido, que toi et Lapo et moi-même[1].) On se voulait mutuellement du bien, comme des frères ; et s'il arrivait parfois qu'on se flanque des torgnoles, ce n'était pas signe d'inimitié, mais de confiance. Échange de coups fraternels, de coups familiaux. Tous de braves garçons, au fond : la guerre ne nous avait laissé que de la corne aux mains, nous étions pleins d'indulgence, de tolérance. Et notre seul défaut était que nous ne pouvions supporter que les autres ne pensent pas comme nous. Ceci mis à part, nous vivions tous dans l'amour et la concorde, et ce n'était pas un bien grand mal si chaque fois qu'on se rencontrait, les noirs dans un camp et les blancs dans l'autre (sous les yeux des bourgeois, des pleurards, des ni-lard-ni-cochons qui nous regardaient de la fenêtre), on se bourrait de coups de bâton. Non par méchanceté, entendons-nous bien, mais en manière de plaisanterie. Vieille histoire, histoire de famille. Et hop ! des coups à faire trembler les murs, en pleine place publique, au point que le *David* de Michel-Ange allait se mettre à l'abri sous la Loggia dei Lanzi.

Mais au sein même de la fièvre des factions, un cruel soupçon subsistait dans le cœur des Florentins : le soupçon que dans la ville entière le seul qui eût peur des bagarres était justement Jean des Bandes Noires. Quel dommage qu'un si grand nom, qu'un jeune homme de si bonne famille fût l'objet de tels racontars ! Il était cependant certain que cette face barbue, ce sourire feint, cet air d'orgueil cachaient une trahison. Les plus excités d'entre nous, passant à San Lorenzo, levaient les yeux comme pour dire : « Un jour ou l'autre, je saurai t'arranger, moi ! » C'était, en effet, un scandale jamais vu que dans une cité comme Florence, où chacun se dépensait allègrement et de la bonne façon, risquait ses os pour sa bannière, lui seul, Jean des Bandes Noires, lui seul, un Médicis,

1. Premier vers d'un poème de Dante s'adressant à ses amis Guido Cavalcanti et Lapo Gianni. Poésie du *dolce stil nuovo*, ou poésie amoureuse.

se tînt tranquille, assis à l'écart sur son siège de marbre, comme si la chose ne le regardait pas. Puis vint l'été, et en été, comme chacun sait, les Florentins ont chaud.

Le long du Mugnone, les haies de sureau exhalaient une odeur forte et enivrante, les vignes pliaient sous le poids des grappes encore vertes, mais déjà gonflées et juteuses, une opulence dorée resplendissait dans les champs et les murs des maisons semblaient faits de chair ferme et irriguée de sang où les tatouages des « vive » et des « à bas » palpitaient comme des veines bleues. Jusqu'au soir où le bruit se répandit qu'il y avait eu un mort. Des groupes de jeunes gens se mirent à parcourir les rues en hurlant et semant le désordre, gais et enroués, les mains gonflées d'ampoules tant elles les démangeaient. Mais à qui s'en prendre ? Ils frappaient aux portes, mettaient le nez dans les cafés et les débits de boisson en criant : « Qui en veut, qu'il se montre ! Qui mérite d'en recevoir, qu'il se montre ! Qui en cherche, qu'il se montre ! » Personne cependant ne se montrait. Les plus finauds avaient fui dans les jardins et dans les champs, ou se tenaient cois, blottis dans les caves et sous les toits. Ce cri jeune à travers Florence : « Qui veut en prendre, qu'il se montre ! » sonnait joyeux et moqueur, semblait l'écho d'antiques voix.

Il faisait déjà nuit quand un cortège déboucha à San Lorenzo et quelqu'un, levant les yeux, cria : « C'est lui ! » Ce « c'est lui » remplit la place ; tout le monde se dressait sur la pointe des pieds pour voir. Et Jean, assis la barbe haute, sa trique en main, faisait le sourd, exactement pareil à une statue. Cependant, une grande foule s'était rassemblée : tous les portefaix du marché Neuf étaient là, les cochers, les garçons de café et des restaurants, et des groupes de filles en robe de satin qui avaient débouché au bruit des ruelles d'alentour, une rose de papier dans les cheveux. « C'est lui ! Vas-y ! Vas-y ! C'est lui ! » La foule, au début, ne comprenait pas ; on entendait de tous côtés demandes et réponses s'échanger : « Qui est-ce ? On l'a trouvé ? Où est-il ? On a trouvé l'assassin ? » jusqu'à ce que le nom de Jean des Bandes Noires se mêlant à celui du mort, les plus éloignés commencent à crier :

« Bourre-le ! Vas-y ! Fais-en du mou ! » et ils ajoutaient des mots très florentins, comme volée, tournée, dérouillée, raclée, qui veulent tous dire la même chose, une très sainte chose. Mais dur et sourd, Jean restait assis sur son arrière-train et semblait dire : « Je m'en fiche comme de rien de vos affaires et de vos combines, je suis sur mes fesses et j'y reste, et de cette trique j'en ferai ce qui me semble ; si je ne l'emploie pas, c'est que je n'en ai pas envie ; si vous avez à déballer vos affaires, déballez-les entre vous, je n'ai rien à y voir, je jouis de mes aises. » Mais les plus enragés entendaient ces mots d'autre manière : « Essayez de m'embêter et vous verrez. Ce bâton, vous l'aurez sur la tête. » Ainsi et pis encore. Jusqu'au moment où un jeunet, plus échauffé et plus courageux que les autres, grimpa sur le piédestal en s'agrippant aux six balles qui figurent sur les armes des Médicis. Quand il fut au sommet, on le vit lever la main, et vlan ! une paire de gifles sur cette gueule, dont le bruit résonna sur toute la place. Cris de joie, applaudissements et vacarme éclatèrent : on eût dit un triomphe.

Mais soit reflet des lanternes que le vent de la nuit balançait, soit jeu des ombres de la foule, qui se poursuivaient et grimpaient le long des façades jusqu'aux toits, soit par la faute de la lune incertaine que des nuages errants couvraient et découvraient, il sembla que Jean des Bandes Noires avait levé son bâton. Le fait est que le jeunet tomba en arrière, disparut dans la foule, comme si un coup au front l'avait précipité en bas. Un immense cri s'éleva, féroce, et vingt jeunes gens s'élancèrent à la rescousse, grimpèrent sur le piédestal, se mettant à frapper Jean de la bonne façon au visage, sur les épaules et sur le crâne. Jean se défendait du mieux qu'il pouvait et l'on eût dit vraiment qu'il faisait tournoyer sa trique, donnant des coups de pied et des coups de tête dans l'estomac des assaillants, mais toujours assis avec une dignité qui en d'autres moments aurait été sans doute digne de louanges. Ceux de dessous lui piquaient le bas du dos avec leurs bâtons pour le faire lever, et ce dur-ci de rester assis, et ces durs-là de le piquer, et les coups de poing de voler en l'air avec une joyeuse rumeur.

Quant aux coups, ceux qui s'y entendent affirmèrent que c'étaient des coups. Et qui furent bien donnés. Car personne n'a le droit à Florence, et peut-on dire dans toute l'Italie, de rester à sa fenêtre, de ne pas prendre part aux affaires des autres ou, selon la formule consacrée, de ne pas avoir de drapeau, alors que les libertés du peuple sont en péril. Ce fut là une raclée exemplaire, la plus glorieuse qu'on eût jamais vue à Florence où tout le monde doit marcher droit : non seulement les vivants, mais les morts, et tout particulièrement s'ils sont de marbre et se sentent à la maison sur la place publique.

XIII

Peretola, Brozzi et Campi.
Engeance que le Christ a faite de sa meilleure frappe.

Il y avait des années que je n'avais remis les pieds à Campi, qui, parmi tous les villages de Toscane, est certainement le plus fameux et à la fois le plus méconnu. Depuis au moins six siècles, tout le monde en parle en bien comme en mal : mais personne n'y a jamais été, personne n'y va. Et dire que Campi est à quelques milles à peine de Florence, sur la route de Prato ; les Médicis se rendant à Poggio a Caiano passaient tout près, à moins d'une portée d'arquebuse, et qui sait combien de fois Bianca Capello[1] l'a effleuré du coude. Des fenêtres de Careggi, Laurent, moribond, voyait au loin, entre les feuillages, les tours du château de Campi. Tout le monde sait où est le village, personne n'y passe. Pourtant, deux milles seulement le séparent de Peretola et de Brozzi.

Peretola Brozzi e Campi,
è la meglio genia che Cristo stampi.
Peretola, Brozzi et Campi,
Engeance que le Christ a faite de sa meilleure frappe.

1. Noble Vénitienne, célèbre pour sa beauté, épouse de François II de Médicis. Elle mourut, dit-on, empoisonnée (1542-1587).

Mais, dit-on, la meilleure ou la pire engeance ? Je dis la meilleure et suis sûr de ne pas me tromper, si vive est l'affection qui m'attache aux habitants de Campi et si grande est l'estime à laquelle ils ont droit.

Étrange pays que ce Campi, jadis fameux pour ses tresseuses, ses rouliers, ses maréchaux-ferrants, ses menuisiers, ses gigots de mouton, particulièrement ses voleurs de poulets et cet étalage de fierté et de fourberie qui, depuis des siècles, est lié au nom des habitants de Campi. Il est rare de trouver rassemblées en un peuple la fierté et la fourberie, car l'une exclut l'autre. La fourberie est en elle-même une qualité vile, la fierté est fondée sur la dignité, le respect de soi. Mais qui plus que les gens de Campi a le respect de soi ? Qui plus qu'eux est à la fois fourbe et fier ? Qui sait mieux qu'eux défendre avec fourberie sa propre dignité ? Qui sait mieux enfin se montrer fier et noble sans passer pour un imbécile ?

Étrange pays que ce Campi ; bien qu'on se trouve à mi-chemin de Prato et de Florence, on pourrait croire qu'au moins mille milles le séparent de ces deux villes et qu'il tient plus de la Maremme que du Bisenzio. Un air de la Maremme vous accueille, aussitôt Peretola dépassé : un air libre, et j'irais jusqu'à dire un peu triste, qui n'est pas seulement dans la couleur de la terre, des feuilles, des pierres, des murs, mais dans l'aspect des habitants de haute stature, bien charpentés, enveloppés tous, en bonne comme en mauvaise saison, dans un grand manteau noir ou couleur tabac, le front caché par un galurin de feutre à large bord. Ils ont la voix forte, signe peut-être de violente prétention innée, non moins que d'une légitime estime d'eux-mêmes. Une voix, cependant, un peu rauque, comme il est juste : non par l'effet de la boisson, mais de l'air humide et bas. Ils ont dans les gestes un rien de théâtral, cette ampleur ronde de ceux qui ont grandi dans la plaine, qui sont formés au maniement des chevaux et du bétail, du fouet et de l'aiguillon, exactement les gens de Cecina, de Follonica, de Grosseto.

Mais la Maremme est loin de la région de Florence ; elle s'étend là-bas, derrière les collines siennoises, les crêtes de Volterra, et certains caractères maremmiens de la population ne s'expliquent que par la situation de Campi au milieu de l'Osmannoro, cette vaste plaine comprise entre les Apennins et les rives de l'Arno et de l'Ombrone ; plaine basse, marécageuse, submergée chaque printemps et chaque automne par les crues du Bisenzio, de l'Ombrone, de la Marina. Triste et sauvage, l'Osmannoro s'étendait jadis de Florence à Pistoie ; mais aujourd'hui ce n'est plus que champs et vignes et la plaine n'est qu'en partie restée ce qu'elle était dans le passé lorsqu'elle s'appelait Il Prato (le pré) et qu'elle donna son nom à Borgo al Cornio devenu d'abord Terra, puis Città de Prato.

L'air exsude une douce odeur de brebis, nourriture traditionnelle des habitants de Campi comme des peuples de la Maremme. Le soleil qui ricoche sur les sillons de terre brune, sur les murs gris des maisons, les feuillages des mûriers et des saules, sur les longues feuilles coupantes des roseaux, sur les cyprès effilés comme des couteaux, ce soleil-là est jaune et a le reflet des courges mûres sur les parois poussiéreuses des greniers. Cette odeur de brebis, ce soleil jaune éveillent en mon cœur une tristesse heureuse et pleine de regret. Il y avait des années et des années que je n'étais pas revenu à Campi et j'ai l'impression de franchir le seuil d'un pays perdu au fond de la mémoire et du temps. Je me sens revenir chez moi après un long exil. Car le Toscan, lorsqu'il n'est pas factieux, part en exil. Lorsqu'il est factieux, on ne le décolle pas de sa glèbe, de ses coins de rue ; il meurt où il est né et a grandi, là, sur ses quelques arpents de terre et de pavé, avec une fidélité ironique et cruelle aux traditions de son sang, de ses sillons et de ses cailloux. Lorsqu'il n'est pas factieux, le Toscan s'exile, erre de pays en pays et on ne le retrouve pas là où la terre est grasse, en Romagne, en Émilie, dans la vallée du Pô, en Campanie, mais là où la terre est maigre et avare, où la racine de la vigne perce le roc, où les collines nues et pierreuses offrent en présent à la canicule et au couchant le lézard vert, l'olivier, le cyprès. Aujourd'hui comme jamais je me sens toscan et suis reconnaissant à Campi de me donner à contempler le visage qu'il m'offrait il y a tant d'années, quand j'étais enfant et qu'avec Bino Binazzi et mes camarades de l'école de Cicognini je me promenais le long du Bisenzio jusqu'à la petite église de Confienti, jusqu'à Capalle, presque jusqu'au pont en dos d'âne qui franchit le fleuve à l'ombre des tours crénelées du château, là où maintenant se dresse la caserne des carabiniers.

L'après-midi est las, le ciel gonflé de nuages gris, et dans une déchirure au-dessus des montagnes, là-haut derrière Fiesole, apparaît un quartier de lune pâle et timide, semblable aux trois demi-lunes sculptées dans les armoiries des Strozzi, sur l'architrave du château. Je monte sur le pont, m'appuie au parapet, tourne le regard vers Prato. Le Bisenzio court ici dans un lit étroit et profond, encaissé entre deux hautes berges herbeuses, que couronnent les roseaux, les buissons de ronces, les nippes étendues à sécher, les peaux de brebis clouées pattes écartées sur des trapèzes de bois, comme des martyrs en croix. Un pauvre fleuve poussiéreux. En amont de Prato, le Bisenzio, sorti du défilé de Santa Lucia, coule ample et libre sur un immense fond blanc ; mais au bout de quelques milles, quand, après avoir été pratéen, il est sur le point d'entrer dans les terres de Campi, il se rétrécit, devient tout fluet, se tortille, se contorsionne, devient maigre et agile comme un cordon, sec et contourné comme un sarment de vigne et révèle à chaque pas les os décharnés de son lit, les flancs nus des berges, comme s'il se faisait tout petit, semble-t-il, pour ne pas attirer l'attention des habitants de Campi. Ayant dépassé la petite église de Confienti, glissé sous l'arc du pont de Capalle, et comme il est en vue des tours du château de Campi, voici que son sang, sous l'effet de la peur, se fige dans ses veines, car il voit déjà les gens de Campi qui le guettent, debout le long des rives et sur le pont : les hommes, la chique entre les dents, le manteau usé sur les épaules, le chapeau à large bord rejeté en arrière sur la nuque, les mains dans les poches et le menton en l'air ; les femmes, avec la tresse de paille entre les doigts, les savates sous le bras, la chaufferette en équilibre, serrée entre les genoux, sous les jupes, les cheveux tirés, le visage pâle et fanatique. Il les voit de loin, et, le souffle coupé, les jambes flasques, le pauvre Bisenzio se met, comme si de rien n'était, à virevolter entre les cailloux, à se faufiler dans son lit, comme fait la couleuvre, un lit parsemé de morceaux de papier, de chiffons, de fiasques dépaillées, de pattes de brebis, de têtes de bélier : on dirait que dans ce lit une armée en déroute a passé depuis peu. Il les voit et se fait mince, tout furtif et rétréci, tout minable, sachant qu'il doit passer sous ces yeux, sous ces bouches, sous ces mains. Voilà, il passe, il s'enfile sous le pont, il est passé, il pique un pas de course : il fuit, glisse, trébuche, dégringole et au premier tournant prend ses jambes à son cou, disparaît en un clin d'œil, et, s'esquivant, va se jeter tête la première dans l'Arno.

Mais désormais le Bisenzio, mon très cher Bisenzio a tort. Les temps sont passés où les habitants de Campi, jaloux de leurs biens et ne pouvant se consoler de voir le Bisenzio sortir de chez eux et s'en aller flâner dans les domaines des autres, mêlant ses eaux limpides au courant rageur de l'Arno florentin, le guettaient du haut du pont, armés de pierres et de bâtons, pour lui couper la route, le refouler, pour l'obliger à chercher son salut dans la fuite, hors de son propre lit, dans les fossés et les bourbiers de l'Osmannoro. Mort, mais à Campi. Mort, mais en restant de Campi. Ces temps sont passés, même si c'est depuis peu. Je me souviens d'eux. Et je me souviens des années où les Pratéens avaient peur de passer de nuit par Campi. Désormais les gens de Campi, hommes et femmes, se tiennent debout le long des berges et sur le pont, regardant couler le Bisenzio, plus par tradition qu'animés de mauvaises intentions ; et c'est une tradition qui mérite respect, qu'il convient de respecter, comme toutes celles, bonnes et mauvaises, dont la gloire de Campi est faite.

Étrange gloire, digne en tous points de ce singulier peuple insolent et querelleur, fier et fourbe, tout à la fois prompt à frapper et amoureux des mots : non pas, bien sûr, de la menue monnaie des mots qui plaisent au bavard, huilés, faciles et doux, rondelets et rebondissants, qui glissent hors de la bouche, tant ils sont humides de salive, sans consumer les lèvres ; mais des mots gros, pesants, solides, de ceux qui là où ils passent laissent leur signe et trouent l'air comme des balles de fusil. Bref, un peuple à prendre en exemple, et pas seulement en Toscane. « Campi passe et ne baise pas », dit un proverbe florentin fameux. Il n'y a pas de meilleur éloge des gens de Campi, même si l'origine de ce proverbe prête à la médisance. Bonne race de Toscans, de ceux qui ne toscanisent pas. De ceux que Fagioli, Guadagnoli, Fucini, Collodi et même Giusti[1] feignent par prudence de ne pas connaître. Combien sont-ils en Italie, en Toscane même, à les reconnaître ? Combien savent que les vrais Toscans ne sont pas ceux des quolibets, des couplets, des babillages, des arguties faciles, mais ceux qui ont la voix forte, les mains noueuses, la stature haute, les épaules larges, les Toscans, pour bien nous entendre, de Dante, de Masaccio, de Piero della Francesca, de Michel-Ange ?

Les voici debout sur le pont, mes chers gens de Campi. Regardez-les en face : les vrais Toscans, pour les reconnaître, il suffit de les regarder en face. Ils ont tous la peau rougie, les cils et les cheveux brûlés comme s'ils revenaient à l'instant d'un grand voyage en enfer.

1. Écrivains toscans satiriques et populaires, tous du XIXe siècle (à l'exception de Fabioli). Collodi est l'auteur de *Pinocchio*.

XIV

Les voleurs, en Toscane ne volent pas des poulets.

De tous les héros que j'ai connus de près, de mes premières lectures de Plutarque à mes plus récentes expériences, les voleurs de poulets du Bisenzio me sont certes les plus chers : je les pleure encore aujourd'hui. Ils venaient tous d'un village situé sur la rive du fleuve, là où le Bisenzio, s'éloignant du pied des monts, se met à paresser parmi les roseaux de la plaine. Si je repense à ces lointains héros de mon enfance, mon cœur tremble encore comme lorsque Ferruccio Ciofi me disait en souriant – c'était un hercule maigre aux mains énormes, maréchal-ferrant à ses moments perdus, mais plus par amour des chevaux que par métier, et il vivait au fond d'une vaste écurie de la Via Palazzolo, entre des monceaux de selles, de couvertures, de harnais, de foin pressé, entre les brancards dressés des calèches et des landaus : « Aujourd'hui, on va à Campi trouver les voleurs de poulets. »

On partait de Prato le matin de bonne heure, mais sans emprunter le tram à vapeur qui avait sa remise sur la place des Prisons, devant la forteresse de Frédéric de Souabe ; vieux tram qui, du milieu de Campi, aussitôt qu'il avait aperçu le pont en dos d'âne, prenait son élan, grimpait en soufflant, s'arrêtait hors d'haleine, revenait en arrière, se relançait en avant tête baissée, et tous les voyageurs l'aidaient en poussant aux roues, en l'excitant de la voix et, peut-on dire, à coups de pied, jusqu'au moment où, parvenu enfin au haut du pont, il restait un instant en équilibre et tout d'un coup roulait de l'autre côté au milieu du chahut joyeux des voyageurs et des habitants plantés sur leur porte à jouir du spectacle. On partait en calèche, et Ferruccio ressemblait à un vrai Anglais, avec son haut col, sa veste grise à carreaux rouges, ses gants de peau clairs. De temps en temps, il faisait claquer son fouet, et son cheval noir, le vieux Falco, trottait allègrement de son pas allongé qui, au cours de sa jeunesse, lui avait procuré plus d'une fois la victoire à la foire de septembre, dans les courses au trot sur le Mercatale[1].

C'était pour moi une grande fête que ce voyage au village des voleurs de poulets. J'en rêvais la nuit de ces vauriens qui puaient l'ail, la brebis et le vin, parlaient fort en gesticulant, crachaient en l'air des grumeaux de salive qui ressemblaient à des cailloux, et dissimulaient certainement sous leur misérable manteau noir qui sait quels mystères, qui sait combien de couples de poulets. C'étaient pour moi les hommes les plus fiers et les plus nobles du monde. Et l'on racontait alors à Prato, et non seulement à Prato, mais dans toute la Toscane, qu'il n'y avait pas de voleurs de poulets plus fameux : ils parcouraient l'Italie de la tête au pied, nettoyant à fond tous les poulaillers qu'ils rencontraient sur leur chemin, et il arrivait de temps en temps qu'on en arrêtât un dans les Pouilles, en Sicile, en Vénétie. C'étaient, à mes yeux, des guerriers qui partaient à la conquête de lointains royaumes, et non les petits chapardeurs habituels qui défilent sur les bancs des prétoires. Ils étaient nés pour d'autres combats, pour une autre gloire ; et ils réagissaient de cette manière, du mieux qu'ils pouvaient, à un destin qui n'était pas le leur.

Ils partaient vers le soir, alors que le soleil s'était déjà caché derrière le manteau de San Jacopino de Pistoie. On les voyait s'éloigner à pied, en tapinois, le long des berges du Bisenzio ; ils montaient dans les diligences qui les attendaient à un demi-mille du

1. Place du marché utilisée pour les courses de chevaux.

village, les mêmes diligences que je voyais passer l'été, chargées de pèlerins gagnant le sanctuaire de la Madona di Boccadirio, dans les Apennins. Ils s'éloignaient dans un tintement de grelots, comme les pionniers en marche vers le Far-West, comme les Achéens faisant route vers l'Aulide. À l'heure du départ, ils étaient toujours un peu tristes. Ils s'en allaient ainsi en silence, fermés et circonspects, sur les chemins de Vernio, de Montemurlo, de Barberino, d'Empoli, de Figline, de Poggibonsi, vers Bologne, Pistoie, Pérouse, Sienne, Pise, aux quatre coins de la Toscane, aux quatre vents de l'Italie. Ils étaient tristes, ne chantaient pas, ne riaient pas ; on entendait seulement la voix du postillon qui parlait à ses chevaux. « Voilà les voleurs de poulets », disaient les femmes assises à tresser la paille sur le seuil de la maison, en ce soir chaud d'été. Des essaims de lucioles suivaient les reflets de la Voie lactée dans les champs de blé dorés. Au sein du petit peuple du val Bisenzio, et particulièrement chez les femmes, régnait une secrète sympathie, une amoureuse complicité pour ces vauriens aux yeux noirs, aux lèvres rouges qu'ombraient d'épaisses moustaches douces et inquiètes, au front haut et blanc, qui partaient à la conquête d'un moelleux trophée de plumes et de crêtes. Nous, les enfants, suivions la diligence longtemps, marchant en retenant notre souffle, sur le bord de la route, entre les bornes et le fossé ; et près de la Madone de la Toux, là où, la montée s'achevant, les chevaux reprenait le trot, on s'arrêtait haletant, on restait immobile à suivre des yeux dans l'ombre cette ombre plus obscure qui s'effaçait dans la nuit, à écouter la voix du postillon qui s'en allait mourir dans le murmure du fleuve, dans le bruissement de la forêt de cyprès, sur les flancs du Spazzavento.

C'est exactement là, à la Madone de la Toux, derrière la roche où est murée la pierre commémorative, que Garibaldi, revenant en fugitif de Mandriole où il avait enterré Anita[1], s'était caché

1. Anita Riberas, que Garibaldi a rencontrée en Amérique du Sud. Elle le suivit en Italie où elle mourut en 1849.

en 1849, déguisé en charbonnier, pour échapper à une patrouille de soldats autrichiens à l'uniforme blanc. Il nous semblait que Garibaldi était encore caché là derrière, l'oreille tendue, épiant le murmure du fleuve, le bruissement des cyprès. Lui aussi, nous semblait-il, était un voleur de poulets, un héros digne d'eux. La soirée se faisait fraîche, un vent léger soufflait dans la vallée, les grillons chantaient parmi les genévriers, et nous étions encore là, immobiles, à fixer l'ombre des yeux. Puis on revenait tout doucement vers la maison, le cœur triste, comme si nous avions accompagné un frère qui partait à la guerre. Nous marchions dans la nuit sans échanger un mot ; je me sentais la gorge serrée, j'aurais donné je ne sais quoi pour pouvoir les suivre dans leur diligence, vers de lointains pays, de mystérieuses aventures et de secrets périls, vers les poulaillers nocturnes, chauds et sentant l'œuf, vers les battements d'ailes réprimés, vers les cris étouffés dans le sac.

La plupart revenaient au bout de quelques jours ; à l'aube, le sac gonflé sur l'épaule, ils se glissaient furtifs et regardant autour d'eux, dans les chaumières au bord du fleuve. Aussitôt, portes et fenêtres se fermaient sur un livide soupçon d'aube. D'autres rentraient au village après trois ou quatre mois, les yeux enfoncés, les joues gonflées et flasques, et ils parlaient en riant de prison et de geôliers. D'autres encore disparaissaient, mais c'était des cas très rares, et l'on ne savait plus rien d'eux ; on racontait que, sortis de prison, ils avaient émigré, s'étaient adonnés à de nouveaux métiers, à des entreprises plus viles, ils avaient dégénéré, aucun métier n'étant plus noble que celui de voleur de poulets. Ils restaient absents un certain temps, cinq ans, dix ans, puis un beau jour réapparaissaient sur la place, gris de cheveux, l'air repu, le regard humble et repentant et exhibaient des habits de ville. Mais, au bout de deux ou trois jours, on revoyait l'homme alentour avec le vieux chapeau à large bord, le vieux et misérable manteau noir jeté sur les épaules un peu voûtées.

Puis la guerre était venue. Comme tous les autres jeunes gens du pays, les voleurs de poulets étaient partis en chantant dans leurs diligences ornées de drapeaux ; beaucoup s'étaient engagés dans les bersagliers et s'étaient piqué au chapeau les plumes du coq, emblème familier. Beaucoup étaient restés là-bas, d'autres étaient revenus boiteux, manchots, aveugles, et la plupart avaient rapporté à la maison d'autres yeux, d'autres visages, un autre langage. Ils ne se ressemblaient plus. Les poulets avaient enfin commencé à dormir tranquilles : ces braves garçons revenus de la guerre n'avaient plus envie d'aller saccager les poulaillers par toute la Toscane ; on eût dit qu'ils avaient honte de leur ancien métier. Et les vieux, branlant du chef, disaient tristement que les temps étaient changés, que les gens ne se reconnaissaient plus, que le monde courait à la ruine.

Aujourd'hui, l'on peut vraiment dire que la race des voleurs de poulets a disparu, race éteinte, noble peuple que la guerre a décimé et dispersé, que la paix a avili. Et je me demande s'ils ont existé jamais ces héros de mon enfance. Ou peut-être ne sont-ils que les héros d'une légende, d'une fable pour petits garçons : le vague souvenir d'un rêve enfantin. Si je regarde autour de moi, une étrange odeur dans l'air me surprend, une couleur jamais vue des feuilles, de l'herbe, des pierres, une voix nouvelle du vent, une innocence ingénue dans les regards et les visages. Les misérables manteaux noirs, les chapeaux à large bord ont disparu. Ou peut-être que personne ne les a jamais portés, qu'ils ne sont qu'une invention de ma nourrice, de ma bonne Eugenia, de Mersiade, de Ferruccio Ciofi, des fermières du Val Bisenzio. C'est la vérité pure que le monde n'est plus ce qu'il était, comme disent les vieux. Aujourd'hui, les femmes de la région de Prato n'ont plus cet aspect séditieux, ces cheveux tirés, ces bouches larges et brûlantes. Elles ne sont plus assises sur les seuils des maisons, la tresse de paille entre les doigts, mais sont à leurs affaires ou marchent dans les rues d'un air assuré, le pas tranquille. Ce ne sont plus seulement des « femmes », comme jadis : on s'aperçoit aujourd'hui que certaines sont mères, d'autres jeunes filles. Elles ont une grâce paisible qu'elles n'avaient pas avant. Les hommes, quand ils en ont fini avec les travaux des champs, de la boutique, de l'usine, se reposent debout le long des murs, parlant entre eux de grain, d'huile, de vin, d'engrais, de marchés, de moteurs. Ils ne parlent plus de poulets, rien que de poulets. Les jeunes discutent d'équipes de football : la Juventus, la Fiorentina, des « match-aller » du championnat, de Coppi et de Bartali.

On dirait un autre peuple. Peut-être sont-ils tous morts les habitants de Campi de trente années en arrière. Ou bien ils ont tous fini en prison et, enfermés dans leur cellule, rêvent de poulaillers tièdes, de plumes moelleuses, du chant rauque des coqs dans la campagne encore nocturne. Beaucoup de ceux qui étaient déjà des hommes faits quand j'étais encore garçon sont désormais vieux et blancs, ont tous un air triste et résigné, regardent leurs petits-enfants grattouiller de droite et de gauche dans les rues, heureux et contents, exactement comme des poulets. Mais silence, que personne ne m'entende ! Grattouiller est un mot qu'il ne faut plus prononcer, un mot qui fait mal au cœur, comme poulet, poule, chapon, poussin, poulailler, poussinière. Le tram n'existe plus ; aujourd'hui, un autocar fait le service avec Prato et Florence. Hommes et femmes, tout le monde a sa *lambretta* et se trouve en quelques minutes à Florence, à Empoli, à Prato. Chaque café, chaque restaurant a sa radio ; le maréchal des carabiniers lui-même va, le soir, prendre son *punch* et regarder jouer aux cartes, et lorsqu'il sort il dit : « Au revoir, les gars. » Les villages changent d'aspect quand les habitants changent de métier ; cet air que ces lieux avaient jadis quand les voleurs de poulets régnaient sur eux, cet air inquiet de village qui vit l'oreille tendue, épiant un lointain battement d'ailes, un pas lointain de gendarmes, aujourd'hui s'est effacé et tout paraît nouveau, les maisons, les arbres, les nuages, et les visages des gens aussi paraissent nouveaux, plus clairs, plus sereins, plus ouverts. Le matin du lundi, du mardi et du vendredi, quand passent les camions chargés de cages à poulets pour le marché de Florence ou de Prato, les gens ne les regardent même pas. Seuls, les vieux, assis sur le seuil des maisons ou sur le parapet du pont, font soudain silence et suivent de leurs yeux, brusquement tristes et opaques, les camions qui s'éloignent en ronflant avec leurs cages pleines de plumes tièdes et de crêtes vermeilles.

XV

Oh ! les belles Livournaises,
elles font un fils tous les deux mois.

Oh ! les belles Livournaises, aux épaules rondes, aux bras faits au tour, au front large comme l'appui d'une fenêtre. Une fenêtre sur la mer. Où de hauts mâts à voiles blanches passent devant des pots de géranium et des nuages bleutés courent dans un ciel vermeil. Les maisons ont l'air d'être de chair, et c'est proprement la couleur des murs, peints en rose gris, rose jaune, rose vert, qui fait de ces maisons une chair jeune, ferme et lisse, où le soleil marin se repose tout de son long, jambes écartées. Belles taches de soleil, comme du melon mûr, sur les façades et sur le pavé des rues, et vers le soir un suc doré coule des gouttières et des jalousies, un moût chaud et parfumé qui enivre les hirondelles ; lesquelles ne fendent plus l'espace d'un toit à l'autre avec un long cri perçant, mais vagabondent, ailes ouvertes, et comme soûles, vacillant dans l'air sonore, heurtant de la tête les grumeaux bleus que le couchant a suspendus aux toits.

Il fait chaud. La mer bat comme un éventail contre les rochers et le môle ; les tournesols font lentement pivoter en cercle leur face noire et jaune, suivent les enfants de leur œil rond, regardent avec étonnement les jeux, les chevaux qui passent, les chars arrêtés devant les hôtels, le balancement des voiliers aux flancs rebondis dans le vieux bassin où l'eau verte reflète la rouille des bastions. Les voiliers qui se soulèvent et s'abaissent au fond de la perspective des rues larges et droites, tantôt s'élevant au-dessus des toits, tantôt s'enfonçant au-dessous des trottoirs. Les voiliers qui oscillent dans chaque ruelle, dans chaque boutique, dans chaque chambre où des filles pâles et suantes dorment dans des lits défaits, à l'ombre de l'immense quille qui se soulève et s'abaisse comme un sein.

Des voix claires rebondissent d'un mur à l'autre ; quelques-unes résonnent longtemps, s'éteignant peu à peu comme si elles n'avaient pas la force de traverser la place d'un saut, et elles restent suspendues en l'air. D'autres se tiennent en équilibre à la hauteur des gouttières, comme des saltimbanques sur la corde, et l'on croirait les voir, voix vêtues de rouge, de jaune, de vert ; soudain, elles chancellent, tombent dans le vide. Les cris des marchands de poisson se faufilent le long des murs, comme des poissons vivants, frétillent dans les couloirs obscurs, allument des reflets d'écailles sur l'appui des fenêtres où des femmes et des filles sont accoudées. Ils sont beaux mes rougets, ils sont beaux mes calamars, beaux mes mulets, beaux mes *scrofani*[1]. Mesdames, voyez comme mes *scrofani* sont beaux. Oui, ils sont beaux. Avec leur large gueule effrayée, leurs yeux ronds pleins d'étonnement cruel. Ils regardent le va-et-vient dans le port, les cochers qui somnolent sur leur siège, les enfants et les chiens qui s'ébattent autour de la tente du marchand de glaces avec la tour de Calafuria, les Quatre Maures[2] ou le Vésuve fumant peints dessus. Un Vésuve pâle, épuisé, avec un petit filet de fumée qu'on pourrait prendre pour un soupir. Même le Vésuve paraît éteint dans cette lumière de Livourne, dans ce torrent rouge et bleu qui roule tumultueusement à travers les rues, escalade les flancs du Montenero comme un flot immense, retourne à la mer en laissant sur les collines une bave vermeille et tirant après soi

1. Petit poisson de mer, à tête rouge, qui vit dans les algues.
2. Ils entourent à Livourne le monument à Ferdinand Ier de Médicis.

une longue traînée verte de petites feuilles tendres, de lamelles de jalousies, de fils d'herbe.

Oh ! les belles Livournaises, peintes d'azur et d'ocre, aux lèvres de chair vive, aux joues allumées, aux yeux triangulaires sous l'horizon courbe des sourcils. La glace qu'elles approchent de leurs lèvres fond aussitôt à la chaleur de la bouche rieuse. Les cheveux paraissent vivants, « *deh*, ils sont vivants », regarde comme ils remuent, entortillés en tresses humides de luisante ombre noire : ils s'enroulent autour du cou comme des serpents qui font l'amour et, de temps en temps, une tresse mord la gorge blanche, l'oreille petite et charnue, se noue autour de la main qui la repousse.

Au large, des voiliers glissent dans le vent, d'autres, le museau collé au môle, flairent la rive parsemée de caroubes, d'écorces d'oranges, de pastèques. Les marins, sur le pont, se plongent la tête dans des seaux d'eau, se l'essuient tout ébouriffée en jetant autour d'eux des regards vides. Oh ! les belles Livournaises qui se promènent le long de la mer, bras dessus, bras dessous, le rire aux lèvres, et elles tournent la tête de droite et de gauche sur le mouvement onduleux des hanches. Les îles en mer rebondissent sur les flots et quelquefois accostent à la rive, s'éloignent en fuyant, comme si elles ne devaient plus jamais revenir. Les pêcheurs, assis sur les rochers, font osciller leur ligne sur l'eau et la mer attrape l'hameçon entre ses dents ; on joue à qui tirera le plus fort ; soudain, le pêcheur se renverse sur le dos, levant sa longue ligne, et la mer est sur lui comme un lutteur, pèse sur sa poitrine et son ventre, puis abandonne la prise, se rejette en arrière, et l'homme se penche de nouveau sur l'onde qui fuit. À lutter ainsi, les heures passent ; la mer rit autour des rochers.

Oh ! les belles Livournaises, debout sur les seuils des maisons et des boutiques, qui parlent entre elles à voix haute d'hommes, d'enfants, de bateaux. Au fond de leur giron germent des mâts et des voiles, des flots, des rochers, de noires tempêtes et de blanches bonaces. Vers leur giron reviennent les marins sans espoir, les voiliers fatigués, les flots paresseux, revient le vent vagabond.

Tout cela revient vers les femmes de Livourne qui demeurent à attendre sur le seuil des maisons. Corbeilles et paniers de fruits dans l'ombre et la fraîcheur des couloirs : on entend les figues respirer et rire entre les lèvres vermeilles, les grains de raisin tinter, les aubergines d'acier brillant glisser dans le fond des corbeilles comme les navettes du métier à tisser, les grenades exploser avec un craquement de jeunes dents, les pêches rouler dans les paniers avec un bruit mou qui répand dans l'air un parfum dense d'arbre sous la pluie.

Des bandes de gamins et de chiens se poursuivent sur les vastes places claires où des statues de grands-ducs, qui ressemblent à des statues de Muses, le front couronné de laurier, enveloppés dans les plis sobres et solennels des toges, discourent entre eux avec l'accent suranné de Métastase et de Mozart. Marbres blancs sur le fond d'un ciel bleu, toujours plus pâle à mesure que le soleil décline vers le couchant, jusqu'à ce que débouche sur la place l'enterrement de la Miséricorde, avec les Frères encapuchonnés de noir. Les flammes fumeuses des torches, roses et noires, illuminent en passant les enseignes des négoces ; des noms grecs, turcs, espagnols, arabes, juifs, s'allument, retournent à l'ombre. Une odeur d'épices, de rahat-lokum, de tabac, de poix, de rhum, de morue sèche, de raisin de Damas, se condense sous les portiques. Des groupes de mousses jouent au tambourin devant le *Tonneau dressé* ou s'ébattent entre les jambes des marins assis, les épaules au mur, à respirer l'odeur de soupe de poisson qui vient de la Maison Rouge, de la Maison Verte, de la Maison Blanche, et ils crachent dans l'eau où le ciel se trouble.

Les flots se poursuivent ; un rien de puéril se devine dans leurs jeux, semblables à ce que sont les derniers jeux des enfants sur la place plantée d'arbres avant l'heure d'aller au lit. Les chevelures des arbres gazouillent, se secouent, laissent tomber des feuilles et des plumes. Des voiliers tardifs glissent dans le port déjà sombre, le bruissement des flots contre la quille rappelle le frou-frou d'une soutane de soie ; toute la ville s'emplit peu à peu d'un frou-frou de soutanes. Dans les chambres, au premier étage, les filles se déshabillent tout doucement à côté des hauts lits, elles dégrafent des corsets de satin, de belles ceintures brodées d'or, levant les bras, et de dessous l'aisselle regardent hors de la fenêtre la mer noire sous un ciel toujours plus clair. La nuit jeune et souriante, aux cheveux entortillés sous les tempes, ressemble à une tête de femme accoudée à la fenêtre de l'horizon. Dans l'arc du front, les astres s'allument un à un et les lumières vertes et rouges du port. Le sourire de la nuit jeune s'éteint peu à peu la ville s'illumine soudain et l'on entraperçoit seulement, sur la mer lointaine, la lueur effacée de ce rose visage nocturne.

XVI

Oh ! Livournais qui toujours êtes à la voile,
à la rame, à la barre, vous respirez tant de vent
que vous en avez le cul bavard.
(L'Archi-italien.)

Si j'étais livournais, de ces vrais Livournais qui disent *deh* et parlent la main ouverte en remuant les doigts, comme pour faire voir que leurs paroles ne cachent aucun imbroglio, je voudrais habiter l'une des rues de la Petite Venise. Non dans ces quartiers, places et rues dessinés au crayon tendre, à l'aide de l'équerre et du compas, par des architectes ordonnés et généreux des grands-ducs, mais dans ce quartier que les Livournais appellent la petite Venise, au cœur de la vieille ville, à deux pas des prisons, du Monte Pio, des Bottini dell'Olio[1]. Quelle belle vie je mènerais, quelle vie simple et facile !

Pas aussi simple, cependant, qu'il paraîtrait à première vue. Avant de commencer ma journée, je voudrais me reposer de la longue nuit, me reposer de cette grande et douce fatigue qu'est le sommeil à Livourne.

Le matin, vers dix heures, je m'assiérais sur une grande barque ou sur le parapet d'un pont ; je m'assiérais naturellement à la

1. Entrepôts à huile.

manière des Livournais qui sont plus jaloux et fiers de leurs jambes que les Florentins de leur nez. Ils veulent remuer, marcher, courir, rouler leur bosse : ils sont comme l'eau qui croupit si elle ne bouge pas. Mais à la différence de nombreux autres peuples, les Livournais ne sont pas des eaux stagnantes, ils ne deviennent jamais des marais. Tant qu'ils auront ces belles jambes, il n'y a aucun risque que l'eau pourrisse dans les canaux de la Petite Venise.

Regardez-les lorsqu'ils viennent s'asseoir ici, matin ou soir : ils étendent doucement leurs jambes tout en se caressant les genoux, les tibias, les talons d'une main légère et précautionneuse. Puis ils considèrent leurs doigts de pied tachés de goudron et vous vous aviserez qu'ils meurent d'envie de les toucher, d'en essayer le son, comme le pianiste essaie les touches, de faire bouger l'orteil bourgeonnant comme si c'était la gâchette d'un fusil. C'est là une manie commune à tous les marins du monde, race singulière qui passe sa vie à larguer et à amener les voiles, à enrouler les cordages, à frire des poissons, à raccommoder des filets et à se caresser les pieds.

Chaque jour, vers cette heure-là, les rues de la Petite Venise se peuplent de garçons, de chiens, de chats qui jouent à se poursuivre, de marins qui tirent des charrettes chargées de cordages et de barils de poix, qui s'arrêtent tous les dix pas, s'appuient au brancard, se penchent pour se prendre un pied dans la main, échangeant des cris plus que des mots avec les mousses accroupis à la proue des barques.

Il mare è senza lische
e si puoi camminà
(La mer est sans ride
Et l'on peut y marcher)

Il y a une femme qui chante à la fenêtre d'une maison jaune, dans l'avenue Caprera. Une grande avenue, la seule au monde qui soit sans arbres. On dirait plutôt une place, une immense cour. Les maisons très hautes, aux façades enduites d'un crépi blond, où le rose et le vert se confondent, resplendissent au soleil avec des reflets d'or et de vert-de-gris, comme l'eau des canaux parsemée de taches d'huile. Les jalousies ont la couleur des feuilles sèches ; elles sont pâles et poussiéreuses. Une impression de noblesse un peu fatiguée, de liberté populaire se dégage de l'architecture ouverte et lisse de ces maisons, les plus belles de la Méditerranée. Vois se pencher aux fenêtres des fillettes et des filles aux cheveux ébouriffés, écoute les rires et les voix, les vieux gramophones qui chantent des chansons passées de mode, et les sons, les mots, le tintement des vaisselles se balancent suspendus au trapèze des appuis de fenêtres, révélant le va-et-vient de l'activité dans les cuisines, dans les chambres aux lits défaits qui prennent l'air.

Tout le vrai peuple de Livourne est ici, dans ces maisons, dans ces rues, montant la garde autour de ses barques, de ses entrepôts, de ses monceaux de futailles, de son odeur de goudron et de poisson frit. Là-haut, se trouve le bureau des Bottini dell'Olio, dans cette maison à façade d'or terni où la grande pierre de Cosme III réveille le solennel écho d'une antique éloquence : « *Ne quid in hoc Mediterranei emporio*... » C'est exactement là, autour de ces « *publica olei receptacula* » qu'est rassemblée la vieille, sincère et traditionnelle ville de Livourne. Sur le mur est écrit au charbon : « Vive l'Italie ! Vive Livourne ! Vive nous ! » Combien ce « vive nous ! » est livournais, quelle tranquille assurance dans ce cri du cœur, quelle historique vérité dans cette sentence. Un peuple heureux, naturellement heureux. Auquel les lois n'apportent ni ombre ni embarras, et que n'ennuient ni la sollicitude paternelle des grands-ducs, ni le style mozartien de leur politique. Sur la porte de l'orphelinat, il y a encore une pierre dédiée au grand-duc François, « *publicae felicitatis propagator* ». Une grande ambition que celle d'être propagateur de la félicité publique. Quelle noble espèce de croque-mort ! Mais je crois que Livourne a toujours été la ville la plus heureuse de Toscane, et ceci en dépit des grands-ducs : on ne sait trop à leur sujet si ce bonheur populaire les a rendus plus orgueilleux ou plus défiants.

La Petite Venise est le cœur du bonheur livournais. À deux pas d'ici, les prisons avec leurs grilles, leurs murs blancs, les groupes de femmes et d'enfants qui attendent d'entrer devant la porte, comme pour aller rendre visite à quelque parent malade. Tout à côté d'ici se dressent la belle église dont la façade donne sur la place Giordano Bruno et, dans un angle de cette place, le piédestal vide du monument élevé à l'auteur du *Candelaio* : et il me vient à penser que Giordano Bruno est allé faire une petite promenade du côté de la rue de l'Évêché pour parler avec les filles assises sur le parapet du pont de Marbre, ou dans la rue des Anchois (on a soif en y passant), ou dans la rue de la Petite Venise pour boire un *torpedine* au *Bar Transatlantique* qui est une vieille gargote pleine de l'odeur de la boutargue. Chère Venise sans lagunes, sans gondoles, sans drap de soie, une Venise où les *calli* s'appellent *scalo*, rue de la Barquette, du Refuge, du Monte Pio, du Poisson, des Petites Îles, des Ancres.

L'air paraît tatoué : les hirondelles sifflent en fendant l'air d'un toit à l'autre, les rayons du soleil s'entrecroisent avec les fils de fer tendus d'une fenêtre à l'autre, où les nippes mises à sécher flottent au gré du vent. Cris perçants, éclats de rire, pleurs d'enfants, aboiements de chiens et le bruissement de l'eau, les craquements des barques, les jalousies qui battent dans le mistral, tous ces bruits et toutes ces voix se gravent dans le ciel comme des tatouages. Si on lève le visage on voit se détacher dans l'air transparent des têtes de Maures, des ancres, des tonneaux d'huile et des barils d'anchois, des voiles, des perruques de grands-ducs, des pipes de gypse, des quilles qui se balancent en haute mer et des îles qui disparaissent sous l'horizon dans des nuages verts. C'est déjà l'heure du déjeuner, les entrepôts sont fermés, les portes fermées, les fenêtres fermées. Et voilà qu'après le frugal repas, les marins reviennent s'asseoir ici et faire un petit somme, marchant à pieds nus, se dandinant sur leurs énormes orteils écartés, et l'on ne sait trop s'ils ont traversé la rue ou la mer. Ils s'asseyent en considérant avec amour leurs belles jambes lisses et musclées. Une fenêtre s'ouvre, une fille s'y penche et jette un cri. À ce cri, cent fenêtres s'ouvrent toutes ensemble à deux battants, cent filles y apparaissent, les coudes sur l'appui, et l'on dirait que d'un moment à l'autre une musique va s'élever de derrière les coulisses des maisons. La lumière elle-même, qui rebondit sur l'or du crépi contre le rouge allumé de cette maison là-bas, dans la rue de l'Évêché, bat contre le vert des jalousies et en tire des notes longues et délicates.

Puis les fenêtres se vident soudain, un grand silence se fait, la sieste commence, et, me tournant vers la rue des Ancres, là au fond, sur la façade d'une maisonnette couleur d'or, aux fenêtres basses fermées par des barreaux (il y a un mur devant et, dans le mur, une grille : on dirait un couvent, une prison, un entrepôt), je lis, imprimé en lettres énormes, propres et noires, sans bavures : PAIN QUOTIDIEN. (Est-ce peut-être une enseigne ? Ou peut-être le nom d'une institution religieuse de bienfaisance ?) Je ne m'ébahis pas de cette sentence, précepte moral beaucoup plus que prière. Car c'est là la loi de cette Venise livournaise où tout le monde est heureux : quartier de marins qui s'en vont par le monde gagner leur pain quotidien sur une mer quotidienne.

XVII

Les Toscans sont la mauvaise conscience de l'Italie.

Si je devais dessiner un portrait des Toscans, je le peindrais en couleurs maigres : je ne veux pas dire éteintes, mais maigres. Et peut-être que je ne le peindrais pas à l'huile, quoiqu'en Toscane l'huile soit bonne : j'en ferais plutôt une pointe sèche.

L'ovale du visage, je le graverais d'un seul trait, de la tempe à la pointe du menton, sans incertitudes, ni repentirs, ni bavures. À la manière de Giotto, de Masaccio, de Sandro Botticelli. Mais pas à la manière de Michel-Ange qui dessinait les Florentins comme s'ils avaient été des Romains du Trastevere[1] : il gonflait les visages, les bourrait de fèves à l'étouffée et de cannelas, grossissait les fronts, les sourcils, les lèvres, faisait les yeux ronds et saillants, le nez fort, musculeux, la mâchoire dure, le menton baroque, les cheveux ébouriffés par un vent rageur et orgueilleux, peut-être le sirocco, qui est un vent jaune et suant, et, comme on dit à Ortebello, selon une expression sicilienne : « Il fait l'air obscur et pue le fromage. »

Les lèvres, je les ferais fines, comme les font les peintres florentins, serrées et fermées. Les yeux nets, un peu obliques, à la manière étrusque, qui regardent de travers ou, pour mieux dire, de côté, sans tordre le cou : les Toscans étant le seul peuple au monde

1. Quartier populaire de Rome, sur la rive droite du Tibre.

qui ait le regard droit même quand il regarde de côté, et regarde de côté sans regarder de travers. Le front haut, à l'aplomb, le menton en pointe, effilé et tout à la fois lisse, signe de dédain et de malice. Les poignets fins, les mains osseuses avec de longs doigts. Le ventre rentré, les flancs hauts et souples, les jambes bien tournées, où le genou se trouve très loin de la cheville. La poitrine large sans boursouflure de muscles, et de même les bras longs et secs, ronds à hauteur des épaules, pointus aux coudes : car, en Toscane, les coudes ne servent pas, comme ailleurs, à faire le signe de croix, mais à jouer des coudes. Les oreilles petites, très fines, plus en forme de feuille que de coquillage : des oreilles de gens qui entendent avec la cervelle ou, comme dirait Sacchetti, avec le « cerbacone », non avec les oreilles. Et puis, les fesses serrées.

En effet, les Toscans n'appartiennent pas à la race de ceux qui présentent à l'histoire un derrière rond et gras et voudraient donner à entendre que cette histoire ce sont eux qui la font. Il pourrait même être vrai qu'ils la fassent, mais avec le derrière. Ce qui est la manière traditionnelle des Italiens, et la plus commode, de faire l'histoire, une manière, dirais-je, très prudente. Mais si tous les Italiens tenaient les fesses serrées comme les Toscans (ce qui veut dire qu'ils ne se fient à personne, même pas aux amis), ils pourraient sans crainte présenter le derrière à l'histoire et ne courraient ainsi aucun des grands dangers que, par leur faute, nous courons tous de temps en temps.

Oh ! Italiens grassouillets qui avez coutume de tomber dans les bras l'un de l'autre, de tout prendre du bon côté, de tout voir en rose, et tout ce que vous faites vous le considérez comme de l'héroïsme, vous vous croyez des virtuoses et vous avez la bouche pleine de liberté mal mastiquée, vous pensez tous de la même manière, toujours, et vous ne vous apercevez pas que vous êtes des brebis tondues ! Oh ! Italiens qui n'aimez pas la vérité et qui en avez peur. Qui implorez justice et ne rêvez que de privilèges, qui n'enviez que les abus et les excès de pouvoir et qui désirez seulement une chose : être le maître, parce que ne sachant pas être des hommes libres et justes, vous ne savez être que serviteurs ou patrons. Oh ! pauvres Italiens qui êtes les esclaves non seulement de celui qui vous commande, mais de celui qui vous sert, et de vous-mêmes ; qui ne perdez pas une occasion de vous poser en héros et en martyrs de la liberté et pliez docilement l'échine devant la morgue, la prétention insolente, la lâcheté de vos mille patrons : apprenez donc des Toscans à rire au nez de tout ceux qui vous offensent et vous oppriment, à les humilier par l'argutie, le mépris poli, l'effronterie joyeuse et ouverte. Apprenez des Toscans à vous faire respecter sans en appeler à la crainte de la loi ou des sbires qui tiennent lieu de loi en Italie et sont plus forts qu'elle. Apprenez des Toscans à cracher dans la bouche des puissants, des rois, des empereurs, des évêques, des inquisiteurs, des juges, des seigneuries, des courtisans de toute espèce, comme on a toujours fait en Toscane et comme on fait encore. Apprenez des Toscans « qu'on n'a jamais vu un homme dans la bouche d'un autre », « qu'un homme en vaut un autre, et même moins ». Apprenez des Toscans qu'il n'y a rien de sacré en ce monde, à l'exception de l'homme, et que l'âme d'un homme est égale à celle d'un autre : il suffit de savoir la tenir propre, au sec, à l'abri de la poussière et de l'humidité, ce que savent faire les Toscans qui sont très jaloux de leur âme, et gare à celui qui voudrait la salir, l'humilier, l'oindre, la bénir, l'engager à son service, la louer, l'acheter ; apprenez qu'il y a des âmes femelles et des âmes mâles, et que les âmes des Toscans sont mâles, comme on le voit à celles qui sortent de la bouche des morts au cimetière de Pise : le seul lieu saint qui soit au monde, tous les autres sont des cimetières[1]. Apprenez des Toscans à ne pas craindre la haine des gens, ni l'envie, la rancune, l'orgueil, même à ne pas craindre l'amour. Apprenez à répondre à la méchanceté par des coups de pied dirigés bas, à la méfiance par des morsures à la gorge, aux baisers sur la joue par deux doigts dans les yeux.

Apprenez des Toscans à considérer comme un honneur le mal qu'on dit de vous. Tout le monde dit du mal de nous, les Toscans,

1. Jeu de mots intraduisible : *camposanto* = cimetière toujours chrétien ; *cimitero* = n'importe quel cimetière.

ne nous aime pas, nous tient au large pour la seule raison que nous sommes, à juste titre, cruels et factieux, cyniques et ironiques ; parce que nous avons le sang chaud et la tête froide ; parce que nous sommes uniquement et seulement nés pour dire ce que les autres aiment qu'on dise ; parce que nous ne nous repentons pas de nos mauvaises actions pour ne pas avoir à nous repentir des bonnes ; parce que nous nous plaisons à mettre à nu les boutons, les furoncles, les bubons, les os tordus, les yeux qui louchent, et non pas tant ceux des autres que les nôtres ; parce que nous sommes les seuls, en Italie, à ne jamais perdre la tête, fût-ce au plus fort des luttes de factions, des émeutes, des mêlées, des tueries ; les seuls qui nous échauffons à froid et qui tuons à partir d'un certain point non pour la raison qu'il n'y a pas d'autre issue ou qu'il nous plaît de tuer, mais pour la raison qu'il est l'heure d'en finir et d'aller manger ; parce que nous sommes pâles et ne demandons pardon à personne, que nous oublions plus vite les bienfaits que les offenses et que nous ne pardonnons pas à ceux qui n'ont pas peur de nous.

Et surtout parce que nous sommes, nous Toscans, la mauvaise conscience de l'Italie.

Ce que je dis là – que nous sommes la mauvaise conscience de l'Italie – n'est pas une offense aux Toscans, mais un éloge. Étant donné que tout homme comme n'importe quel peuple, s'il ne veut pas s'endormir dans la graisse et se noyer dans la rhétorique, a besoin de quelqu'un qui lui dise en face ce qu'il mérite, ce que tout le monde pense de lui et que personne n'ose lui dire, sinon derrière le dos et à voix basse. Ce qui sauve un homme ou un peuple, c'est la mauvaise conscience, non la conscience tranquille : et ceci est particulièrement vrai pour l'Italie où l'histoire ne se conçoit que comme un panégyrique et où tout devient matière à louange ou à triomphe, même les trahisons, les fuites, les lâchetés.

Ce n'est pas notre faute, ô Italiens, mais notre mérite, si la mauvaise conscience vous empêche de dormir, si elle vous fait vous agiter et vous retourner dans votre lit toute la nuit : ce n'est pas notre faute, mais notre mérite si vous avez peur de l'enfer.

Le seul peuple qui n'ait pas peur de l'enfer parmi tous les peuples, italiens et étrangers, le seul qui ait des rapports continuels et familiers avec l'enfer, ce sont les Toscans. Depuis un temps immémorial, ils ont toujours voyagé dans ce pays et le parcourent encore aujourd'hui, comme s'ils se déplaçaient dans leur propre maison. Ils vont en enfer, et reviennent, quand il leur plaît et de la manière la plus simple : à pied, en cabriolet, à bicyclette, comme s'ils allaient faire un tour dans leur domaine. Et ce sont justement ces voyages (qu'on ne s'imagine pas que Dante ait été le premier, et l'unique, à descendre vivant en enfer et à en être revenu vivant) qui les confirment chaque jour dans la très ancienne tradition que le monde souterrain est en tout point fait comme la Toscane, que les paysages, les mœurs, les humeurs y sont à peu près les mêmes, et que les choses de là-bas sont comme celles d'ici. Au point que si un voyage en enfer est comme un voyage en Toscane, l'inverse est également vrai. Ce n'est pas pour rien qu'ils appellent simplement l'enfer « ce pays », comme s'il s'agissait de Peretola, de Campi, d'Altopascio, ou du Mugello, du Chianti, du Val de Chiana. Et s'en aller ou expédier les autres dans ce pays est pour les Toscans une affaire de tous les instants et fort facile : ils sont les seuls, en effet, à connaître la route, les seuls qui puissent l'enseigner aux autres.

Quel beau pays que l'enfer ! Si vraiment quelqu'un voulait se l'imaginer tel qu'il est il ne pourrait se le figurer différent de la Toscane : le même air, les arbres, les montagnes, les champs, les maisons, les villes, et les gens. Tout est maigre, franc, précis, tout est clair et en ordre. Et les gens sont exactement comme en Toscane : subtils, ironiques, bizarres, querelleurs et « joyeux drilles », c'est-à-dire amateurs de bons tours, comme Sacchetti le fait dire au juge dans sa nouvelle du Ribi : « Ces Toscans, ce sont tous de joyeux drilles. »

La patrie idéale du Toscan n'est pas le paradis, mais l'enfer : ce n'est que là-bas qu'il se sent chez lui, entre gens semblables à lui, entre pairs ; ce n'est que là-bas qu'il peut être joyeux drille tout son soûl, rire de tout, se moquer de tout et de tous, spécialement de la gloire du monde : non de celle de l'autre monde, à laquelle il se sait avoir droit par nature et par droit de cité. Car il rit de toute chose et de chacun, tantôt avec malice, tantôt avec malignité, toujours sans indulgence ; féroces sont ses farces, cruels ses badinages ; pleines de finesse ses duperies, tissées patiemment entre quatre murs ; mais ses folies ont la place publique pour théâtre, toutes ses passions étant publiques, je veux dire qu'elles sont chose publique. Pourtant, il n'y a pas de peuple au monde plus secret.

Il ne pleure jamais. Je dis qu'il ne pleure jamais. Même pas de rage. Quand la colère l'aveugle, il ferme les yeux pour mieux voir. Il n'a pas de temps à perdre, comme les autres peuples : mais il sait attendre. Sa violence est froide : il blesse d'une main pâle et glacée. Mais il meurt en hurlant et en blasphémant, ou en riant d'une terrible façon. Il n'est pas de ceux qui meurent en silence. L'odeur de l'ennemi mort l'enivre : pourtant le triomphe le déçoit, le porte à rire. Et l'on ne sait trop s'il rit de l'ennemi mort, de lui-même vivant et des autres vivants. Car son rire est rarement le signe du bonheur et de la sérénité ; plus souvent de la haine, de la douleur, du désespoir. Cependant, il sait être subtil comme peu d'autres : pour autant, sa subtilité n'est pas fine et légère, un jeu à fleur de peau, comme celle de beaucoup d'autres Italiens, par exemple les gens de la Vénétie ; chose très facile pour eux qui ont beaucoup de peau. Mais difficile pour les Toscans qui sont maigres et de peau serrée, si serrée qu'ils ont toujours peur de rester avec leur viande à l'air.

Ce vice qu'ils ont de se tailler la peau à coups de mots les uns les autres ne naît pas tant du fait qu'ils sont avares de leur propre peau que du fait qu'ils sont très avides de celle d'autrui. Mais il faut également parler avec justesse de la célèbre avarice des Toscans : c'est le seul peuple au monde qui, lorsqu'il meurt, emporte son argent avec lui jusqu'en enfer ; c'est pourquoi il est raisonnable qu'il en tienne compte de son vivant. En Toscane, les sous font la vie agréable ; à coup sûr, ils la feront également agréable en enfer qui est le miroir de la Toscane.

Déjà les Anciens eux-mêmes, soupçonnant ce continuel va-et-vient entre la Toscane et l'enfer, croyaient que les Toscans étaient un peuple infernal. C'est un dieu, en effet, sous la forme d'un bambin sorti de terre entre les pieds d'un paysan en train de bêcher son champ (une espèce de très vieux bébé à la peau rouge et tendre, toute en plis et en rides), qui révéla aux premiers Toscans les secrets de la vie et de la mort. Mais la nature infernale des Toscans n'apparaît pas seulement dans les nécropoles étrusques, ni dans ces préceptes religieux, moraux et civiques, rassemblés dans les *Sacra Acherunta*[1] qui sont leur Ancien Testament, ni dans leur littérature, à commencer par le grand livre de Dante, ni dans leur art : mais bien plutôt dans leur existence quotidienne, leur sagesse et leurs folies, et tout particulièrement dans la vertu qu'ils possèdent de savoir regarder dans les choses, à l'intérieur des choses : je veux dire dans l'enfer des choses.

Très étrange peuple que ces Toscans : inquiet et inquiétant ; sa sagesse est bien de chez lui, plutôt que d'ici ou de là, c'est une connaissance des choses interdites, une rumination de la vie d'outre-tombe, un mépris permanent des choses de ce monde, dont il sait jouir, d'ailleurs, comme peu d'autres peuples. Avez-vous jamais rencontré un Toscan qui soit content de lui et de son prochain, qui ne pense pas du mal de lui-même et des autres, qui ne cherche pas une pensée cachée, un sentiment secret derrière toutes les pensées et tous les sentiments ? Qui dans le bien ne se contente que du bien, et dans le mal seulement du mal ? Avez-vous jamais connu un Toscan qui se satisfasse de la nature terrestre, qui soit heureux avec les arbres, avec les pierres, les eaux, les herbes, les nuages, les animaux ? Avez-vous jamais rencontré un Toscan qui se contente de l'aspect des choses, de leur visage, pour ainsi dire, de leur sens apparent, et qui ne cherche pas et ne voie pas en elles leur spectre, ce qui se cache dans les choses, dans *l'enfer* des choses sensibles ? (Les Toscans ne croient qu'en la réalité, spécialement en celle-ci, beaucoup plus vraie et réelle que la réalité physique, qui est le spectre de la réalité ; toute la vie terrestre n'est que le spectre de la vie infernale : la terre est peuplée de

1. Livres sacrés des Étrusques.

spectres d'arbres, de montagnes, d'hommes, d'animaux ; mais les Toscans sont seuls à posséder les yeux pour les voir. (Avez-vous jamais connu un Toscan qui ne matérialise pas et ne rende pas tangibles toutes les pensées, tous les sentiments, toutes les idées de la nature ? Un Toscan qui ne soit pas capable de réduire le monde, le monde entier, aux proportions d'un vers, d'un lambeau de toile, d'un bloc de marbre, d'une architecture, de briques et de pierres en un certain ordre assemblées ? Avez-vous jamais rencontré un Toscan ignorant les rapports souterrains, secrets, qui régissent les éléments, les choses, les faits et les êtres entre eux ?

Joie et tristesse, tout est prétexte à la liberté pour les Toscans : car leur allégresse, aussi bien que leur tristesse, s'il leur arrive d'être heureux ou tristes, n'ont point de rapports, sinon accidentels, avec la vie terrestre, et ces sentiments sont profondément différents de ceux qu'éprouvent les autres Italiens, spécialement ceux qui vivent au sud du Tibre, dont la joie et la tristesse se rapportent toujours à des choses terrestres, sont une rumination permanente des maux et des biens de la vie, de cette vie-ci, de l'amour, de la faim, de la mort, et sont toujours un prétexte à esclavage. La pensée même de l'amour est subordonnée chez eux à la pensée de la mort qui les oppresse cruellement à toute heure du jour, au point que l'amour est pour eux presque une manière sensuelle et complaisante d'aimer la dégradation des êtres, les corps qui se corrompent, les choses mortes, les lamentations, les larmes, les pleurs. On dirait que les peuples de cette partie de l'Italie adorent cette servitude, cette subordination de tous les instants à la pensée de la mort : leur gentillesse dans leurs rapports avec la misère et la douleur est très grande ; ils sont toujours doux et aimables dans leur sombre mélancolie que les chants d'amour, le sourire et le regard allumé n'arrivent pas à camoufler.

Mais regardez les Toscans, regardez-les en face : ils ont tous l'air de sortir de dessous terre à l'instant, d'être en train de revenir d'un de leurs habituels voyages en enfer. Les seuls témoins de l'enfer, de ce libre monde d'outre-tombe, les seuls témoins vivants, ce sont eux. Sans leur témoignage sur ce monde des morts, il n'y aurait aucune compréhension possible de ce qu'est le monde des vivants et des choses vivantes, de ce qu'est la liberté humaine.

Quiconque revient vivant de cet extraordinaire voyage ne peut plus regarder le monde avec ses yeux de naguère. Il ne voit plus les choses sous leurs aspects changeants, mais dans leur nature secrète. Il reviendra transformé : libre, homme libre, au sens le plus profond. Car la liberté n'est autre chose que la connaissance du rapport existant entre la vie et la mort, entre le monde des vivants et celui des morts.

Et quels hommes sont plus libres que les Toscans ? Ils savent que rien ne se paie de ce qui se fait sur terre. Rien ne se paie en enfer, où les injustices terrestres subsistent, où la vie humaine continue avec toutes ses misères et ses pauvres grandeurs. Les Toscans croient plus aux bilans, aux comptes doit et avoir, au grand livre, à la prudente administration des négoces, des banques, des domaines qu'en une justice d'outre-tombe réparatrice des torts. Ils savent qu'avec l'aide de Dieu l'homme ne doit attendre la justice que de lui-même. C'est là l'origine de leur âpre, cruel, implacable esprit factieux.

C'est pourquoi certains vont affirmant que les Toscans ne croient en rien, qu'ils n'ont ni foi ni religion. Et quand cela serait, où serait le mal ? Est-il peut-être défendu de ne croire en rien ? Est-ce peut-être que la religion elle-même relève de la police ? Les Toscans ne croient qu'en ce qu'ils touchent : ils sont les premiers à croire en Dieu, quand ils arrivent à le toucher de la main. Et ils y arrivent souvent, pour ne pas dire tous les jours.

Quant à l'accusation que les Toscans n'ont de respect pour personne, pas même pour le Christ – ils s'en excusent en disant : « Je ne le connais pas » –, ce serait vrai si c'était vrai. Le fait est que non seulement ils le connaissent, mais qu'ils le connaissent bien. Il faut convenir, pour être juste, qu'il y a de la faute du Christ lui-même dans l'excessive familiarité avec laquelle ils le traitent. S'il ne voulait pas qu'on lui manquât de respect, il lui eût fallu au moins traiter les gens en conséquence. Car, au fond, ce que les Toscans lui reprochent (et ils sont les seuls, parmi tous les peuples, qui aient la loyauté de le lui dire en face), c'est de ne pas avoir eu assez de patience et de s'être envolé au ciel à la première occasion, laissant le genre humain dans le pétrin.

Il n'y a donc ni à s'étonner, ni à se scandaliser s'ils parlent de l'ascension du Christ de la façon dont en parlait cet évêque de l'Ordre des Serviteurs de Dieu dans une nouvelle de Sacchetti : dans un de ses sermons à Florence il calculait la vitesse à laquelle le Christ s'était envolé au ciel, comme s'il s'était agi d'un nouveau type d'aéroplane. Il faut convenir qu'en ces temps-là c'était un type fort nouveau, jamais vu. La vérité est que la foi des Toscans est « très élargie », comme dit Sacchetti, et plût au Ciel que dans toute l'Italie la foi fût aussi « élargie » qu'en Toscane. Plût au Ciel que le Christ fût né en Toscane, pourquoi pas à Prato, Peretola, Campi : il est certain que tout aurait bien fini et que le Christ serait encore vivant parmi nous. Il n'y a pas de Toscan qui n'aurait joué du bâton pour lui. Je ne voudrais pas dire quelque chose d'impie : mais sur la croix c'est quelqu'un d'autre qui serait allé finir.

Certains ensuite vont accusant les Toscans de ne prendre au sérieux ni les héros, ni la vie dite héroïque, d'être entièrement dépourvus de ce qu'on appelle ailleurs l'héroïsme. Très bien. Et puis après ? L'absence d'héroïsme peut être aussi une forme d'héroïsme, peut-être la plus haute et la plus difficile. En Italie, il est plus facile d'être un héros qu'un homme, plus facile de faire des choses extraordinaires que des choses ordinaires, à la portée de chacun, choses de tous les jours. Mais quand les Toscans se mettent aussi à faire des choses extraordinaires, il n'y a personne qui les surpasse : le tout est qu'ils s'y mettent. Et d'abord ils veulent être convaincus que le jeu en vaut la chandelle, que ce ne sont pas des affaires d'idiots, que le drapeau est bien propre et de bonne étoffe.

Dans les dangers, ils savent jouer leur rôle et ne sont pas de ceux qui vendent leur peau à vil prix : au contraire, ils la vendent si cher qu'ils font toujours une bonne affaire ; mais sans arrogance, sans rhétorique poussive, parce qu'ils haïssent les choses enflées. S'il arrive à l'un d'eux d'être vraiment ce qu'on appelle un héros, il demeure coi et caché, par crainte de ce qu'il pourrait arriver s'il se mettait à faire la roue en place publique. Pour la raison que les Toscans, comme j'ai dit au début, « sont de gros bavards, mais en peu de mots » ; ce qui signifie, le reste mis à part, que le faire leur plaît plus que le dire, bien qu'ils parlent énormément. Ils croient plus en l'action qu'en ceux qui accomplissent les actions, plus en l'homme qu'en le héros : race ridicule aux yeux des Toscans.

Ils cultivent l'herbe du ridicule dans tous les jardins, l'arrosent chaque jour, l'entourent de soins jaloux : et c'est une chose merveilleuse que d'être assis ensemble au frais, sous une treille, les soirs d'été, et que de manger de cette herbe en salade en leur compagnie. Ils savent être très plaisants, fins, pleins d'égards. Ce sont toujours de grands seigneurs, spécialement les paysans, les ouvriers, les artisans. Élégants en toute chose, ils ont un style simple et très raffiné. Ils sont sans aucun doute le peuple le plus civil du monde : leur cordialité, sans être jamais affectueuse, est toujours honnête et courtoise. On ne se fatigue jamais de les écouter et il ne vous arrive jamais d'entendre une parole vulgaire, un juron. Jamais. (S'ils blasphèment quelquefois, ils le font à voix basse, à contrecœur, en rougissant, et seulement très rarement, en cas d'extrême nécessité, s'ils y sont proprement traînés par les cheveux. Ils ne blasphèment que lorsque Dieu ou quelque saint s'en prennent personnellement à eux : le malheur, c'est que Dieu et les saints s'en prennent toujours à eux.) Bref, comme chacun sait, ils sont timides, modestes, aimables, généreux et gentils. Et c'est justice que de reconnaître que l'Italie sans la Toscane ne serait qu'un morceau d'Europe.

S'il est quelqu'un qui ne croit pas que nous soyons ainsi faits, qu'il vienne en Toscane. Qu'il regarde autour de lui. Qu'il regarde les gens au visage, qu'il écoute comment ils parlent : non pour leur manière de parler, mais pour ce qu'ils disent. Qu'il écoute le petit peuple, les paysans, les artisans, les tisserands, les rouliers, les lainiers, les cochers de fiacre, les chiffonniers, les aubergistes, les ivrognes, les Frères, les prêtres, les riches et les pauvres, les femmes jeunes et vieilles. Qu'il écoute Liccio, Làchera, Bernocchino. Qu'il lise Boccace, Sacchetti, Compagni, les chroniqueurs et les conteurs, spécialement mineurs. Le soupçon lui viendra que ces faits, ces très vives histoires de tous les jours, ne sont rien d'autres que des exemples, c'est-à-dire des faits communs à tous et pas seulement au « particulier » dont on parle. Non des exemples seulement anciens, mais de tous les temps et très modernes. Il s'apercevra que ces sentences, ces badinages, ces farces sont d'hier comme d'aujourd'hui. Que cette irrévérence, cette impiété, cette insolence factieuse sont le fait de chacun et non d'un seul, de tous et non d'un petit nombre.

Qu'il vienne en Toscane et écoute les Toscans raisonner sur la mort. Ils en raisonnent avec charme, comme seulement les hommes libres savent le faire, et ils sont les seuls au monde à savoir combien mourir est une chose ridicule et combien plus ridicule encore est la peur de la mort. C'est pour cela, pour cela par-dessus tout, que ce sont des hommes libres : parce qu'ils n'ont pas peur de la mort.

Ils n'en ont pas peur parce qu'ils savent qu'en Italie seuls les imbéciles meurent.

XVIII

Les Toscans ont le ciel dans les yeux
et l'enfer dans la bouche.

J'ouvre la fenêtre, et c'est le printemps ; je ferme la fenêtre, et c'est le printemps. Je m'approche du miroir, et l'image qui se meut dans la glace (ces cheveux gris ? ces yeux fatigués ? cette petite ride au milieu du front ? ce reflet vert des jalousies dans la main qui touche le visage ?), c'est le printemps à Prato, dans la chambre de l'hôtel de Caciotti, à côté de la façade du Dôme faite comme un drapeau de bandes de marbre blanc et vert de Figline. C'est le printemps à Prato, la chaire de Michelozzo et Donatello où les bambins offrent de leurs mains tendues la nourriture aux pigeons tisseurs qui font la navette entre le Dôme et le monument à Mazzoni.

J'ouvre la fenêtre et le ciel lointain qui s'incurve au-dessus de la place, de la rue Magnolfi, de la vallée verte du Bisenzio, entre la Retaia jaune de genêts et le rocher nu du Spazzavento, se renverse dans la chambre, ternit de son souffle azuré le miroir là au fond, la bouteille pleine d'eau de Filettole, le verre vide, la page blanche sur la table tachée d'encre. C'est le printemps à Prato, c'est encore le printemps, mais la voix de Carnaccia, en guerre avec les autres cochers arrêtés devant l'hôtel, ne monte plus de la place, comme jadis ; pas plus que le cri du vendeur de biscotins et de gimblettes, arrêté, son grand panier sous le bras, au coin de la maison où Filippino Lippi est né : pas plus que l'appel du vendeur de petits pains en demi-lune, à l'angle de la rue Agnolo Firenzuola ; pas plus que les voix dolentes des jeunes bergers qui descendaient à l'aube de la vallée du Bisenzio par la porte du Sérail, avec la planche de leurs petits fromages en équilibre sur la tête, et les petits fromages tendres et blancs, qui sont des fromages frais de chèvre, disposés sur les éventails de paille.

Où est le bruit sourd des métiers à tisser qu'on manœuvre à la main, sortant de la grande chambre du bossu Passigli, où est le battement de marteaux des chaudronniers sur le Mercatale, le sifflement des trains sur la haute muraille de l'ancienne gare, au fond de la rue Magnolfi ? Où est l'odeur chaude des petits pains, des biscotins, des gimblettes, où est le vacarme des vantaux de la pharmacie Mazzinghi, au coin de la rue Garibaldi, que le vieux commis ouvrait en tournant sa tête assourdie vers la charcuterie de Calamai, à l'angle du Corso ? C'est le printemps à Prato, mais Bernocchino, le plus glorieux des mendiants pratéens, ne débouche plus sur la place de la Commune en traînant ses pieds nus sur le pavé, l'échine courbée sous le poids de son sac plein de chiffons, de morceaux de fer et de laiton, de bouteilles vides, son visage barbu levé pour compter les heures à l'horloge du palais du Prétoire. « Oh ! Pratéens, il est l'heure qu'il était hier à ces heures ! », criait Bernocchino, s'agenouillant devant la statue de Francesco de Marco Datini, « celui qui a inventé les dettes ». Et Liccio, le rival de Bernocchino, qui ne demandait pas l'aumône mais qu'on lui prête une demi-lire ou quinze sous et donnait le reste de la lire, ne lave plus son visage subtil à la fontaine de Tacca ; et le cafetier Brogi, en équilibre comme une cigogne sur son pied boiteux, ne salue plus du seuil du café du *Petit Bacchus* le syndic Giocondo Papi qui se dirige vers la Maison de Commune, le docteur Billi qui descend vers l'hôpital de la Miséricorde, le notaire Camillo Dami, au visage de bonze chinois tout marqué de petite vérole, qui s'achemine vers son étude de la rue Lambertesca, ou Cavacrocchi le fabricant d'étoffes, l'avocat Perini, Martini le photographe, qui se croisent sur la place en se saluant à voix haute. Où est l'odeur d'herbe fraîche qui arrivait de la place San Francesco où s'arrêtaient les diligences de Poggio a Cajano, de Galciana, de Grignano, de Jolo, de San Giorgio in Colonica, de Paperino ? Les chevaux hennissaient en plongeant le museau dans les bottes d'herbe verte, toute fleurie par l'œil rouge des trèfles. Où est l'odeur des fouaces et des chauds gâteaux de Mantoue qui arrivait du four de Mattonella ?

C'est le printemps sur la place du Dôme, de la Commune, sur la place du Blé, des Cuves, du Mercatale, de Saint-Dominique, de Saint-Augustin, de la Madone des Prisons ; c'est le printemps dans toutes les rues qui de la place de la Commune vont vers les cinq portes de Prato, porte de la Sainte-Trinité, porte de Florence, porte du Mercatale, porte du Sérail, porte de Pistoie ; mais Bino Binazzi n'ouvre plus la haute fenêtre pour regarder au-dessus des toits les premières hirondelles tisseuses qui, entre le palais du Prétoire et les tours des Dagomari et des Guazzalotri, tissent le ciel pratéen d'une trame azurée et d'une chaîne de tissu rose.

L'air sur la place Ciardi, hors de la porte du Sérail, où s'arrêtaient les diligences de Vaiano, de Vernio, de Santa Lucia, de Montemurlo, de Figline, ne sent plus la morue sèche et les pois chiches amollis, le bouillon maigre, les fayots cuits au four dans les marmites de terre ; et les tuiles exhalaient aux premiers rayons du soleil une odeur chaude de pain à peine défourné, dans le petit matin aigre qui teintait de rose les oliviers de Filettole, les cyprès des Sacca, les pins de Galceti. Les voituriers se tenaient jambes écartées au milieu de la place, le fouet au poing, dans l'odeur poussiéreuse de chiffons, de foin, de poisson sec, de sueur de cheval, qui était l'odeur de Prato au printemps.

Et, descendant des Bachilloni, voilà qu'arrivait Agénor, le roulier aveugle, le visage brûlé par l'acide sulfurique d'une dame-jeanne qu'il s'était renversé dessus le jour où il était allé finir avec son char dans le fossé de Gatti, le fabricant de pâtes, près de San Martino ; il arrivait en faisant claquer son fouet, son fidèle ami le fouet, pour se faire joyeusement place, et d'une voix triste, affectueuse, il saluait un à un par leur nom les rouliers qui débouchaient de dessous le pont du Sérail, s'acheminant par la vallée du Bisenzio, et ses anciens compagnons lui répondaient un à un en l'appelant par son nom, et c'était le printemps dans ces voix, dans ces claquements de fouet, dans ce visage brûlé par l'acide, dans ces yeux aveugles en chair vive rouge.

Tout était le printemps alors, et tout est encore le printemps à Prato : il suffit que je ferme les yeux pour entendre autour de moi ces voix de jadis, ces rumeurs joyeuses, le grincement des chars, le glissement des pieds nus sur le pavé, les appels de porte à porte, de fenêtre à fenêtre, de coin de rue à coin de rue. Il suffit que je ferme les yeux pour entendre au fond de la rue des Teinturiers les longues perches remuer dans les cuves, les garçons d'écurie parler à voix basse à l'oreille de leurs chevaux, la marchande de lupins, à l'angle de l'Évêché, vanté la beauté de sa marchandise : « Ce sont des tétins d'enfant ! Ce sont des tétins d'enfant ! », et le marchand de dragées chanter les louanges de ses bonbons à la menthe et de ses « mange et bois ». Il suffit que je ferme les yeux pour entendre ces voix anciennes se confondre avec les voix d'aujourd'hui, plus hautes, plus aiguës, et le grincement des chars se mêler à la pétarade des moteurs, pour sentir aussi le soleil me tourner autour, de l'épaule droite à l'épaule gauche, s'élever peu à peu, s'arrêter immobile, à pic au-dessus des toits, décliner peu à peu vers la forêt rouge du couchant.

Soirée ancienne, ancienne soirée de printemps à Prato : et voici que naissent dans l'air tiède les voix et les odeurs de jadis, la voix de la Baccia à l'angle de la rue Agnolo Firenzuola, l'odeur verte des petits pois égrenés dans les bassines de cuivre, et, venant du fond de la place du Dôme, les voix des femmes faisant la queue devant le four de Davini à attendre les marmites de terre pleines de fayots bouillis. C'est l'heure où les ouvrières sortent de la fabrique, les cheveux poussiéreux, sentant l'huile de machine, les yeux écarquillés au milieu du visage pâle, des yeux qui ont suivi tout le jour la course folle de la navette d'acier brillant, donnant de la tête ici et là dans le métier à tisser, comme fait une souris dans la trappe. Cent fois le fil s'est rompu, cent fois elles ont arrêté le métier, recueilli les deux bouts, noué le fil, relancé la navette. Elles marchent le visage tourné vers le ciel, remuant doucement les mains dans l'espace, sous le vol rasant des hirondelles, semblables à des navettes devenues folles, comme pour renouer le fil qui se rompt cent fois de gouttière à gouttière et de nid à nid.

C'est l'heure où, après une journée de travail, les ouvriers ont soif et l'air sent le vin coupé d'eau. Dans la fontaine qui est devant le Dôme, dans la fontaine du Petit Bacchus, dans la fontaine de Saint-François, l'eau de Filettole chante avec la même voix que Firenzuola chantant *l'éloge de la beauté des femmes pratéennes*.

Tout est aimable alentour, tout est ancien et neuf : j'entends mes Pratéens parler le toscan de Sacchetti, de messire Agnolo Poliziano, ce langage qui sonne vif et pur comme le grec de Xénophon. Une sérénité attique règne dans l'air : pour un instant, le Bisenzio c'est l'Ilissos, la Retaia, l'Hymette, le château de Frédéric, l'Acropole. Car il n'y a rien au monde qui soit plus grec que ce qui est toscan, personne qui soit plus athénien que le Florentin, plus corinthien que le Pisan, pas de ville qui rappelle autant Mycènes que Volterra, Argos que Sienne, Olympie qu'Arezzo, Épidaure que Lucques, Thèbes que Pistoie, Thessalonique que Livourne. Il n'y a pas de ville au monde où la vie familiale et sociale rappelle davantage la vie simple et populaire de l'antique Athènes que Prato où le peuple est trafiquant et disputailleur comme l'Athénien, parle avec une telle élégance d'esprit qu'elle évoque Lucien, avec une folie si fantasque qu'on croit entendre Alcibiade, avec une humeur si railleuse qu'on est devant Aristophane, et où, si Socrate est Bernocchino, Diogène est Liccio. Il n'y a pas de sel au monde qui soit plus attique que le sel des Pratéens, il n'y a rien de plus euclidien que leur façon de mesurer le monde avec les bras, comme de l'étoffe, rien de plus anacréontique que le charme avec lequel ils parlent de ce dont tous les autres hommes, hors de Prato, mieux encore hors de Toscane, parlent avec défiance.

Qu'on ne croie pas qu'à l'exemple de messire Agnolo Firenzuola je compare les Toscans aux anciens Grecs uniquement parce que je suis toscan, et les Pratéens parce que je suis pratéen. Mais parce qu'en Toscane seulement la cité est une *polis*, c'est-à-dire un corps libre, juste, vivant, et que les citadins sont des citadins. Parce qu'en Toscane seulement subsiste aujourd'hui ce noble et subtil esprit de liberté qui animait les républiques grecques et n'était pas seulement un esprit de liberté en politique, mais en philosophie, en art, en littérature. En Toscane seulement, l'ancien et le moderne vivent ensemble, en état de mariage quotidien, de tous les jours et de toutes les heures, au point que le visage, les gestes, les actes, les paroles, les sentiments des Toscans d'aujourd'hui ne contrastent pas, mais au contraire s'accordent avec l'ancienne architecture des maisons, des palais, des églises, avec le visage et les gestes des statues de Donatello, de Pisano, de Jacopo della Quercia ; il y a des Toscans qui ressemblent à la tour d'Arnolfo, d'autres à la tour du Mangia, d'autres au palais Strozzi, au palais Pitti, au Bargello, d'autres aux portraits peints par les peintres florentins et siennois, d'autres qui ressemblent à la nature toscane, aux fleuves, aux lacs, aux montagnes, aux bosquets, à la vigne, au cyprès, à l'olivier qui est le plus grec des arbres, le plus clair, le plus serein, d'autres qui ressemblent aux cailloux de l'Arno, de l'Ombrone, du Serchio, du Bisenzio, d'autres à ceux du Tibre, fleuve qui naît toscan et pour sûr finirait mal, beaucoup plus mal qu'il ne finit, s'il n'était pas né toscan. Il y a ceux qui ont le visage couleur de la terre de Lucques, d'autres de la terre de Fiesole, de Pise, d'Arezzo, de Sienne ou de la Maremme. Mais rares sont les Toscans qui ressemblent à d'autres Toscans. Rares et pernicieux. Car lorsqu'il arrive, comme il arrive toujours, que ces Toscans qui se ressemblent entre eux se rencontrent, ils s'entre-tuent sur-le-champ et des luttes et des massacres ont lieu.

Par conséquent, c'est un grand bonheur que les Toscans, comme j'ai dit au début, n'aient aucune ressemblance avec les autres Italiens, car il en serait sorti, et il en sortirait des luttes et des massacres, alors que tout le monde sait que les Toscans n'ont jamais fait la guerre aux autres Italiens, mais se sont toujours tués entre eux, non pour la raison qu'ils n'auraient pas éprouvé de plaisir à tuer un autre Italien qui n'eût pas été toscan, mais par le fait qu'un Italien mort, contrairement à un Toscan mort, ne vaut rien, autant qu'un sou percé, et personne ne l'achèterait, pas même au poids. En un point, cependant, tous les Toscans se ressemblent : c'est dans la couleur des yeux qui sont clairs, tirent sur le gris, sont de la couleur du ciel toscan. D'où provient l'ancien dicton : « Les Toscans ont le ciel dans les yeux », auquel s'ajoute cet autre dicton très ancien : « … et l'enfer dans la bouche. »

Les autres Italiens, donc, auront à m'excuser si, disant du bien des Toscans, j'ai eu l'air quelquefois de dire du mal d'eux ; car, si j'avais dit du bien des Toscans, qui sont très jaloux, sans avoir l'air de dire du mal des autres Italiens, certainement qu'ils m'auraient tué. Ce qui ne me convient guère, considérant qu'un Toscan mort vaut moins qu'un Toscan vivant, et ce que prétendent les Florentins ne suffirait pas à me consoler, à savoir qu'un Toscan mort vaut plus que tous les Italiens vivants mis ensemble.

DEUX CHAPEAUX DE PAILLE D'ITALIE

M. de Gasperi, dans un récent discours, a déclaré : « Nous n'abuserons pas de notre victoire. »
Nous espérons surtout que la démocratie chrétienne n'abusera pas de notre patience.

Il n'est pas que M. Labiche, qui ait coiffé ses héros avec un chapeau de paille d'Italie. La paille sied aux Italiens, ils ont la tête chaude, et la paille la leur rafraîchit. J'aime voir, dans les rues ensoleillées des villes italiennes, les chevaux de fiacre coiffés d'un chapeau de paille enrubanné, avec deux trous pour les oreilles. Ces chevaux ont l'air de vieilles dames anglaises, telles qu'on en voyait, dans le temps, dans les rues de Florence, de Sienne, de Pise, coiffées comme des vieux chevaux de fiacre.

Le chapeau a une grande importance dans la vie italienne, surtout dans la politique. On reconnaît la nuance politique d'un Italien par son chapeau, rien que par cela. Pendant vingt-cinq ans, la mode était au chapeau fasciste. De nos jours, elle est au chapeau antifasciste : mais c'est une mode, hélas ! qui est en train de passer. Entre ces deux chapeaux, il y a eu le chapeau de Mussolini mort. Après avoir coiffé son cadavre de la façon que tout le monde connaît, on a coiffé son tombeau dans le cimetière de Musocco, à Milan. Un tombeau bien pauvre, pour un si riche chapeau.

Au début de 1946, *me trouvant de passage à Milan, il me vint à l'esprit d'aller voir, au cimetière de Musocco, si ce qu'on disait était vrai. C'était un dimanche dans l'après-midi, il y avait grande foule dans les allées du cimetière : une foule paisible d'ouvriers et de petits bourgeois, avec leurs femmes et leurs enfants endimanchés, qui tous se rendaient vers un coin du cimetière, où des carabiniers avec leur mitraillette en bandoulière faisaient bonne garde. Les femmes riaient, les enfants regardaient les tombeaux, les hommes fumaient et causaient entre eux. Tous avaient l'air gai et léger du dimanche. Le gravier était semé de taches de soleil jaune, à l'odeur de miel pourri.*

Dans un coin du cimetière, là-bas, tout au fond, s'étendait un bout de terrain, long d'une trentaine de mètres, sous lequel étaient ensevelis les chefs fascistes fusillés à Dongo. À côté de Mussolini gisait Claretta Petacci, sa dernière femme, celle qui, de toutes, avait eu le triste privilège, réservé non pas aux épouses légitimes, mais aux maîtresses, de mourir avec lui. Nulle croix, nulle pierre, nul nom, nul signe, marquait les tombeaux. Seul le tombeau de Mussolini, qu'on avait cru tenir secret, était pourtant marqué non par une croix, mais par un manche de balai, enfoncé dans la terre et coiffé d'une boîte en fer-blanc de conserve de tomates. La foule piétinait les tombeaux. Les hommes crachaient sur la terre, les femmes déboutonnaient le pantalon de leurs enfants, leur disaient : « Pisse, mon petit, pisse sur Mussolini. » Les enfants, dociles, pissaient sur Mussolini. Des femmes, debout, écartaient les jambes et pissaient sur Mussolini. Des enfants s'accroupissaient, au milieu des rires et de la joie populaire. Les carabiniers, placés là pour empêcher tout vandalisme, regardaient la scène d'un air indifférent. C'était le regard même du Gouvernement.

Ce qui me fascinait, ce n'était pas cette scène paisible, c'était le chapeau dont on avait coiffé le tombeau de Mussolini : cette boîte en fer-blanc de conserve de tomates. Si au moins elle eût été une boîte de conserve de Cirio, d'Arrigoni, une boîte de conserve italienne ! C'était une boîte de conserve américaine. Tout à fait dans les règles. Ce ne sont pas seulement les Italiens qui ont perdu la guerre : mais leurs tomates aussi, et aussi leurs boîtes de conserve. Après tout, une boîte en fer-blanc, même américaine, est un magnifique chapeau : un chapeau magnifique pour coiffer un tel cadavre.

Les cadavres, même les cadavres célèbres, ne m'intéressent pas. J'aime les hommes vivants, ces cadavres pleins de sang chaud, ces cadavres que nous voyons à tout moment marcher dans les rues, que nous entendons à tout moment parler autour de nous. Un homme mort est un homme mort. Rien qu'un homme mort. Pas même, parfois, un homme mort. Et parfois beaucoup plus qu'un homme mort. Je n'aime pas coiffer les cadavres, ni ceux d'hier, ou d'aujourd'hui, ni ceux de demain, d'après-demain. J'ai, toute ma vie, fait de mon mieux, à mon risque et péril, pour coiffer les hommes vivants : bien que je sache qu'un homme vivant n'est qu'un homme vivant, pas même, parfois, un homme vivant, et parfois beaucoup plus qu'un homme vivant. Mais les hommes vivants peuvent se défendre, peuvent dire : « Je n'aime pas à être coiffé de ce chapeau, je n'aime pas ce chapeau. » Ma renommée, en Italie, et la haine que me portent de nombreux hommes vivants, la sympathie dont m'honorent de nombreux hommes morts ou vivants, me viennent de ce que je sais coiffer les hommes vivants ; ceux, du moins, qui méritent d'être coiffés.

Voici deux chapeaux dont je coiffe aujourd'hui les hommes du fascisme et les hommes de l'antifascisme. Non pas les morts, mais les vivants : ceux qui ont survécu, ceux qui se survivent, ceux qui ne survivront, hélas ! jamais. Ce sont deux chapeaux de paille d'Italie. Sans rubans, mais avec les deux trous pour passer les oreilles. Coiffer les hommes vivants est un art qui a une très ancienne, une très noble tradition, dans la littérature italienne. Je m'en excuse auprès de Boccace, de Sacchetti, de Pulci, de l'Arétin, si je suis un mauvais élève. Mon respect pour la tradition est bien plus grand, chez moi, que mon art.

J'ai été peut-être poussé au respect pour cette noble et ancienne tradition, par le fait que les chapeaux de paille d'Italie sont, en réalité, des chapeaux de paille de Florence, et que je suis de Florence, « florentinus natione, non moribus *», comme disait Dante, celui qui nous a appris, à nous tous, quel est le chemin le plus court pour descendre en enfer. Bien mieux, je suis de ce territoire florentin, où gisent Prato, Campi, Peretola, Brozzi,*

Signa, dont les femmes, assises au seuil des maisons, tressent de leurs doigts rapides et habiles la paille dorée, souple, à l'odeur de jeune blé, de pain frais : cette même paille dont nous tressions, enfants, avec nos doigts fragiles, nos petits chapeaux d'été, cette même paille que je viens de tresser avec mes durs doigts d'homme dur, pour en faire ces deux chapeaux de paille d'Italie.

Depuis bientôt deux semaines, je lis chaque matin, dans la presse internationale, l'annonce câblée de Rome, de Londres, de New York, d'une révolution imminente en Italie. En ce moment même, tandis que j'écris ces lignes, ma radio, mise en veilleuse, me parle en italien, d'une voix un peu rauque, des émeutes et des grèves qui troublent l'Italie. Je ne suis pas prophète, je ne prétends pas révéler l'avenir ; mais je suis Italien, je connais mon pays, et l'idée d'une révolution en Italie me trouve sceptique.

Certes, la situation alimentaire est grave, les difficultés économiques et financières sont lourdes, et grande la jalousie mutuelle des partis politiques, considérable, à certains égards, l'inexpérience de la toute nouvelle classe dirigeante (je l'appelle nouvelle pour lui faire plaisir). Par conséquent, la confusion des esprits, des langages, des ambitions, des programmes, des rancunes, des espoirs et des désillusions est énorme.

Le désir de nouveauté est grand, en Italie comme partout ailleurs en Europe : rien ne prouve, néanmoins, que nous nous trouvions à la veille du « grand soir ». À une très haute personnalité du Quai d'Orsay, avec qui je déjeunais l'autre jour dans un des cadres les plus charmants de l'Île-de-France, et qui me demandait ce que je pensais de l'imminence d'une révolution en Italie, je répondais que les révolutions ne sont plus à la mode en Europe, bien que la mode soit à l'esprit révolutionnaire.

L'Italie est un pays très complexe, le plus complexe parmi les pays d'Europe occidentale. Elle n'a pas, comme la France, des traditions révolutionnaires. Si l'on remonte aux temps anciens, elle n'a qu'une tradition : celle des luttes entre villes rivales, « *entre ceux qu'un mur et un fossé renferment* », comme dit Dante ; et, si l'on revient aux temps modernes, sa tradition révolutionnaire est celle, plus ou moins honorable, de l'émeute.

L'Italie n'a connu ni la Réforme ni la Révolution française. L'origine de son mal actuel, c'est d'être demeurée en dehors des grands mouvements moraux, sociaux et politiques qu'ont été la Réforme et les événements de 1789. Le « Risorgimento » (Cavour, Garibaldi, Mazzini) ne fut pas une révolution, mais une guerre de libération nationale (Piémont contre Autriche), appuyée par l'intervention étrangère et le concours généreux de la jeune bourgeoisie italienne éprise d'indépendance nationale. La tradition moderne, proprement italienne, d'émeutes et d'agitations plus ou moins sanglantes et plus ou moins périodiques, serait une piteuse tradition si elle n'était pas en même temps – étrange à dire – un élément de progrès social. Car cette tradition d'émeutes pourrait bien être considérée comme une évolution sociale et politique soutenue par les violences de la rue. En Italie, la rue pousse, non pas à la révolution, mais à l'évolution sociale et politique. Chaque fois que dans l'histoire italienne s'est présentée l'occasion d'une révolution, cette occasion a été perdue. Pourquoi ? Du fait de hasards regrettables ou heureux ? Non. Mais par la prudence, aussi bien des meneurs que du peuple et à cause de la souplesse italienne, qui n'est autre chose que le profond scepticisme du peuple à l'égard des bienfaits de la violence.

Cette sagesse n'est pas fondée sur la peur, car les Italiens, quand leurs questions personnelles sont en jeu, tuent et se font tuer avec une extrême facilité ; et la chose politique, dans tout pays latin qui se respecte, ressortit au domaine des faits personnels. Mais elle a pour base une très ancienne expérience historique : toute révolution n'aurait d'autre effet que de donner au peuple italien de nouveaux maîtres. Douloureuse conviction, qui est peut-être fausse en d'autres pays, mais qui est vraie en Italie où le peuple n'a connu que des maîtres, la plupart étrangers ou asservis aux étrangers. Même la Révolution française n'a signifié, pour le peuple italien, que la relève des Autrichiens par les Français, de l'empereur d'Autriche par Napoléon, du gouverneur impérial autrichien par le prince de Beauharnais. Au peuple italien, la Révolution française ne s'est présentée que sous le visage, hélas ! familier, de la domination étrangère.

Toutes les réactions modernes du peuple italien sont commandées par le souvenir de son expérience historique, et il faut tenir compte, avant tout jugement, de cette douloureuse expérience, qui est à l'origine de son profond scepticisme en face de toute prédication sociale ou politique et de son profond attachement à ce qui a toujours constitué son seul refuge contre les malheurs de son histoire, c'est-à-dire le catholicisme.

La véritable et seule unité du peuple italien n'a jamais consisté, pour s'en tenir aux temps modernes, ni dans la monarchie, ni dans le fascisme, ni aujourd'hui dans la République. Son unité réside dans le catholicisme ou, si l'on veut, dans l'esprit catholique. C'est le catholicisme qui forme le peuple, qui régit ses mœurs, ses idées, qui commande à ses réactions instinctives et qui domine la nature des événements. En Italie, comme dans chaque pays catholique, tout mouvement révolutionnaire doit compter avec l'esprit catholique du peuple, esprit parfois inconscient, et qui ne relève nullement de la pratique religieuse. Dans un pays catholique, on est catholique comme on est brun ou blond, grand ou petit ; on y mange, on y boit, on y aime, on y espère, on y vit et on y meurt catholique ; dans un pays catholique, nulle révolution, nul mouvement d'idées, nulle réforme sociale ou politique n'est concevable et n'est possible que dans le cadre de l'esprit catholique.

Cela a été si bien compris par M. Togliatti, homme cultivé, hardi et souple, que le parti communiste italien a adopté une politique d'extrême prudence à l'égard de cet esprit catholique, inconscient ou non, chez le peuple. C'est, en effet, seulement grâce aux voix communistes qu'ont été approuvées par la Constituante, au cours des dramatiques débats sur le projet de la nouvelle Constitution, la loi contre le divorce, la loi *contre* la presse, dangereusement limitative des libertés fondamentales de la presse (un simple fonctionnaire de police, d'après cette loi, peut, de son propre chef, en cas d'urgence, saisir un journal) et la loi par laquelle le Traité du Latran devient une partie intégrante de la Constitution. Fait bien étrange quand on pense que tous les partis antifascistes, et même une certaine fraction de l'antifascisme catholique, ont toujours combattu avec acharnement, du vivant de Mussolini, le Traité du Latran, dont ils avaient fait l'argument fondamental de leur opposition au fascisme.

Je ne veux nullement discréditer les hommes, parmi lesquels je compte nombre d'amis personnels, ni les partis, ni les mouvements d'opinion qui, en Italie, se nomment révolutionnaires. Je veux seulement mettre en évidence ce fait historiquement prouvé par une expérience plusieurs fois séculaire : le peuple italien est un peuple pacifique, sage, prudent, il aime l'ordre, le travail, l'évolution naturelle des choses, il est fatigué des guerres, des luttes civiles, de la misère et de l'oppression, il commence à imputer ses malheurs, ou pour mieux dire la suite de ses malheurs, à cette longue chaîne d'agitations stériles, de tumultes sanglants, de grèves politiques dont il ne saisit ni l'esprit ni le but.

J'ai connu beaucoup de révolutionnaires italiens, surtout dans la prison de Regina Coeli et aux îles Lipari, je les ai toujours entendus se plaindre du manque de conscience révolutionnaire chez le peuple et rejeter sur les masses la responsabilité de tout échec des mouvements révolutionnaires. Mussolini, lui aussi, n'a-t-il pas, à plusieurs reprises, et jusqu'à la veille de sa mort, reproché au peuple italien son manque de conscience révolutionnaire ? Prétendait-il que le peuple italien puisse être à la fois fasciste et révolutionnaire ?

Certes, je n'ignore pas qu'il y a de forts éléments de résistance et de réaction en Italie en plus de la police, des carabiniers et de l'armée. Je pense surtout au Mouvement Social et au M.R.P. (Mouvement de Résistance Partisane), qui groupe de nombreux « partisans » de gauche, plus ou moins anticommunistes. Leur chef, M. Andreoni, a passé quatorze ans en prison pour son activité communiste : devenu socialiste, il fut, dans la clandestinité, et jusqu'en 1945, vice-président du parti socialiste de M. Nenni, ce qui n'empêche pas les communistes, et Nenni lui-même, de l'appeler fasciste. Le Mouvement de Résistance Partisane est une organisation marxiste, à tendance anarchiste, bien armée, très disciplinée, bien encadrée, et décidée, s'il le faut, à s'opposer à toute tentative communiste.

Mais je demeure persuadé que la révolution n'aura pas lieu en Italie, et que, si elle avait lieu, elle aurait bien des chances d'être matée ou de finir en queue de poisson, c'est-à-dire par un simple changement de ministère. Ma conviction se fonde non pas sur les forces de résistance et de réaction existant en Italie (gouvernement et organisations politiques), mais sur la sagesse, la fatigue, la volonté d'ordre, de paix et de travail du peuple italien, autant que sur la prudence, le bon sens, le sentiment de l'intérêt national des principaux leaders de gauche qui sont, eux aussi, soucieux du bien-être et de l'avenir du pays.

Il faut ajouter à tout cela que le peuple italien se rend parfaitement compte, car il est intelligent, que toute tentative révolutionnaire, en Italie comme dans d'autres pays d'Europe, relève du domaine de la politique internationale, et ne viserait qu'à ébranler l'influence américaine en Europe occidentale au profit d'une autre influence. Or, après vingt ans de fascisme, après tant d'invasions, l'Italie ne veut plus être, pour aucune raison au monde, le cobaye des partis (pour le cobaye, toute expérience, bonne ou mauvaise, est un malheur irrémédiable), ni le champ de bataille de puissances étrangères. Si elle a confiance en quelque chose, il faut reconnaître qu'elle a beaucoup plus de confiance en l'Amérique (où vivent dix millions d'Italiens libres et heureux) que dans la Russie. Elle a tort, peut-être, mais il faut le lui démontrer, et non pas à ses dépens.

L'Italie donne la preuve d'une vitalité morale et physique étonnante. Elle est en train de se relever par ses seuls moyens (je dis par ses seuls moyens, car, jusqu'ici, sauf l'aide de l'U.N.R.R.A. et le remboursement partiel de certaines dépenses effectuées par le gouvernement italien pour le compte des troupes américaines d'occupation, l'Italie n'a rien eu des millions de dollars qu'on lui fait espérer). Summer Welles a récemment déclaré que, de tous les peuples d'Europe, l'italien est celui qui travaille le plus. Un peuple qui montre une telle volonté de travail, un goût si âpre de la vie, ne fait pas de révolution.

D'autant plus qu'il sait qu'une révolution en Italie amènerait fatalement une nouvelle guerre en Europe.

Les émigrés antifascistes, rentrant en Italie après vingt ans d'exil, ont retrouvé une Italie bien différente de celle qu'ils avaient quittée. De même, les étrangers intelligents qui ont traversé les Alpes après la guerre ont été frappés par les nouveaux et étranges aspects de ce pays.

Je sais des Français qui, ayant connu dans leur jeunesse l'aimable, souriante et rhétorique Italie du temps de d'Annunzio et d'Anatole France, de Pascoli, le poète des oiseaux, des enfants et des oliviers, et de Filippo Turati, le bon apôtre d'un socialisme harmonieux digne de Virgile et de Catulle, cette douce Italie, où les mœurs étaient faciles et honnêtes, où le peuple était rusé et innocent, usé et enfantin, mais bon et simple, où les visages étaient empreints de la même sérénité et de la même clarté d'argent que le paysage, en sont revenus tout étonnés et presque épouvantés.

– C'est une autre race, m'ont-ils avoué.

Non, ils se trompent. Ce n'est pas une autre race, une race nouvelle. C'est la race qu'ils ont connue dans leur jeunesse, cette race ancienne et noble à laquelle tous les peintres de l'Europe ont emprunté le rythme inimitable des gestes, des attitudes, la cadence des manières, la lumière sombre du regard, l'ironie du sourire, l'énorme et délicate perversité des mains, des lèvres, des paupières. C'est la même race, mais sans le masque que de longs siècles d'esclavage avaient collé sur son visage.

Car l'esclavage n'est pas né, en Italie, avec le fascisme. L'esclavage est une triste, dure et très noble tradition italienne, et même l'école du caractère italien : je veux dire l'école où le caractère italien s'est corrompu, avili, où il a pris son dégoût des splendeurs et des lâchetés de l'homme, son mépris des héros, sa secrète et morbide inclination pour tout ce qui, dans l'homme, et dans les choses humaines, est tristesse et misère, pour tout ce qui est victime et bourreau, pour tout ce qui est sacrifice et vain espoir. Il a pris surtout l'orgueil de sa pauvreté et de ses malheurs.

Tout ce qu'il y a de vif, de brûlant, dans le sang italien, est revenu, désormais, à fleur de peau. Le peuple a retrouvé, dans les terribles épreuves de la guerre, ce qui est très ancien dans son caractère : cet amour-passion stendhalien pour les choses de la vie, cette indifférence devant tout problème moral et cet abandon non pas à Dieu, mais à l'Église. (Le peuple italien, surtout dans le Sud, a beaucoup plus de confiance dans l'Église qu'en Dieu.) Il a puisé en même temps, dans la tragédie de sa défaite, tout ce qui est moderne, actuel, dans le caractère des autres peuples de l'Europe, cette méfiance à l'égard de l'homme, ce désenchantement, tout ce qui est révolte, impatience, froid dégoût.

Pour la première fois peut-être dans sa longue histoire, si pleine de grandeur et de misère humaine, le peuple italien sait enfin ce qu'il veut. Il sait ce qui l'attend. Il a pris conscience de l'Europe. Il se sent lié, comme jamais jusqu'à ces jours, au destin de l'Europe.

Il a appris à ses dépens avec quelle facilité un peuple peut perdre sa liberté, à quel prix, au prix de quels héroïsmes, de quelles lâchetés, il peut la recouvrer. Pour la première fois, le peuple, en Italie, a enfin goûté le sang de ses propres veines, a enfin vécu les heures horribles et enivrantes du massacre, de la révolte sanglante, de la guerre civile. Il a enfin été le protagoniste, en même temps que la victime, d'un massacre accompli par lui-même, en son nom, pour son compte. Il avait soif. La soif a été toujours un excellent prétexte pour ceux qui ont envie de boire.

On ne peut pas comprendre la situation actuelle, morale et politique en Italie, si on ne connaît pas de quelle manière ingénue on a prétendu liquider le fascisme et les fascistes.

Dans le Nord de l'Italie, en 1945, pendant les jours de la Libération, la tuerie a été épouvantable. Les journaux ont parlé de 300.000 victimes. Le gouvernement n'a ni démenti ni confirmé ce chiffre. Un communiqué officiel (le ministre de l'Intérieur était, en ce temps-là, M. Romita, socialiste, et homme de bon sens comme tous les Piémontais) s'est borné à déclarer que le chiffre des tués, « fascistes ou présumés tels », avait été exagéré. Cette énorme et stupide saignée, qui a coûté la vie, hélas ! à bien des innocents, était peut-être nécessaire, du moment qu'elle était inévitable. J'aurais préféré qu'elle fût tout simplement utile à quelque chose.

On tuait en pleine rue, en plein soleil, sans procès, sans jugement, sur le simple cri d'une femme, sur la simple indication d'un enfant, sans doute pour un noble et louable sentiment de justice, mais aussi pour des rancunes privées, pour des rivalités de clocher, *pour faire preuve de patriotisme, d'antifascisme*. Et bien des résistants authentiques ont ainsi été assassinés par leurs propres camarades, trop pressés d'appuyer sur la gâchette de leur fusil-mitrailleur.

De Bologne à Milan, aux jours de la Libération, pendant l'avance des troupes alliées, j'ai vu tirer sur des passants inoffensifs, « parce qu'ils n'avaient pas une bonne tête » : et Dieu sait s'il est facile, dans de telles circonstances, d'avoir une mauvaise tête ! J'ai dû, moi-même, parfois, par exemple à Modène, distribuer pas mal de coups de pied dans le derrière à des malheureux qui, à leur tour, donnaient des coups de pied dans le derrière de cadavres tout à fait inoffensifs.

Ce qui me faisait rire, dans tout ce massacre, c'était le soin que prenaient certains de ces tueurs, de ces justiciers improvisés, trop improvisés, pour poser aux héros. Il me semble que quand on est héros, on n'a pas besoin de poser au héros. J'étais officier du corps de libération, en liaison avec les troupes américaines. Les Américains me demandaient quelle attitude ils devaient adopter envers ces justiciers. Je répondais en souriant :

– Il faut leur donner la main et leur dire bravo.

Les Américains leur donnaient la main et leur disaient bravo. C'est pendant ces jours-là que la politique américaine en Europe s'est foulé le poignet.

Ce massacre a non seulement laissé dans la bouche de trop de gens le goût du sang, du sang facile, mais il a eu comme première conséquence cette vague d'assassinats plus ou moins politiques, qui pendant deux ans ont ensanglanté les rues d'Italie, et qui ont fini heureusement par se confondre avec les meurtres du plus vulgaire brigandage.

Pendant deux ans, personne ne sortait de chez soi après le coucher du soleil. L'hiver de 1944 à 1945, on attaquait les gens jusque dans les rues de Rome, on les dépouillait, on les déshabillait, on les laissait nus sur le trottoir, au cœur même de la ville, place Colonna, via Condotti, place du Peuple. Voyager la nuit, hors des murs des villes, était pure folie. Dans les campagnes on vivait comme au moyen âge : on fortifiait les maisons, les fermes, des escouades de veilleurs restaient sur pied, l'arme à la main, jusqu'à l'aube. Le matin, on trouvait des cadavres abandonnés nus sur les routes, dans les fossés.

Le général Clark, lui-même, fut attaqué en plein jour, entre Rome et Florence : il ne se sauva que grâce à sa présence d'esprit. Il dit aux brigands : « Mais, enfin, je suis votre allié ! » Un haut prélat du Vatican (mais très haut, presque un cardinal) eut le malheur de faire une mauvaise rencontre : il se présenta nu à un poste de police, où il fut passé à tabac, avant qu'il pût prouver son identité. L'Église avait enfin un martyr ! Dans certaines grandes villes du Nord, longtemps après la Libération, on tuait des gens, on les dénudait, on leur enlevait toute pièce d'identité, on les défigurait avec des acides, on les transportait en camion à l'autre bout de la ville, et on les abandonnait nus sur le pavé.

On me dira que j'exagère. Hélas ! non. J'ai assez de pudeur pour ne pas dire tout ce qui, dans la vérité, n'est pas utile à dire. Mais je pense qu'on n'osera pas me contredire, ni me démentir. Ceux qui en prendraient la peine seraient tout au moins des hypocrites : car ce que je viens de dire a rempli les chroniques des journaux italiens de 1944 à 1947. Ce sont là des phénomènes qui toujours suivent guerres, défaites, révoltes, luttes fratricides. Mais ce sont là des choses qu'on ne doit pas oublier, dont il faut se souvenir, si l'on veut comprendre et mesurer les difficultés énormes que le gouvernement antifasciste, ainsi que le peuple italien lui-même, ont dû vaincre pour rétablir l'ordre dans le pays, après tant de désastres, de souffrances, de misères.

Je prévois, d'ores et déjà, les reproches qu'on me fera de toutes parts : que j'aurais dû peindre l'Italie en rose, que j'aurais dû adopter le style de la Comtesse de Ségur, que les étrangers seront amenés à mal juger le peuple italien, si on leur dit la vérité, et qu'il y a des choses que l'on ne doit pas dire.

Je suis d'un avis contraire. Il y a des choses qu'on ne doit pas faire : mais, une fois qu'on les a faites, on a le droit et le devoir de les dire. Je pense que la vérité – surtout au sujet d'un peuple qui a été si longtemps gavé de rhétorique et de mensonge, et sur lequel on a débité tant de gracieuses calomnies – est le seul remède contre les maux dont nous souffrons tous, en Europe. D'autant plus qu'il me serait impossible, en taisant la vérité, de mettre en pleine lumière le très grand effort et la bonne volonté du gouvernement antifasciste pour la reconstruction morale et matérielle de l'Italie.

Pourquoi donc les grandes villes d'Italie ont-elles à ce point changé de visage ? La guerre, avec ses bombardements impitoyables, avec ses destructions sans nombre et parfois sans raison, a semé de ruines ces villes admirables, au visage dessiné par Michel-Ange, Bramante, Brunelleschi, Palladio, par les plus grands architectes de l'antiquité, et par le génie artistique du peuple, dont même les masures obéissent aux quatre fameuses lois architecturales de Vignola.

Mais laissons les ruines de la guerre, regardons autour de nous, regardons les visages des gens, leurs gestes, écoutons leur langage.

Quel est ce peuple inattendu qui nous entoure ? Pourquoi ces regards tout chargés de force, de passion, de violence, de mépris ? Qu'ils étaient beaux, les yeux des Italiens, quand ils n'avaient pas encore vu tant d'horribles choses ! Quelles sont ces foules étranges dans les rues de Rome, de Milan, de Turin, de Bologne, de Venise, de toutes les villes de ce pays, si riche en villes ? Quels sont ces langages nouveaux, que l'on entend dans les rues où jadis ne résonnait que le parler du terroir, lombard en Lombardie, piémontais au Piémont, vénitien dans les Vénéties ?

Un Français, retour d'Italie, me disait l'autre jour que les Milanais sont affreux.

– Quels Milanais ? lui ai-je répondu, les Milanais sont désormais fort rares, à Milan.

Car ce Français, et il n'est pas le seul, ne connaît rien de ce qui s'est passé en Italie, ces derniers temps, ne sait rien de la grande migration de peuples qui a mélangé, en peu d'années, toutes les populations italiennes, si différentes, si contrastées entre elles par la race, la langue, les mœurs, les visages.

Déjà, dans les années qui ont précédé la guerre, cette migration intérieure avait alarmé les autorités fascistes. Des lois avaient été émises, interdisant les transferts de population, pour des raisons de travail, d'une province à l'autre. Pour aller chercher du travail dans une province autre que la sienne, il fallait l'autorisation spéciale (c'était un genre de passeport, comme en avaient les paysans de la Russie tzariste) du haut commissaire pour l'émigration intérieure.

Malgré la défense faite par les lois, cette migration prenait de plus en plus de force, devenait clandestine, se muait en trafic secret, en marché noir de bétail humain. L'écoulement de cet immense fleuve d'hommes, de femmes, d'enfants, d'une région à l'autre, ne se dirigeait pas seulement du Sud au Nord, de la Sicile, des Calabres, des Pouilles, vers Rome et Milan, mais aussi de l'Est à l'Ouest, des Vénéties vers le Piémont, des Marches vers la Toscane.

Tout le surplus de main-d'œuvre, par suite de l'interdiction de l'émigration vers les États-Unis, par les entraves que la France mettait à l'immigration italienne, par l'aveugle politique nationaliste de Mussolini, qui finalement défendit aux ouvriers italiens de passer la frontière, était obligé de rester en Italie, de se répandre à l'intérieur du pays. En dix ans, de 1930 à 1940, l'aspect des grandes villes du Nord s'était profondément modifié. Leur population « native » se bariolait de plus en plus d'éléments du Sud, très arriérés par rapport aux populations de la vallée du Pô en fait d'instruction technique, d'hygiène, de culture, mais supérieurs par la solidarité dans la misère, la fraternité humaine : en un mot, plus chrétiens.

Pendant la guerre, au lieu de diminuer, de se tarir, le flot de cette énorme migration de peuples continua, s'accrut. À la pression économique, venaient s'ajouter les bombardements alliés, la destruction des villes du Sud, le désarroi des populations traquées par la guerre, en quête d'un gîte, d'un morceau de pain, d'une plus grande marge de sécurité. Les trains étaient bondés de foules énormes, qui allaient on ne savait où, revenaient sur leurs pas, se dispersaient, se regroupaient plus loin, reprenaient leur marche vers le mirage du travail, de la sécurité, de la paix. Le gouvernement fasciste était impuissant à freiner, à arrêter cette monstrueuse hémorragie qui anémiait et congestionnait des régions entières. Les gares, les places et les rues environnant les gares avaient l'aspect de foires. Des milliers de misérables en haillons, décharnés par l'insomnie, la faim, la fatigue, la fièvre, la peur, y dormaient, y faisaient leur cuisine, y campaient autour des feux de bivouac.

Après l'armistice de septembre 1943, Mussolini, ayant créé sa pauvre « République » qui devait masquer l'occupation allemande de l'Italie, hâta le transfert de centaines de milliers de militaires et d'employés, et de leurs familles, vers le Nord. Le débarquement des Alliés, leur conquête lente, pas à pas, mètre par mètre, de l'Italie, refoula vers le Nord des masses énormes de réfugiés.

Aux jours de la Libération, l'équilibre naturel et historique de la distribution de la population dans tout le pays était rompu. Le Nord était surpeuplé d'une façon monstrueuse. Les villes, tant au Nord qu'au Sud, avaient doublé leur population. À un moment donné (1944-1945), Rome, Naples, Milan étaient montées d'un million d'habitants à trois millions. Comment vivait tout ce monde ? Par le marché noir, et aussi par la prostitution, le vol, le crime sous toutes ses formes.

Le gouvernement antifasciste, tout de suite après la Libération, était appelé à une tâche dépassant toute mesure humaine. Il ne s'agissait pas seulement de rétablir l'ordre avec des moyens de fortune dans un pays détruit par la guerre. Il s'agissait de pétrir à nouveau, non pas des populations demeurées dans les cadres traditionnels de leur région, de leurs villages, de leurs maisons, de leurs familles, mais une masse humaine informe, lourde, passive, étrangère aux endroits où elle s'était campée et menaçait de s'enraciner.

Aussi bien du point de vue du ravitaillement que du point de vue social et politique, cette masse brute créait des problèmes tout à fait nouveaux, et presque insolubles. Le phénomène engendrait, d'autre part, des réactions de nature, pour ainsi dire, raciale. Des affiches, des tracts, des articles de journaux réclamaient dans le Nord l'éloignement de toute cette masse d'indésirables, au cri de

« Mort aux Terroni ! ». (*Terroni* est le mot péjoratif avec lequel, dans le Nord, on désigne les habitants du Sud.)

Soit du point de vue social, soit de celui de l'hygiène, ces foules misérables constituaient des foyers d'infection, de pourriture, qui menaçaient de contaminer tout le reste du pays. Un des centres les plus tragiques de cette pourriture était la ville de Livourne, où confluaient les convoitises de milliers et de milliers de ces indésirables, attirés par la présence des Américains, dont Livourne était le port, et par la forêt du Tombolo, où les nègres avaient créé une espèce d'horrible casbah, une jungle habitée par des fauves à l'aspect humain.

Je n'oublierai jamais le spectacle qui s'offrit à mes yeux, à Livourne, un jour que, pour m'abriter d'un violent orage, je franchis le seuil d'un ancien palais seigneurial, près du Vieux Port. Je me trouvai dans une énorme pièce sans fenêtres, qui s'ouvrait au niveau de la rue. C'était l'ancien *fondaco*, ou entrepôt, d'une des plus célèbres maisons d'importation de momies. Le commerce des momies a été interdit vers la fin du siècle dernier, à la suite des protestations du gouvernement égyptien. C'était un commerce qui rapportait beaucoup. Des milliers de momies, volées dans les innombrables cimetières égyptiens (des momies, non pas de rois, mais de particuliers, de pauvres momies sans nom, et sans fortune) arrivaient dans les cales des bateaux à Livourne, où on les passait sous des pressoirs pour en extraire les huiles et les baumes dont elles étaient imprégnées. Ces huiles et ces baumes étaient ensuite réexportés en France, à l'usage des parfumeurs et des pharmaciens.

La pièce où je me trouvais était sombre, mais peu à peu je commençais à voir, dans l'obscurité, des centaines de momies alignées le long des murs ou couchées par terre.

Les momies couchées par terre se mirent, à mon entrée, à se mouvoir, à parler, à se lever : et m'entourèrent. C'étaient de vieilles mégères décharnées, momifiées, des femmes en haillons, des enfants presque nus. Et une de ces femmes, balançant dans l'air par un pied, tête renversée, un enfant qui semblait mort, me cria : « Que venez-vous faire ici ? Vous voulez nous chasser ? Ah ! les salauds ! nous chasser, hein ? Où voulez-vous que nous allions ? Nous crevons tous de faim, regardez, mais regardez donc ! (et elle m'indiquait une chaudière qui bouillait sur un feu de sarments) c'est de l'eau chaude, nous mangeons de l'eau chaude ! Voilà notre nourriture ! Et vous voulez nous chasser même d'ici ? » Et ce disant, elle balançait le petit cadavre d'une manière si horrible que je crus qu'elle allait le jeter dans la chaudière.

Je ne sais pas ce qu'aurait fait M. de Gasperi, ou M. Pietro Nenni, ou M. Togliatti, devant un tel spectacle. Ils se seraient probablement enfuis. C'est ce que je fis. Je les respecte et les loue d'autant plus de ne pas s'être enfuis devant le tragique panorama de ruines et de pourriture qui se présenta à leurs yeux quand ils gravirent, après la Libération, les marches du Capitole. Du haut du Capitole, la vue sur l'Italie n'était pas gaie. Je ne suis pas de ceux qui souhaitaient qu'ils s'enfuissent, qu'ils retournassent là d'où ils étaient venus après vingt ans d'exil. Il fallait bien que des hommes de courage, de bonne volonté, de bonne foi, affrontassent la situation. Elle était terrible. Cette migration de peuples à l'intérieur de l'Italie avait produit une révolution bien plus profonde que celle causée par la chute de Mussolini, par la défaite, par l'invasion.

Cette masse chaotique réagissait d'une manière obscure, s'opposait par instinct à toute politique d'ordre, qu'elle fût de gauche ou de droite. Il y avait dans cette masse énorme, dégradée à la condition de « lumpenproletariat » (le mot est dans le Manifeste communiste de Karl Marx et signifie « canaille prolétarienne »), une force profonde, noire, mystérieuse, qui empêchait toute politique saine, claire, logique, intelligente, conséquente, basée sur des principes, des intérêts bien définis, des nécessités bien établies. Le problème qui se posait au gouvernement antifasciste, et surtout aux partis de gauche, était de savoir quelle base pouvait offrir cette masse énorme de « lumpenproletariat » à une politique d'ordre logique, de justice, et, notamment, à une politique révolutionnaire.

Il est indiscutable, hélas ! que les nouvelles équipes politiques issues de la défaite et de la Libération, et trop souvent formées des débris du fascisme, ont fait faillite. Je veux dire qu'elles ont échoué, et dans leur action révolutionnaire, et dans leur effort pour la création d'un État qui ne fût à la fois ni l'État fasciste ni l'ancien État parlementaire, tué par la guerre de 1914-1918 et enterré par Mussolini. Cette faillite des nouvelles équipes politiques n'est pas un phénomène exclusivement italien : ce phénomène s'est produit, après la Libération, un peu partout en Europe, et dénonce la crise profonde, irrémédiable, de la conception de l'État, dont souffrent toutes les nations européennes. Laissons les discussions sur cette crise de l'État : tâchons plutôt de voir quelles sont, en Italie, les raisons de la faillite des nouvelles équipes politiques.

En septembre 1943, quand les Alliés débarquèrent à Salerne, les émigrés antifascistes débarquèrent à Capri, alors déjà libérée des Allemands. Les *leaders* actuels des nombreux partis politiques qui se déchirent entre eux pour donner au peuple italien la preuve de leur dévouement aux intérêts du pays, se réunissaient chez M. Benedetto Croce, dans la villa de M. Albertini, ou chez moi, dans ma maison de Matromania, pour discuter de la situation.

Je m'aperçus bien vite qu'ils n'avaient aucune idée de la réelle situation du pays. Leurs idées étaient vagues, confuses, surannées. L'exil leur avait bouché les oreilles, développé énormément la langue, raccourci étrangement la vue. Ils étaient sourds, éloquents et myopes. Je respectais leur bonne foi, je critiquais leur ingénuité.

– Le peuple italien, leur disais-je, a été profondément marqué par le fascisme ; c'est un fait que vous ne devez jamais oublier, quoi que vous fassiez. Le fascisme a provoqué la destruction de l'Italie. Il est haï par le peuple. Il vous sera facile, et commode, de croire que le peuple italien n'a jamais été fasciste, qu'il est antifasciste. N'en croyez rien. Le peuple italien a été, pendant vingt-cinq ans, à la fois fasciste et antifasciste. Il avait de bonnes raisons pour être fasciste et, en même temps, de bonnes raisons pour être antifasciste.

« Il vous sera facile et commode de croire que le peuple italien est pour la démocratie ! Naturellement il est pour la démocratie ! Mais s'il est démocrate dans ses goûts, dans ses manières, dans ses mœurs, il ne l'est pas du point de vue strictement politique. Il n'aime pas les tyrans, mais il déteste les gouvernements faibles. Il aime les orateurs, l'éloquence, mais il déteste le bavardage parlementaire.

« Ajoutez à cela que l'État moderne ne peut plus se payer le luxe d'être libéral : il faut qu'il soit "dirigiste". Il le faut, hélas ! La crise de l'État moderne est toute dans la difficulté de concilier le libéralisme avec le marxisme. Vous apporterez donc, au peuple italien, le dirigisme. Mais le peuple italien est fatigué de vingt-cinq ans de dirigisme fasciste, il refusera le dirigisme antifasciste. Je vous plains, car, sans le dirigisme, vous êtes perdus.

« Vous apportez aussi l'épuration. Le peuple italien exige que les responsables de sa misère actuelle soient punis. *Tous* les Italiens vous dénonceront, comme responsables, *tous les autres* Italiens. Ne prenez pas au sérieux les dénonciations, car elles seront toutes signées par d'anciens fascistes qui, pour se refaire une virginité politique, n'auront pas mieux à faire que de dénoncer d'autres anciens fascistes.

« N'oubliez pas non plus que le peuple italien est catholique, c'est-à-dire qu'il a le sens de la responsabilité collective, et le sens du pardon, qu'il se sent par conséquent, tous et chacun, responsable de ce qui est arrivé. Donc, le peuple italien vous poussera d'abord à l'épuration, mais il vous la reprochera dès que vous l'aurez commencée. N'oubliez pas que les membres des partis antifascistes, que vous allez organiser, seront presque tous, forcément, d'anciens fascistes.

« Les anciennes divisions intestines du fascisme se reproduiront fidèlement dans les différents partis antifascistes, et la lutte des partis antifascistes entre eux reproduira exactement l'ancienne lutte des tendances au sein du fascisme. L'Italie antifasciste ne sera donc que l'Italie fasciste habillée d'autant de livrées qu'il y aura de partis antifascistes.

« Quand vous arriverez à Rome, à la suite des troupes alliées, vous serez portés en triomphe par le peuple de Rome et des environs. Mais le jour viendra où l'on vous reprochera d'être revenus, après vingt-cinq années d'exil, dans les fourgons de l'ennemi. Réagissez contre cette insulte, je vous en prie, avec une extrême violence ; car elle sera, non pas une calomnie, mais une insulte basée sur la vérité.

« Ajoutez à cela que le peuple italien se fatigue très vite de ceux qui prétendent le gouverner : et vous prétendez le gouverner, n'est-ce pas, même avant qu'il vous ait élus. Mais prenez garde : dès qu'il sera las de vous, le peuple vous abandonnera, comme il a abandonné le fascisme. Ce ne sera pas une trahison, mais une conséquence fatale. »

Ils me répondaient : « Vous avez tort. »

Que s'est-il produit en Italie après la Libération ? Ceci : le gouvernement antifasciste était tripartite. Il y avait donc trois Mussolini au lieu d'un seul. Et je ne compte pas les centaines de milliers de petits Mussolini qui forment le gros des partis antifascistes. La morgue fasciste était remplacée par la morgue antifasciste. L'ancien chantage fasciste : « Vous êtes un antifasciste », fut remplacé par le nouveau chantage antifasciste : « Vous êtes un fasciste ». De peur d'être accusés de fascisme, les gens faisaient comme du temps de Mussolini : ils applaudissaient en public, ils faisaient de la « résistance » en privé. L'Italie entière, cependant, guettait l'action du gouvernement.

Tout d'abord le peuple refusa le dirigisme. « Vous avez, vingt-cinq ans durant, critiqué le dirigisme fasciste, disait-on, vous n'allez pas nous faire croire que votre dirigisme n'est bon que parce qu'il est antifasciste. » Aussi bien que le dirigisme, le nouveau gouvernement voulait imposer au peuple tout ce que, pendant vingt-cinq ans, les antifascistes avaient reproché au fascisme : par exemple, la politique démographique (que la France, et même la Russie soviétique, ont remise en honneur), la politique du blé, que les fascistes appelaient la bataille du blé, l'Après-Travail, que l'antifascisme, pendant un quart de siècle, avait qualifié d'école d'esclavage ouvrier, la politique des travaux publics « inutiles », etc....

On n'a pas eu le courage et l'honnêteté d'expliquer au peuple ce fait très simple : le fascisme n'a été qu'une copie bourgeoise (toute la différence est là) de l'État marxiste. C'est-à-dire qu'il a été la réalisation de ce « socialisme féodal » dont parle Karl Marx dans son Manifeste communiste de 1848. Nous allons à présent purger le marxisme fasciste, ou, si vous préférez, le socialisme féodal fasciste, de tout ce qu'il avait de bourgeois, de fasciste, de féodal : le nouvel État, si dans la forme il ressemble à l'État fasciste, en différera profondément par l'esprit.

Le peuple aurait compris, il aurait approuvé. Au contraire, au lieu de tenir ce langage, on s'est borné à changer les chefs, les dirigeants des organisations fascistes (quand on les a changés !) et tout a recommencé.

Ces nouveaux petits chefs sont aussi insupportables au peuple que l'étaient les anciens. Le sourire, la morgue, le langage, les gestes, la mauvaise éducation, l'heureuse ignorance, la présomption sont les mêmes. Ils sont restés fidèles jusqu'aux tailleurs, jusqu'aux bottiers des anciens. La facilité de leur vie est la même que celle de leurs devanciers. Leur haine contre les intellectuels, surtout contre les écrivains, ressemble étrangement à la haine que les petits chefs fascistes avaient pour ces mêmes intellectuels.

On peut expliquer cette haine par le fait, bien connu, que les politiciens professionnels sont très souvent des écrivains et des journalistes ratés. Je préfère l'expliquer par le fait que ces nouveaux petits chefs sont sortis de la même couche sociale, petite bourgeoise et bourgeoise, de laquelle sortaient les petits chefs fascistes : leurs défauts sont communs, leur mentalité, leur culture, leur éducation, leurs mœurs sont les mêmes, parce que ce sont là les défauts de la classe à laquelle ils appartiennent, les uns et les autres.

Les intellectuels, en Italie, se voient aujourd'hui attaqués, calomniés, menacés, dans certaine presse, avec les mêmes arguments qu'employaient jadis les fascistes, et par les mêmes individus, souvent, qui les traînaient dans la boue du temps de Mussolini. Les intellectuels, dit-on aujourd'hui comme hier, se refusent à s'engager, donc ils sont des éléments antisociaux. Naturellement, la haine des nouveaux petits chefs est dirigée surtout contre les intellectuels qui sont restés libres, indépendants, qui se refusent à s'inscrire à un des 300 partis politiques (évidemment ce chiffre n'est pas tout à fait exact) entre lesquels se désagrège et se gaspille l'unité morale de l'Italie.

J'ai parlé jusqu'ici des petits maîtres. Heureusement, les nouvelles équipes politiques ne sont pas toutes formées de petits maîtres. Les hommes de courage, de bonne foi y abondent aussi ; ils méritent le respect du peuple et de tout homme de bien. Certes, ils ont commis des erreurs préjudiciables beaucoup plus à leurs partis et à eux-mêmes qu'au pays. L'Italie, elle l'a prouvé, ne meurt pas des erreurs de ses chefs. S'il en était ainsi, elle serait morte et pourrie depuis bien des siècles. Mais les chefs actuels ont fait aussi du bon travail, et c'est sur ce bon travail qu'il faut les juger, et non pas sur leurs fautes.

Quel démon, quel étrange démon peut donc avoir poussé les émigrés antifascistes à revenir en Italie, à prendre sur leurs maigres épaules la lourde croix de la reconstruction morale et matérielle du pays ? Pour M. de Gasperi, président du conseil et chef du parti catholique, la réponse est facile : il ne pouvait pas laisser passer l'heureuse occasion, que tout bon catholique attend toute sa vie avec tant d'espoir, de porter la croix.

Mais pour les autres leaders ? Ne savaient-ils pas que le Capitole est très souvent un Golgotha ? Avant de répondre à de telles questions, il faut regarder de près ces hommes crucifiés sur le Capitole. Je ne leur offrirai pas l'éponge, je ne leur donnerai pas de coup de lance. Je les regarderai tout simplement en face, avec autant de sympathie et de respect que de pitié. Et le premier d'entre eux que je regarderai sera M. Palmiro Togliatti, leader du parti communiste italien et, dit-on, chef occulte de toute l'action communiste en Europe occidentale.

Quand je le vis entrer, le jour de Pâques 1944, chez moi, à Capri, vêtu d'un pauvre pardessus gris, les cheveux en désordre sur un front pâle et nu, l'éclat des yeux attendri par l'eau transparente des lunettes, les lèvres fines, paresseuses et obstinées, au sourire doux et ironique, je pensai me trouver devant un de ces messieurs inattendus qui ont pour mission de poser des questions désagréables. Mais il était suivi, sur le pas de ma porte, par mon ami Eugenio Reale, un des plus en vue parmi les communistes, qui fut ambassadeur d'Italie à Varsovie après la Libération et sous-secrétaire aux Affaires étrangères : sa présence me rassura.

L'inconnu se tenait debout sur le seuil de l'immense hall de ma maison, pavé de grosses dalles de pierre grise disposées comme les dalles de l'ancienne via Appia ; de si loin, il me parut plus petit qu'il ne l'est. À côté de lui, frottant ses petites cornes à ses genoux, était l'agneau que j'avais acheté à Naples deux ou trois jours auparavant.

C'était Pâques et, toute la Semaine Sainte, les agneaux sont les petits princes des rues de Naples. L'inconnu, avec l'agneau à ses genoux, avait l'air d'un saint Jean-Baptiste expressionniste, un saint Jean dessiné par Grosz. Je lui dis : bonjour, de loin, et l'inconnu s'avança vers moi en me disant son nom.

C'était aux jours de la terrible éruption du Vésuve. La côte de Sorrente et l'Amalfi, l'île de Capri étaient couvertes d'une épaisse couche de cendres blêmes. Les branches des arbres pliaient sous la lourde croûte des cendres, l'herbe avait disparu, ensevelie, la fureur du volcan avait effacé de l'île jusqu'au moindre signe de vie. Et cet homme, ce chef redoutable du plus redoutable parti politique qui ait jamais troublé les âmes innocentes, cet homme petit, gris, souriant, qui se glissait contre un paysage de cendres stériles écrasé sous les nuages de feu épanouis dans le ciel verdâtre, cet homme dangereux et insignifiant qui s'avançait, un petit agneau contre ses genoux, me parut vraiment l'image de notre époque, de notre désarroi, de notre espoir, l'image de cette étrange et hypocrite apocalypse qui nous menace tous, amis et ennemis, tous et chacun.

J'accompagnai Palmiro Togliatti dans ma bibliothèque, et là, j'eus une première surprise. Aux murs pendent des tableaux de l'école moderne française et de l'expressionnisme européen : des Dufy, des Matisse, des Delaunay, des Modigliani, des Kokoska, des Lazare Ségall, des De Pisis, des de Chirico.

M. Togliatti regarda autour de lui, et dit :

– Vous avez un Dufy, là-bas.

Un chef communiste qui reconnaît un Dufy à trente pas, est certainement un de ces monstres qui effrayent les bourgeois. Moi, il me charma.

Je me demandais quelle pouvait être la raison de sa visite, je savais que Togliatti était revenu de Moscou depuis seulement quelques jours, qu'il avait donc autre chose à faire que d'aller voir de près, par simple curiosité, l'auteur de *Kaputt*, et je n'osais pas lui demander quel démon le poussait chez moi.

Ce fut lui qui me dévoila le mystère, en me remerciant des correspondances de guerre que j'avais envoyées du front russe, en 1941, au *Corriere della Sera* de Milan, et dont la courageuse objectivité, à ce qu'il me dit, me faisait honneur. Togliatti savait que j'avais été expulsé du front russe par les Allemands à cause de mes articles, et condamné à quatre mois de résidence forcée. Ces déclarations, Togliatti les répéta plus tard, quand il était ministre de la Justice, pour couper court à une lâche tentative, assez ridicule du reste et qui fit scandale, de m'entraîner dans le malheureux flot de l'épuration. Nous parlâmes de la situation politique, je lui dis mon point de vue qui, probablement, n'était pas le sien, et, cependant, je l'observais.

Je croyais que sa culture n'était pas très différente de celle des chefs communistes en général, c'est-à-dire qu'elle était une connaissance limitée aux problèmes sociaux. Je fus surpris de l'entendre parler, avec compétence et liberté d'esprit, de problèmes littéraires et de la situation des intellectuels en Europe. À un moment donné, il me demanda si j'avais été à Smolensk. Je lui répondis que oui. Il me demanda si cette ville était vraiment aussi belle qu'on le disait : bien qu'il eût passé plusieurs années en Russie, il n'avait jamais visité Smolensk. Il n'avait fait qu'y passer par le train, ou que la survoler en avion, il n'en connaissait donc que la gare et le champ d'aviation.

– Je regrette, ajouta-t-il, de ne m'être jamais arrêté à Smolensk, car elle a été ensuite complètement détruite par la guerre. Je le regrette d'autant plus que Stendhal, dans ses souvenirs sur la campagne de Russie, écrit que les deux plus belles villes de l'Europe étaient Florence et Smolensk.

Ce communiste stendhalien acheva ainsi de me charmer.

Son sourire était timide et délicat. Mais il y avait en même temps une grande force dans ce sourire, une grande sûreté. Son regard me parut si peu italien, que je profitai d'un moment où il s'approchait de la fenêtre pour observer le jeu de la lumière dans ses yeux. Ses pupilles sont claires et grises. Je ne sais pas pourquoi, il me vint à l'esprit cette loi de Mendel sur les caractères héréditaires, à propos des souris blanches et des souris grises : les chromosomes G. y dominent les chromosomes B., ou pour ainsi dire les masquent, sans les détruire. Le blanc restait la base invisible de ce regard gris. Les hommes qui, sous un regard bleu, gris, ou noir, cachent un œil blanc, savent, je pense, beaucoup plus voir que regarder. Togliatti me voyait bien plus qu'il ne me regardait.

Il buvait le café en tenant la tasse de porcelaine d'une manière sûre, comme s'il n'avait pas un objet fragile entre ses doigts, mais quelque chose de dur, de solide, de lourd. Ce qui est le contraire de cet esprit féminin, si fréquent chez les hommes politiques qui agissent auprès des choses, des hommes et des idées, comme si l'univers politique était habité par des choses, des idées et des hommes d'une fragilité de porcelaine.

Je me suis demandé très souvent, à propos de Togliatti, si toute sa politique ne consiste pas dans l'art de traiter les tasses de porcelaine comme si elles étaient de fer. Depuis son premier geste politique (sa soudaine décision de collaborer avec le Roi et le maréchal Badoglio, au printemps de 1944), Togliatti a toujours montré un plaisir évident à brusquer les choses, sans aucun souci de leur fragilité. C'est là ce qu'on appelle sa « tactique ». Elle a été critiquée, blâmée, elle a même troublé profondément, parfois, l'esprit des masses, jeté le doute parmi les communistes les plus convaincus.

L'Italie est un pays complexe, délicat, qui oppose la souplesse à la brutalité, la ruse à la violence, la faiblesse à la force (il y a des peuples, comme les Anglo-Saxons, qui achètent leurs ennemis : les Italiens, comme presque tous les Latins, les vendent), un pays qui oppose la patience et le sens de l'immuable, de l'éternel, c'est-à-dire le sens de l'histoire, au sens du provisoire, du changement, qui est le sens de la politique.

La force du peuple italien est dans sa souplesse, dans sa capacité, comme disaient les anciens sages de l'Inde, de « manger le temps ». Si je devais dessiner une image de l'Italie, je la montrerais sous l'aspect d'un serpent qui avale un chameau. Que de chameaux n'a-t-elle pas avalés dans ces dernières années ! Elle a avalé le fascisme, la guerre, les Allemands, les Alliés, elle avalera le communisme aussi, si Togliatti n'y prend pas garde.

Les causes de la crise inévitable qui attend le communisme italien, ainsi que celui de presque toute l'Europe occidentale, sont multiples, mais la principale, à mon avis, est la contradiction entre la tactique souple et hardie de Togliatti, qui est sans doute l'intelligence politique la plus forte de l'Italie actuelle, et la tactique de violence, trop souvent sanglante, introduite en Italie par certains chefs communistes, venus de Moscou après la Libération. Élevés, entraînés à l'école révolutionnaire soviétique, ces agitateurs n'ont pas encore compris que les méthodes, dont ils prétendent faire l'expérience en Italie, sont justement les méthodes qui répugnent le plus au peuple italien.

Rien n'aboutit à quelque chose de sérieux en Italie, rien, ni la ruse, ni la violence : excepté le bon sens. Togliatti est-il un homme de bon sens ? Sans doute. Seuls, des sectaires peuvent le nier. Pourquoi donc sa politique du bon sens menace-t-elle d'échouer ? Parce qu'elle est contrecarrée, dans le parti communiste même et dans la C.G.T., par la politique de violence, de chantage social, de meurtre, de banditisme des agitateurs venus de Moscou. La violence, dans la politique intérieure, ne fait pas peur aux Italiens : elle les ennuie. Ils commencent à en avoir assez. Vous pouvez le prononcer comme vous voudrez, le mot « violence », dans la langue italienne, veut dire ce qu'il veut dire. On ne fait pas de différence, en Italie comme partout, entre la violence de droite et celle de gauche, entre la violence nationaliste et celle de classe. Et que cette violence soit, aujourd'hui, prêchée au nom de la liberté et de la justice, cela n'empêche pas qu'elle dégoûte, en premier lieu, tous ceux qui croient en la liberté et la justice.

Il est, d'ores et déjà, possible de prévoir de quelle façon se produira la crise du parti communiste, aussi bien en Italie qu'un peu partout ailleurs. Je ne m'étonnerais pas que quelqu'un voie une troublante ressemblance entre la situation actuelle du communisme en Europe occidentale et celle du communisme allemand à la fin de 1932 et au début de 1933. Je ne sais pas si Togliatti s'en rend compte. Je l'espère : bien qu'il me semble déjà un peu tard pour s'en rendre compte utilement.

Il m'est bien plus difficile de dire quels sont les nouveaux « leaders » de l'Italie, qui méritent le respect de tous, amis et ennemis, que de dire quels sont ceux qui ne méritent aucun respect. Les hommes, en Italie, ont beaucoup plus d'importance que les idées : le peuple croit plus aux hommes et aux sentiments qu'aux idées, et il n'attache aucun prix aux opinions. Ce qui ne l'empêche pas d'avoir des idées très claires sur les hommes et sur les sentiments.

Nul homme politique, aujourd'hui, n'est de taille à susciter des sentiments forts dans le peuple : ni la haine, ni l'amour, encore moins l'enthousiasme. Et d'abord, que dire des anciens chefs de la politique italienne, de celle d'avant le déluge mussolinien ? Les Nitti, les Orlando, les Bonomi sont, sans doute, très respectables, mais ils sont vieux, trop vieux même pour leur âge, qui oscille entre soixante-quinze et quatre-vingts ans.

Habitués à sauver l'Italie deux fois par semaine, à se considérer comme les sauveurs brevetés de cette pauvre Italie qui finit toujours, elle l'a bien montré, par se sauver elle-même en dépit de ses sauveurs, ils n'ont pas encore compris qu'il ne s'agit plus, cette fois-ci, de sauver le pays : mais de créer un nouvel État, de donner à l'Italie une nouvelle structure économique, morale et politique, de reconstruire le pays non pas sur les bases anciennes, celles d'avant la guerre de 1914, mais sur des bases nouvelles.

Pour cette tâche, il faut des hommes jeunes. Des jeunes, c'est-à-dire des hommes qui ne soient compromis ni avec le fascisme ni avec l'antifascisme. Où les trouver ? Il est clair, et tout le monde désormais s'en rend compte, que l'antifascisme est étroitement lié au fascisme. Il en est théoriquement le contraire, bien entendu, mais pratiquement on peut le comparer à un homme qui se regarde dans un miroir : l'image n'est pas l'homme, c'en est l'image renversée, mais c'est tout de même son image. L'antifascisme me fait penser à ces hommes vivants que les anciens Étrusques (c'est Virgile qui le raconte à propos de la cruauté du héros étrusque Mezezio) liaient étroitement, bouche contre bouche, poitrine contre poitrine, ventre contre ventre, à des cadavres. Peu à peu, le cadavre mangeait l'homme vivant. Il en est arrivé de même avec le fascisme et l'antifascisme : peu à peu, le cadavre fasciste a mangé l'antifascisme.

Où donc trouver des hommes qui ne soient compromis ni avec le fascisme ni avec l'antifascisme ? En attendant que les nouvelles générations se forment à la dure école de la défaite et de la misère, c'est justice qu'on fasse confiance aux chefs nouveaux, surtout à ceux dont le patriotisme ne consiste pas seulement dans la haine pour Mussolini.

De tous ces nouveaux chefs, M. de Gasperi, président du Conseil et leader du parti catholique, est celui qui a le plus de qualités solides. Il n'est pas fort, il est têtu : il n'est pas seulement honnête, c'est un homme qui a des scrupules. Chose rare, dans un pays, et dans une époque, où l'on confond facilement les scrupules avec l'hypocrisie et la ruse.

De Gasperi est un montagnard de Trente. Il a été, avant et pendant la guerre de 1914-1918, député catholique dans le Parlement de Vienne, où il représentait la minorité italienne du Trentin. Élevé à l'école de la bonne, honnête, éclairée, scrupuleuse administration autrichienne, il considère le désordre non pas comme un fait de nature matérielle mais comme un désordre de l'esprit, comme un fait de nature morale. Au sens politique, l'ordre, pour de Gasperi, c'est l'honnêteté, c'est la justice, c'est la liberté.

Au temps du fascisme, il a vécu vingt ans dans la bibliothèque du Vatican, sans jamais sortir de son petit appartement. Il s'est mûri dans ce refuge inviolable, dans cette prison : il a préféré la prison volontaire à la soi-disant liberté mussolinienne. Je pensais peut-être à lui et à tous ceux qui lui ressemblent lorsque j'écrivis, dans la préface d'un de mes livres, en 1936, à Lipari : « Le propre de l'homme n'est pas de vivre libre en liberté mais libre dans une prison. »

De Gasperi n'est donc aucunement compromis avec le fascisme. Pourquoi se serait-il avisé de se compromettre avec l'antifascisme ? Il est, en effet, presque le seul leader antifasciste qui ne se soit pas, après la Libération, compromis avec l'antifascisme. Un de ceux, fort peu nombreux, qui tout de suite ont compris que l'antifascisme n'était que l'image renversée du fascisme ou, si l'on veut, la doublure du fascisme, et que toute politique antifasciste serait fatalement d'autant plus fasciste qu'elle s'efforcerait d'être antifasciste.

Il faut savoir gré à M. de Gasperi d'avoir ramené la politique italienne à sa tradition de souplesse, de tolérance, en même temps, de l'avoir réadaptée aux qualités fondamentales du peuple italien, c'est-à-dire à la modération, au bon sens, aux bons sentiments.

Placés l'un en face de l'autre (car toute la politique italienne consiste dans la lutte entre le parti catholique et le parti communiste), de Gasperi et Togliatti ont beaucoup de caractères communs. Et tout d'abord, ils appartiennent, l'un et l'autre, à une Église : l'Église de Rome et l'Église de Moscou. Ce sont deux clercs et non deux laïcs. Ils ont les manières des hommes d'Église : l'hypocrisie, la patience, l'endurance, le mépris des hommes, l'absolue confiance dans la Providence. Car le communisme aussi a sa Providence.

Mais il faut dire, à l'avantage de de Gasperi, qu'il est moins pressé, qu'il a le temps pour lui. Togliatti compte avec le temps, il a hâte de conclure. L'Église catholique est une république, l'Église communiste est une dictature. Voilà la différence fondamentale entre ces deux adversaires. Je crois qu'ils se détestent, mais qu'au fond ils se respectent et s'estiment l'un l'autre.

Leur lutte, comme toute lutte, est une suite de mouvements, de gestes qui parfois ont l'air d'étreintes mortelles, parfois d'embrassements, d'enlacements amicaux. Je ne m'étonnerais pas si l'on me disait qu'ils s'embrassent en secret sur la bouche : sait-on qui, des deux, est le Judas et qui le Christ ? Peut-être le sont-ils chacun à son tour.

Évidemment, c'est après un baiser échangé en secret que le parti catholique et le parti communiste ont voté d'un commun accord à l'Assemblée constituante, en désaccord avec tout le reste de la Chambre, même avec les socialistes communisants de Pietro Nenni, en faveur de la loi contre le divorce, de la loi contre la presse, de la loi qui a fait du Traité du Latran (le traité conclu en 1929 entre Mussolini et l'Église) un des articles fondamentaux de la nouvelle Constitution. Le communisme contre le divorce ! Le Traité du Latran dans la Constitution ! Quelles concessions à l'Église catholique !

Et la loi contre la presse ? Il s'agit là d'une concession du parti catholique à l'Église communiste ou n'est-ce pas plutôt le contraire ? Je penche pour la deuxième hypothèse. Car c'est de Gasperi qui est au pouvoir : Togliatti est dans l'opposition. Et toute loi contre la presse est une arme bien plus efficace entre les mains du gouvernement que dans celles de l'opposition. Il est vrai que Togliatti pourrait accéder au pouvoir demain : mais, en politique, pour un catholique tel que de Gasperi, le mot « demain » a le même sens que le mot « aujourd'hui ».

Assemblés autour de ces deux lutteurs, les leaders des autres partis antifascistes, Pietro Nenni, socialiste communisant, Saragat, socialiste anticommuniste, Pacciardi, républicain, Corbino, libéral, le comte Sforza, le magnifique comte Sforza, indépendant, et tous les autres qui sont innombrables, attendent avec impatience la fin de cette lutte. C'est une lutte à mort dont on peut déjà prévoir l'inéluctable issue : il y aura deux morts, et un seul enterrement.

Car il ne faut pas penser que le parti catholique italien, pour la simple raison qu'il est plus près du Vatican que n'importe quel autre parti catholique d'Europe, puisse se soustraire à la fatalité qui menace tout parti catholique, que ce soit en Italie ou ailleurs. Et il ne faut pas croire, non plus, que le parti communiste italien, pour la simple raison que seul le marxisme est en mesure de résoudre les problèmes fondamentaux de la vie italienne, puisse se soustraire à la fatalité qui menace tout parti communiste, en Italie comme ailleurs.

Il ne faut pas penser, d'autre part, que le parti catholique italien se sauvera grâce aux côtés marxistes de son programme, et que le parti communiste italien se sauvera grâce aux concessions qu'il a faites, et qu'il fera, au sentiment catholique du peuple italien ainsi qu'aux intérêts de l'Église de Rome. Le sort du parti catholique et du parti communiste, en Italie comme ailleurs, me paraît être le même : on assistera fatalement à une progressive désagrégation de chacun de ces deux partis, moins rapide chez le parti catholique mais tout aussi inévitable que pour le parti communiste.

Les héritiers de leurs dépouilles ne seront pas les partis de droite, même si de vrais partis de droite avaient le temps et la possibilité de se réorganiser. L'héritage du parti catholique et du parti communiste échoira aux partis marxistes du centre. Car Pietro Nenni a raison : l'Italie sera marxiste ou elle ne sera pas. Mais ce ne sera probablement pas à Pietro Nenni qu'incomberont la tâche et l'honneur de créer une Italie marxiste.

Ah ! qu'il fait bon être au pouvoir ! Ah ! qu'il fait bon y rester ! Le drame politique de l'Italie, depuis la Renaissance jusqu'à nos jours, est tout entier dans ce cri de bonheur, dans cette ambition de prendre le pouvoir et de s'y maintenir à tout prix.

Le pouvoir, c'est comme la guerre au XVe siècle. Le fameux condottiere anglais John Hawgood, commandant général des troupes de la République de Florence, que les Florentins, italianisant son nom, appelaient Giovanni Acuto et dont le grand portrait est peint sur les murs de la cathédrale de Santa-Maria-del-Fiore, disait qu'« on fait la guerre pour vivre, non pas pour mourir ».

Cette devise, qui était celle de tous les condottieri de la Renaissance italienne, est aussi la devise des classes politiques formées, socialement ou politiquement, de parvenus, et de toute classe dirigeante, qu'elle soit fasciste ou antifasciste, d'un pays pauvre dont la plus grande préoccupation est de vivre, de vivre au jour le jour, de ne pas mourir.

Comme les arbres d'une forêt trop épaisse luttent entre eux pour se frayer un chemin vers le soleil, comme les naufragés sur un radeau se déchirent entre eux pour une goutte d'eau, pour une miette de pain, de même les Italiens s'acharnent à une étrange lutte politique qui présente tous les caractères d'une guerre civile, mais occulte, masquée, et qui n'a d'autre fin que celle de se partager les maigres ressources d'un pays pauvre, dont la terre ne suffit pas à nourrir tant d'enfants.

En Italie, comme dans tous les pays pauvres, la guerre civile est une maladie endémique, sourde, latente, c'est affaire non des partis, mais de tous et de chacun, et de chaque jour, de chaque instant. C'est une affaire privée, personnelle plutôt que publique. C'est pourquoi elle n'éclate jamais car nul n'a intérêt à écraser son adversaire, sachant que, le lendemain, il serait fatalement écrasé à son tour. La lutte politique en Italie est, par conséquent, un éternel et farouche jeu de coudes où les idées, les opinions, les programmes ne jouent aucun rôle.

Le vrai, le seul programme de tout parti politique, c'est de prendre le pouvoir et de s'y maintenir coûte que coûte : le vrai, le seul programme de tout Italien, c'est d'être en bons termes avec le parti au pouvoir. Il ne faut pas voir là un manque de civisme, de conscience politique, mais plutôt une nécessité d'ordre économique. Une douloureuse expérience a enseigné au peuple italien que la vie est bien difficile pour tous ceux qui ne sont pas en bons termes avec le parti au pouvoir.

Il y a deux méthodes pour se maintenir coûte que coûte au pouvoir : la police et le dirigisme. Si un parti au pouvoir sait combiner les deux méthodes (le fascisme nous l'enseigne), seule une guerre malheureuse peut le renverser. Les antifascistes ont appris la leçon fasciste. Tous les partis politiques de l'Italie de nos jours, tous, sauf le parti libéral qui, du reste, n'a aucun poids, ont placé le dirigisme en tête de leur programme.

Contre un parti au pouvoir qui sait adroitement jouer du dirigisme, on ne peut rien. Le dirigisme, c'est la traduction moderne, démocratique, du mot « dictature ». Je vais plus loin : le dirigisme, c'est la forme démocratique de l'État totalitaire. Lénine disait : « Là où il y a liberté, il n'y a pas d'État. » Il ajoutait : « Là où il y a État, il n'y a pas de liberté. » On peut dire de même que, là où il y a liberté, il n'y a pas de dirigisme et que, là où il y a dirigisme, il n'y a pas de liberté.

Lorsque MM. Pietro Nenni, Saragat, etc., parlent de dirigisme, de planification, donnant à ces mots un sens politique plutôt qu'un sens économique, ils répètent, sans le vouloir bien qu'ils s'en rendent compte, les mêmes *slogans* que feu Mussolini. Le peuple italien a l'oreille très fine : il a vite reconnu le ton de la chanson et il s'est tout de suite mis à l'œuvre non pour saboter ce pauvre dirigisme antifasciste, mais pour empêcher qu'il achevât de détruire le pays.

Une plus sage politique de la part du gouvernement aurait pu épargner au peuple de grands sacrifices. C'est grâce à un énorme effort que tous les Italiens ont empêché que la reconstruction du pays devînt une entreprise de la toute-puissante bureaucratie (tout aussi puissante aujourd'hui qu'à l'époque fasciste) et fût ainsi vouée à un échec certain. Si l'Italie est en train de se relever rapidement de ses ruines, elle le doit au travail, à l'intelligence, aux sacrifices du peuple. Le grand mérite du gouvernement de de Gasperi a été de réduire au minimum les difficultés que le dirigisme opposait à la reconstruction.

Je ne sais pas jusqu'à quel point l'administration ferroviaire italienne, qui est de tout premier ordre, pousse le respect des programmes politiques des partis et l'obéissance aux lois du dirigisme. Mais je sais que tous les ponts de chemins de fer avaient sauté, que tous les rails avaient été enlevés par les Allemands, que tous les poteaux des lignes électrifiées avaient été expédiés en Allemagne, que presque tout le matériel roulant avait été détruit et que, malgré cela, trois mois après la rupture du front de Cassino, le chemin de fer de Naples à Rome avait repris le trafic, que, six mois après la fin de la guerre, les réseaux avaient été rétablis.

Un miracle ? Oui : un miracle de courage, de travail, de patience et de libre initiative. Ce qu'on peut dire, à la louange du gouvernement, c'est qu'il ne s'acharna pas à entraver ce magnifique effort de l'administration ferroviaire.

Le peuple italien a bien prouvé que rien ne l'abat, qu'il a le droit de vivre, qu'il est une force avec laquelle il faudra compter à l'avenir : une force de travail, d'organisation, une puissance de sacrifice qui n'a pas d'égale dans toute l'Europe. L'Allemagne, certes, a été bien plus détruite que l'Italie ; mais allez voir les Allemands, voyez leur pessimisme, leur paresse désespérée, leur indifférence en face des ruines de leurs villes et de leurs villages, vous pourrez comprendre alors le sens de l'immense effort accompli par le peuple italien. Ce qui est pénible à dire, c'est que nul parti politique ne peut s'attribuer cette gigantesque réussite de la reconstruction. C'est très pénible, surtout lorsqu'on pense que le peuple italien attendait, des hommes de l'antifascisme que la victoire alliée entourait du halo des vainqueurs, non pas un miracle (les hommes de l'antifascisme ne sont tout de même pas des saints), mais bien une aide, une direction, un exemple.

Certes, il y a des antifascistes dans lesquels le peuple met encore sa confiance et son espoir. Un de ces hommes est M. Pietro Nenni, « leader » du parti socialiste officiel, allié au parti communiste. Pietro Nenni est un honnête homme. Je me suis battu en duel avec lui, il y a vingt ans de cela ; donc, d'après les traditions chevaleresques, je ne pourrais pas en dire de mal, même si je les pensais. Je dirai du bien de lui, car je le pense.

Nenni a le sens de la mesure et de bons sentiments : cordialité, absence de rancune, facilité à la modération, sens inné – bien qu'un peu provincial – de la justice. S'il pèche, il pèche par enthousiasme. Il est sans doute enthousiaste comme tous les Romagnols. Ancien ami et camarade de Mussolini (ils sont du même patelin), il lui ressemble, non par les qualités personnelles, mais par leurs communes qualités natives. Sa conception du socialisme peut paraître, à la rigueur, surannée, populaire ou, si vous voulez, un peu grossière ; mais elle est sincère.

Il aime parler aux foules et le peuple aime son accent romagnol, non parce que c'est le même accent que celui de Mussolini, mais parce que c'est un accent – je le dis sans ironie – qui plaît aux foules. Son éloquence est grasse : elle porte, c'est indiscutable, mais son défaut est justement de porter trop loin. Son programme est très simple : une Italie socialiste ? Naturellement. Mais « nennienne ».

Pour arriver à ses fins, il s'est allié au parti communiste. Que diable allait-il faire en cette galère, lui qui est le chef d'un socialisme si personnel ?

On a lâchement commenté cette alliance Nenni-Togliatti. Je l'explique par la peur classique des socialistes, la peur d'être tournés à gauche. Il a laissé ainsi au parti catholique l'honneur dangereux de former le pivot d'une coalition du centre.

En même temps, en s'alliant avec les communistes, il a provoqué la « désertion » de M. Saragat des rangs du parti officiel. M. Saragat a créé un parti socialiste de centre (de droite, disent les amis de Nenni). Ce parti aura-t-il un avenir ? Pour répondre à la question, regardons de près M. Saragat.

Sans doute, M. Saragat est-il un monsieur. Pour Karl Marx, il n'existait pas de messieurs, fussent-ils socialistes. Mais, pour Saragat, et c'est ce qui le distingue de Marx, il n'y a pas dans le socialisme italien et européen d'autre monsieur que lui. Son fils en effet est étudiant à Oxford : et tout le problème est de savoir si son père n'aurait pas mieux fait de l'envoyer à Cambridge. Émigré en France pendant de longues années, revenu en Italie après la Libération, M. Saragat fut nommé ambassadeur à Paris, puis président de l'Assemblée constituante.

Pour comprendre l'étrange politique de M. Saragat, il suffit d'un mot extraordinaire qu'il dit un jour à deux célèbres journalistes italiens qui étaient allés le voir à l'Assemblée constituante. Les deux journalistes lui ayant demandé quelle serait son attitude en face d'une tentative des communistes de s'emparer du pouvoir par la violence :

– J'appuierais les droites, répondit-il, et une fois le communisme vaincu, je me brûlerais la cervelle.

On pourrait penser que, de même, en face d'une tentative des droites de s'emparer du pouvoir par la violence, M. Pietro Nenni appuierait le parti communiste et, une fois les droites vaincues, se brûlerait la cervelle. Voilà, dira-t-on, deux adversaires destinés à une fin honorable.

Rassurons-nous, il n'en sera rien : il n'y aura de coup d'État, ni de la gauche, ni de la droite. MM. Nenni et Saragat ne se suicideront pas. C'est le vœu, non seulement de tous ceux, et j'en suis sûr, qui les aiment tous les deux, mais de ceux aussi qui ont à cœur l'évolution pacifique du socialisme italien et la paix, le bonheur de l'Italie.

MM. Nenni et Saragat (ou bien à défaut d'eux, et même en dépit d'eux, le parti de Nenni et celui de Saragat) sont destinés à se réconcilier, à s'unir de nouveau. Le socialisme italien, unifié, sera sans doute une grande force d'équilibre, dans un pays trop souvent troublé par la rixe pitoyable des partis et des petits messieurs.

De tous les problèmes que la guerre a laissés en héritage, le plus lourd de conséquences est sans doute celui de l'épuration. J'en parlerai, comme d'habitude, avec indépendance d'esprit, sans me soucier aucunement des cris de tous ceux qui ont fait de l'épuration, au lieu du problème de justice qu'elle devait être, une vengeance privée ou de classe.

Le sentiment de justice du peuple italien, qui réclamait la punition des responsables de sa longue misère et de ses malheurs, donnait aux « épurateurs » une sorte d'investiture divine. L'épuration apparut, en effet, tout d'abord, comme un acte de justice accompli au nom du peuple, pour le peuple, contre les ennemis du peuple.

Pourquoi donc l'épuration a-t-elle échoué, du moment qu'elle était un acte de justice invoqué par le peuple, accompli au nom du peuple ? Parce qu'elle était non pas dictée par la justice, mais par la vengeance. Parce qu'elle était une justice de classe. À la base de l'épuration, il n'y avait pas le juste souci de punir les traîtres, les ennemis intérieurs de la patrie. Il y avait avant toute chose le désir de se venger, le propos de briser les os à la bourgeoisie.

L'épuration, en Italie, se fit en deux temps. D'abord, il y eut une tentative bourgeoise d'épuration, dirigée par un certain parti, dont les chefs étaient en majorité des hommes respectables, revenus d'exil, et dont la masse (les élections ont prouvé, ensuite, que cette « masse » ne dépassait pas deux ou trois mille bonshommes) était composée de petits intellectuels ratés, tous anciens fascistes, qui faisaient grief à Mussolini de ne les avoir jamais mis en valeur : ce qui, évidemment, était une très bonne raison pour poser aux martyrs après la chute du fascisme.

Être l'auteur d'un livre à succès, avoir réussi dans sa profession, jouir de l'estime publique, furent là des crimes abominables.

Tous les « Homais » dont regorge la province italienne se mirent à l'œuvre. Les rivalités de femmes jouèrent un grand rôle dans la première période, dite « bourgeoise », de l'épuration. Toute la vie provinciale italienne, si paisible, si fidèle à ses traditions d'honnêteté, de parcimonie, de simplicité, de bonnes mœurs, fut bouleversée par cette vague de dénonciations, de mesquineries, de lâches méchancetés, de jalousie, d'envie.

La magistrature qui, toute, avait été fasciste (on pouvait être fasciste et demeurer honnête, et la magistrature italienne était pauvre et honnête, presque aussi honnête que pauvre), dès la chute de Mussolini se trouva dans une situation embarrassante : elle ne pouvait pas devenir l'instrument de la vengeance de fascistes contre d'autres fascistes, coupables d'avoir été fascistes à peu près comme tout le monde, et comme tous les magistrats.

Il y eut donc, d'abord, la résistance passive de la magistrature, puis, peu à peu, la révolte de la conscience populaire. Le comte Sforza, qui avait commis la faute inexplicable d'accepter la charge de grand inquisiteur, de grand veneur de l'épuration, sentit à un certain moment que son devoir était d'être un justicier, non pas un vengeur. Il eut le beau geste de démissionner (tous les gestes du comte Sforza sont beaux). Ce qui le poussa à ce geste fut aussi le dégoût soulevé dans l'opinion publique par le cas du sénateur professeur Castellano et celui du professeur Morelli.

Castellano, directeur des services de médecine coloniale de Londres, créé baronnet par le roi d'Angleterre pour les éminents services rendus par ses études des maladies tropicales, était accusé d'avoir, pendant la guerre d'Éthiopie, monté des hôpitaux et soigné des soldats italiens atteints de maladies tropicales. Morelli, grand phtysiologue, qui créa et anima l'énorme et merveilleuse organisation pour la lutte contre la tuberculose en Italie (la clinique Forlanini, de Rome, et les centaines de sanas épars dans tout le pays) était accusé d'avoir « collaboré avec le fascisme » dans cette œuvre humanitaire.

Tous deux furent même arrêtés, enfermés dans la prison de Regina Cœli, comme de vulgaires criminels, chassés du Sénat, de l'Université, mis au ban du pays. Une énorme indignation souleva l'opinion publique, et heureusement ce scandale fit sensation jusqu'en Angleterre et jusqu'aux États-Unis. Le sénateur Castellano fut libéré par les Anglais et nommé directeur des services médicaux de Grande-Bretagne contre les maladies tropicales. Morelli fut aussi libéré mais chassé de l'Université. C'en était trop. L'opinion italienne réclama la fin de l'épuration-vengeance.

Ce fut alors que les gauches s'emparèrent de l'arme de l'épuration et s'en servirent pour une justice de classe. Dans les administrations publiques, les dénonciations des petits employés, et même des huissiers, des portiers, des balayeurs contre leurs supérieurs, devinrent des lois.

Ce procédé avait un but évident : on voulait décapiter les administrations publiques, faciliter la prise des leviers de commande par des employés, d'ailleurs anciens fascistes, inscrits aux partis de gauche. Dans tous les domaines de la vie administrative et économique du pays la même méthode fut appliquée avec autant de méchanceté calculée que de mépris de la justice, de l'humanité et des intérêts nationaux.

Ce qu'il fallait frapper ce n'étaient pas les collaborateurs, les traîtres, mais les bourgeois, tous ceux qui avaient eu et gardaient une position éminente dans n'importe quel domaine de la vie italienne.

La chasse aux « bourgeois » commença, je veux dire la chasse à l'homme de qualité. Les intellectuels furent les plus menacés.

On frémit quand on pense que si d'Annunzio avait été encore vivant on l'aurait mis en prison, condamné à trente ans pour « actes marquants ». Car la loi était vague, et par conséquent « actes marquants » signifiaient tout et rien. Pour d'Annunzio, l'accusation aurait porté sur son exploit de Fiume, accompli en 1919, bien avant Mussolini, et sous le régime démocratique. Exploit qui lui avait valu, décerné par ce même gouvernement démocratique dont les hommes sont aujourd'hui revenus au pouvoir, le titre de Sauveur de la patrie !

Pirandello aussi, un grand Italien, grand cœur, grand esprit, grand caractère, aurait été condamné à trente ans pour « actes marquants », c'est-à-dire pour l'éclat que ses œuvres dramatiques avaient donné à l'Italie fasciste.

Mascagni, le célèbre auteur de *Cavalleria Rusticana*, eut la sagesse de mourir au lendemain de la Libération : le gouvernement n'était pas représenté à ses funérailles (tout le monde sait, en effet, que la musique de *Cavalleria*, bien que vieille d'un demi-siècle, est une musique « fasciste »), funérailles auxquelles tout le peuple de Rome donna l'éclat d'une apothéose.

Guglielmo Marconi, l'inventeur de la radio, n'eut-il pas, quoique mort depuis longtemps, ses biens confisqués par l'État, car sa gloire, encore que posthume, rayonnait sur l'Italie de Mussolini ? C'est à la gloire de leur père que les deux filles de Marconi durent d'avoir faim. Il n'y a pas de limites politiques à la bêtise humaine.

Toute la pègre politique des partis de gauche (car il y a aussi une pègre politique de gauche) se jeta de grand cœur dans cette œuvre de destruction sociale. Mais il advint tout à coup que la rage de « l'épuration classiste » se heurta à un grave obstacle. Le peuple italien, je l'ai déjà dit, est profondément catholique : il a, comme tout bon catholique, le sens de la responsabilité collective, plus forte, toutefois, dans le Sud que dans le Nord.

Pendant vingt-cinq ans, toute l'Italie, sans distinction de classe, s'était plus ou moins compromise avec le fascisme. Les partis de gauche avaient voulu faire croire que seule la bourgeoisie avait été fasciste, que seuls les industriels qui avaient travaillé pour les Allemands, et seuls les entrepreneurs qui avaient construit la Ligne gothique, étaient des collaborateurs, alors que ne l'auraient pas été les ouvriers qui avaient travaillé dans les usines et les chantiers, contrôlés par les Allemands. Une telle prétention ne tint pas devant l'opinion publique.

L'Italie n'est pas un pays de sauvages, ni de nègres, ni de crétins : c'est un pays d'hommes intelligents qui savent très bien ce qu'ils font et pourquoi ils le font. La prétention de les faire passer pour des irresponsables était stupide et injuste, quoique très commode, elle choqua le sentiment de justice du peuple.

Dans plusieurs meetings ouvriers à Turin, à Milan, en Toscane, de vieux travailleurs socialistes qui avaient été les camarades de Filippo Turati, le bon apôtre du socialisme italien, élevèrent la voix contre le sectarisme des meneurs de l'« épuration classiste » :

« Si l'on veut confisquer et nationaliser certaines industries, disaient-ils, eh bien ! il faut avoir l'honnêteté de le faire par la loi, sans avoir recours à des prétextes injustes. Car tout le monde sait que, si les patrons avaient fermé leurs usines, nous, les ouvriers, ainsi que les machines, les outils, aurions été déportés en Allemagne.

« Nous ne voulons pas être appelés collaborateurs : nous étions forcés de travailler avec les Allemands, pour sauver la vie et le pain de nos enfants. Accuser les patrons de collaborationnisme, c'est nous accuser de collaborationnisme, nous aussi. Eh bien ! nous ne voulons pas de cette accusation. »

L'« épuration classiste » dut s'arrêter devant cette logique populaire. D'autant plus que les industriels et les entrepreneurs qui avaient travaillé pour les Allemands n'étaient pas tous fascistes : certains étaient antifascistes et même de gauche. Il y a eu le cas d'un entrepreneur antifasciste qui avait construit la Ligne gothique : il fut promu ministre, et dans quel ministère !

Mais ce n'est pas tout. Une loi antifasciste rétroactive punissait de vingt, de trente ans, des crimes politiques commis en 1920, 1921, que la loi d'alors punissait tout au plus de six mois de prison. Le principe de la rétroactivité, inadmissible dans un pays aux anciennes et illustres traditions juridiques, comme l'Italie, a été admis après la libération, sur l'exemple d'Hitler, par toutes les nations civilisées qui se sont ainsi dégradées au niveau de l'Allemagne hitlérienne. En 1945, 1946, on condamnait à vingt, à trente ans, en Italie, des individus qui avaient été jugés, condamnés, en 1920, 1921, et qui avaient déjà purgé leur peine.

En 1946, on arrêta un jour un certain vieux fasciste, Ferruccio Vecchi, un malheureux sculpteur que Mussolini, qui ne comprenait rien à l'art, avait proclamé, au milieu de la risée générale, le « plus grand sculpteur de l'Italie fasciste ». On l'emprisonna, en l'accusant d'avoir fondé, en 1920, le Fascio de Bologne. Ce crime entraînait automatiquement une condamnation à vingt, trente ans. Le mandat d'arrêt était signé par M. Pietro Nenni, leader du parti socialiste communisant, et qui était alors chef de l'épuration. Du fond de sa prison, ce Ferruccio Vecchi dénonça Pietro Nenni comme son complice. Le document officiel sur lequel était basée l'accusation contre Nenni était l'acte public de constitution du Fascio de Bologne, où, sous la signature de ce Ferruccio Vecchi, figurait la signature de Pietro Nenni lui-même !

Ce fut un énorme scandale, qui obligea M. Pietro Nenni à quitter sa charge de chef de l'épuration. Il faut le dire toutefois : Pietro Nenni, tout le temps qu'il resta à la tête de l'épuration, se montra très équitable et très humain. J'ai déjà dit qu'il est un honnête homme.

M. Palmiro Togliatti, chef du parti communiste et ministre de la Justice, dont le bon sens vient toujours à bout des situations les plus difficiles, eut la fameuse idée, pour sortir de ce pétrin, de décréter une amnistie générale. Les portes des prisons s'ouvrirent, tous les condamnés, innocents et coupables, recouvrèrent leur liberté. Si l'amnistie eut l'heureux effet de rendre la paix aux honnêtes gens, elle eut aussi, pour fâcheuse conséquence, la remise en liberté d'authentiques criminels fascistes. L'amnistie, trop généreuse, fut âprement critiquée par le peuple et même par les fascistes « honnêtes » (car il y en avait) qui ne comprenaient pas pourquoi, pour ne point punir les innocents, on devait gracier les coupables. Mais ce qu'ils comprirent, hélas ! fut que cette amnistie trop généreuse était un tour joué aux droites : car la liberté donnée aux criminels fascistes pouvait engendrer dans certains milieux populaires le soupçon qu'ils étaient « tabou ».

Je ne crois pas me tromper en affirmant que c'est justement l'échec de l'épuration qui a marqué la faillite de l'antifascisme et prouvé son incapacité morale à faire œuvre de justice. Une classe politique qui ne sait pas faire œuvre de justice n'a pas le droit ni la possibilité de gouverner un peuple. C'est clair, et tout le monde le sait : il n'est pas inutile, cependant, de le répéter ici.

Paris, novembre 1947.

Plus de huit mois se sont écoulés depuis le mois de novembre 1947, où j'écrivais ce bref essai sur l'Italie. L'opinion publique, en Europe et en Amérique, se montrait alors très pessimiste sur la situation française et italienne. Dans toutes les villes et tous les villages de France résonnait le sourd *tam-tam* de la grève ; en Italie de féroces révoltes ensanglantaient le pavé des routes. Tous en Europe, même les communistes, faisaient dépendre le sort non seulement de la France, mais de toute l'Europe occidentale, de l'éventualité d'une révolution communiste en Italie. « Je demeure persuadé, écrivais-je alors, en novembre 1947, au début de cet essai, qu'il n'y aura pas de révolution en Italie. » Aujourd'hui, en mai 1948, je relis ces pages : il n'y a rien à changer, rien à ôter, rien à ajouter. Le tableau que j'ai peint de l'Italie ne pourrait être plus objectif, plus réaliste, plus vrai.

Quand les pages de cet essai parurent dans un grand journal de Paris (*Paris-Presse*, novembre 1947) en même temps que dans un grand journal de Rome : *Il Tempo*, dans la *Gazette de Lausanne* et dans d'autres journaux d'Europe et d'Amérique, nombre de mes amis français ne me dissimulèrent pas leur crainte affectueuse des réactions qu'elles auraient pu susciter en Italie. Il me plaît, aujourd'hui, de rassurer mes amis : l'opinion publique italienne a accueilli mon essai avec une heureuse surprise. Les vérités que j'exprime étaient, hélas, connues de tous, mais personne encore n'avait eu le courage de les dire ouvertement, encore moins de les écrire. Tant il est vrai que la peur est la pire ennemie de la liberté. M. Pietro Nenni, chef du Parti Socialiste, fidèle à l'alliance avec le Parti Communiste, dans un discours électoral prononcé à Venise en avril dernier, eut à citer, pour appuyer ses déclarations, quelques-uns de mes jugements sur la situation italienne. M. Pietro Nenni n'est pas pour moi un « copain », mais un adversaire. Ses citations n'étaient donc pas un hommage à l'amitié, mais à l'objectivité de mes jugements.

Le résultat des élections politiques italiennes du 18 avril a, encore une fois, confirmé que l'Italie n'est pas un pays à révolutions. C'est un pays à désordre, non à révolutions. (Un désordre installé dans l'ordre antique et immuable de l'esprit catholique, des traditions, des goûts, des habitudes, des peurs et des espérances du catholicisme.) Le peuple italien aime les changements, mais à condition qu'ils aient lieu dans le cadre immuable de ses traditions. Par son antique expérience politique, la plus antique parmi celles de tous les peuples d'Europe, le peuple italien sait que, quoi qu'il fasse, il devra en répondre un jour ou l'autre. Il sait que les peuples sont inévitablement appelés, un jour ou l'autre, à répondre de leurs actions.

Chateaubriand disait que les Français préfèrent l'égalité à la liberté. Ce jugement vaut aussi bien pour les Français que pour d'autres peuples. Il exprime le drame moderne des révolutions. Karl Marx avait déjà compris le problème, que Lénine devait ensuite définir dans sa célèbre formule : « Le prolétariat ne se bat pas pour la liberté, mais pour le pouvoir », c'est-à-dire pour l'égalité par la dictature du prolétariat.

S'il est un peuple au monde qui préfère l'égalité à la liberté, c'est bien le peuple italien. Car ce dont il souffre surtout ce n'est pas le manque d'une *vraie* liberté politique (le peuple italien aussi, dupé par les mots, s'imagine que le simulacre de la liberté démocratique du vote ou de la presse est la *vraie* liberté politique, qui est une chose infiniment diverse, plus complexe et plus haute) mais le manque d'égalité morale, politique, sociale devant l'État.

L'Italie est un pays pauvre, soumis à un État dont les formes sont démocratiques, mais dont l'esprit est féodal. En Italie, il n'y a ni liberté, ni justice, ni égalité : il n'y a qu'une profonde fraternité dans la conscience de la servitude et de la misère communes. Le vrai, l'antique, le traditionnel ennemi du peuple italien est l'État, héritier et continuateur des tyrannies, étrangères et nationales, qui se sont prolongées jusqu'en 1870, et qui se sont ensuite métamorphosées dans les grandes dictatures petit-bourgeoises, dont celles de Giolitti et de Mussolini sont les plus typiques.

Si l'État en France est, pour reprendre une formule connue, un État policier qui respecte les libertés du citoyen, l'État, en Italie, est un État policier qui méprise et opprime ouvertement les libertés du citoyen : c'est une sorte de compromis entre l'État policier balkanique et l'État policier de l'ancien Royaume des Deux Siciles. (Presque toute la police, presque toute la magistrature, presque toute la bureaucratie sont recrutées dans les provinces de l'Italie méridionale, c'est-à-dire dans l'ancien Royaume des Deux Siciles.) Quand on lit les chroniques des infâmes procès politiques du siècle dernier dans le Royaume de Naples, on croit lire les chroniques des procès politiques dans l'Italie d'hier et d'aujourd'hui. Je n'ai jamais compris pourquoi, dans les écoles, on enseigne à s'indigner de la corruption et des infamies de la police et de la magistrature dans l'ancien Royaume des Deux Siciles, que Gladstone appelait « la négation de Dieu », alors que telle corruption et telles infamies se répètent tous les jours sous nos yeux. Chose surprenante dans une Italie qui se vante d'être la mère du droit romain. L'unique avantage de tant de siècles de corruption, d'infamies, d'oppression, de violence, est d'avoir maintenu vif et profond dans le peuple le sentiment de la justice.

L'insolence de la police en Italie est chose incroyable. Le citoyen italien sans fortune, sans nom, ni amitiés politiques, est continuellement exposé au péril des abus de pouvoir, des vengeances particulières, des violences de la police. On calculait que, pendant le fascisme, avec la modeste somme de cinq mille lires, on pouvait faire emprisonner n'importe quel ennemi personnel sans fortune, sans nom, sans amitiés politiques. Et dans de nombreux cas il suffisait de moins de cinq mille lires. Il suffisait d'une simple dénonciation, même non signée. Que l'on ne croie pas que ces abus sont arrivés seulement pendant la dictature de Mussolini : ils sont toujours arrivés en Italie, même avant le fascisme, spécialement pendant la dictature libérale de Giolitti, et ils arrivent, hélas, encore de nos jours, malgré la « libération ». (Il ne faut pas oublier que « libération » ne veut pas dire « liberté ».) Parce que l'État, dans son esprit fondamental, est resté et reste toujours le même État : un État féodal, malgré les changements politiques, uniquement de forme.

Aller en prison, en Italie, a toujours été et est toujours la plus facile chose du monde, tout comme aller au cinéma. Et l'hérédité de la peur est telle que le citoyen ne trouve pas même de défense dans l'opinion publique, ni dans la presse. Personne ne veut se compromettre pour défendre un pauvre malheureux, spécialement quand on le sait innocent, victime des vexations et des violences de la police ou de quelque vengeance privée. Si la police emprisonne un homme innocent, cela signifie qu'il y a des raisons bien graves de l'emprisonner. Telle est la morale publique, hélas, dans un pays avili par de longs siècles d'esclavage. Cette morale n'a pas changé depuis le XVIIe siècle, à en juger du moins par les célèbres *Fiancés* d'Alessandro Manzoni.

Les choses étant telles en Italie, comment peut-on attendre du peuple italien la révolution ? Les révolutions ne sont pas faites par les peuples opprimés qui ont la conscience de leur servitude, mais par les peuples opprimés qui ont une conscience d'hommes libres.

Pour comprendre la situation italienne (la situation politique, sociale, morale, d'un peuple dépend du caractère historique de ce peuple), il faut se rappeler que la seule tentative révolutionnaire de l'histoire italienne, le « Risorgimento » (Garibaldi, Mazzini, Cavour), a été une tentative bourgeoise, avec des mobiles intellectuels et sentimentaux bourgeois, des intérêts politiques et économiques bourgeois. Karl Marx riait autant de la prétendue « révolution italienne » du Risorgimento, que des mouvements révolutionnaires nationaux de la Hongrie et de la Pologne. « Cette racaille », écrivait-il dans une lettre à Frédéric Engels, datée du 22 mars 1851, en parlant des révolutionnaires italiens, hongrois, polonais, de Mazzini, de Garibaldi, de Kossuth. Le Risorgimento a été l'œuvre d'une très petite minorité d'intellectuels petit-bourgeois, d'étudiants, et de quelques éléments de la noblesse. Le prolétariat, la bourgeoisie riche, les propriétaires de terres, étaient tous partisans des tyrannies locales, des Bourbons dans le Royaume des Deux Siciles, de l'Autriche dans la Lombardie et dans la Vénétie, de l'Église dans les États Pontificaux.

Le premier Parlement italien élu il y a presque un siècle, après la « libération » de l'Italie (*l'autre* libération, celle de 1860), était composé en grande majorité de députés choisis parmi les éléments les plus réactionnaires de la bourgeoisie. Garibaldi, le héros du Risorgimento, à son entrée dans la salle du Parlement, fut accueilli par les sifflets et les rires. Mazzini, l'animateur de la révolution nationale, depuis longtemps condamné à mort par le roi de Sardaigne, ne fut jamais amnistié, même pas après la « libération » : pour revoir cette Italie qu'il avait plus que tout autre contribué à libérer des tyrannies nationales, il dut y retourner clandestinement, avec un faux passeport anglais, et il mourut à Pise, sous un nom étranger, dans la maison d'un ami dévoué. La « révolution » du Risorgimento fut couronnée par la réaction la plus mesquine, la plus stupide, la plus aveugle et la plus vile.

Pendant ce temps, en Italie également, se formait, et prenait conscience de sa force, cette nouvelle classe politique, sortie du sein de la petite bourgeoisie, qui vers la fin du siècle dernier s'était déjà hissée au pouvoir dans plusieurs pays d'Europe. Cette nouvelle classe politique, dans laquelle fermentaient confusément tous les détritus idéologiques de 1789 et du XIXe siècle, n'avait pas d'idéaux élevés, mais de vagues idéologies humanitaires et démocratiques, fruit de cette demi-culture qui est la caractéristique de la petite bourgeoisie. Sa venue au pouvoir coïncidait avec la décadence de l'Europe.

En Italie, cette nouvelle classe politique monta au pouvoir aidée par la dictature bureaucratique de Giolitti, non comme une classe autonome mais comme l'instrument inconscient de l'Église, de la monarchie, de l'industrie naissante et de la grande propriété terrienne. Le peuple italien eut ainsi en Giolitti d'abord, en Mussolini ensuite, les deux premiers Césars de cette longue série de dictatures petit-bourgeoises dont nous ne sommes, hélas, qu'au début.

Toutes les anciennes et profondes aspirations du peuple italien à la liberté, à la justice, à un ordre social fondé sur le respect de l'homme, furent déçues et trahies par Giolitti d'abord, au nom de l'État libéral, de l'ordre libéral, des réformes sociales libérales, par Mussolini ensuite, au nom de l'État fasciste, de l'ordre fasciste, des réformes sociales fascistes. Les deux dictatures différaient profondément dans les méthodes et dans les formes : mais les instruments de leur pouvoir, la police toute-puissante, la magistrature asservie au pouvoir exécutif, étaient les mêmes, et identiques étaient les effets de l'une et de l'autre dictature sur l'âme du peuple, c'est-à-dire la corruption, la peur, la dissimulation. C'est la dictature libérale de Giolitti qui a préparé et permis la dictature de Mussolini. Sans la corruption apportée par Giolitti dans la vie publique italienne, le fascisme n'aurait été ni concevable ni possible.

Mussolini et le fascisme sont tombés, la Monarchie est tombée, mais la classe politique petit-bourgeoise, sur qui Mussolini et la Monarchie s'appuyaient, est restée au pouvoir. Quelques hommes politiques, trop ouvertement compromis avec le fascisme, ont cédé la place à quelques autres, voilà tout. La petite bourgeoisie, en tant que classe sociale et politique, continue à exercer le pouvoir sous la forme plus actuelle de la démocratie chrétienne.

De Gasperi, il est juste de le reconnaître, n'a pas l'étoffe d'un dictateur : c'est un homme probe, de bon sens, et juste. Mais la morale catholique exclut-elle le principe dictatorial ? Par les contradictions du système politique démocratique, par la très grande majorité dont il dispose à la Chambre et qui fait de la démocratie chrétienne une sorte de « parti unique », arbitre absolu du pouvoir, tel le « parti unique » sur qui s'appuient les États totalitaires fascistes ou communistes, de Gasperi paraît destiné, peut-être malgré lui, à exercer les fonctions de dictateur. Tout laisse prévoir que la prédominance politique de la démocratie chrétienne se résoudra en pratique dans la dictature larvée d'un parti : elle sera une dictature différente de celles de Giolitti et de Mussolini, elle sera une dictature de gens honnêtes, la dictature d'un parti contraire, par principe, à toute forme de violence légale ou illégale, mais elle sera cependant toujours une dictature qui ne s'exercera pas sous la forme de la violence légale, de la corruption, ou du chantage comme celle de Giolitti, ni sous la forme de l'« oppression » comme celle de Mussolini, mais sous la forme de cette « pression » morale qui est la caractéristique des dictatures d'esprit et de principes catholiques.

Est-ce que l'opinion publique, en Italie, se rend déjà compte des périls inhérents à la forme « catholique » de la dictature ? Tout le laisse croire. Déjà de toute part s'élèvent dans la presse des voix prudentes, qui adjurent la démocratie chrétienne d'user sagement du pouvoir conquis par la volonté non seulement des électeurs démocrates chrétiens, mais aussi de la très grande majorité des électeurs de droite et d'une importante fraction des électeurs de gauche (socialistes et démocrates de toutes les couleurs). Pendant les élections du 18 avril, le *slogan* qui a réuni autour de la démocratie chrétienne tous ceux, et ils forment la majorité du pays, qui craignaient la prise du pouvoir par le « parti unique » communiste, était « Un ennemi à la fois. » Maintenant que l'« ennemi » communiste a été battu, l'opinion publique, celle-là même qui a voté pour de Gasperi, commence à exprimer quelque réserve sur la fonction politique de la démocratie chrétienne.

M. Arrigo Cajumi a publié récemment, dans le journal *La Stampa* de Turin, un article retentissant accueilli par la faveur générale, sur la nécessité que le parti de de Gasperi exerce ce qu'il appelle une « fonction libérale ». M. Arrigo Cajumi n'est pas un naïf : je le connais depuis vingt ans pour un esprit aigu, ironique, sceptique. Y a-t-il de l'ironie ou de l'ingénuité dans sa prétention de voir un parti catholique remplir une fonction libérale ? La morale catholique n'est pas une morale libérale. Les principes d'action politique et sociale d'un parti catholique ne sont pas, ne peuvent pas être les principes du libéralisme. La fonction sociale et politique d'un parti catholique n'est pas, et ne peut pas être, une fonction libérale. Tous ceux qui espèrent que le parti de de Gasperi est appelé à remplir une fonction libérale dans la vie italienne, vont au devant d'amères désillusions.

Il est très probable que nous assisterons, dans un proche avenir, à l'évolution graduelle de l'opinion publique, vis-à-vis de la démocratie chrétienne, à une opposition de nature morale aussi bien que de nature politique. Cette opposition aura pour protagonistes non seulement le Parti Communiste et le Parti Socialiste communisant, c'est-à-dire les deux vaincus des élections du 18 avril, mais la masse des électeurs qui, bien que n'appartenant pas à la démocratie chrétienne, ont donné leur voix au parti de de Gasperi rien que pour déjouer le péril d'une dictature communiste. Cette évolution graduelle de l'opinion publique à l'opposition, si elle ne modifie pas d'une manière sensible l'actuelle prépondérance parlementaire de la démocratie chrétienne, sera certainement un frein à la réaction catholique qui, comme le prouve, spécialement en Italie, une longue et douloureuse expérience historique, éteint dans les peuples tout élan vital, obscurcit leur esprit par le brouillard de l'hypocrisie, et retarde, si elle ne l'arrête pas tout à fait, leur évolution vers la liberté, vers la justice, vers tout ce qu'il me plaît d'appeler les « lumières », selon un vocable ancien aujourd'hui décrié.

Il est certain que, dans les prochaines années, la démocratie chrétienne se trouvera aux prises avec cette même coalition de l'opinion publique qui a été fatale au communisme. Le succès de cette coalition, toutefois plus nuancée que l'actuelle coalition anticommuniste (les différences de classe, d'opinion, de parti, y seront sans doute plus sensibles), dépendra en grande partie de la « fonction libérale » (pour reprendre ironiquement la formule employée par M. Arrigo Cajumi au sujet de la démocratie chrétienne), que le Parti Communiste et le Parti Socialiste, son allié et complice, voudront et pourront librement assumer dans la vie italienne.

La responsabilité du Parti Communiste dans la situation italienne actuelle est très lourde. C'est la violence communiste qui a porté au pouvoir le « parti unique » de la démocratie chrétienne. C'est la violence communiste qui justifie la dictature catholique. À qui la faute si le peuple italien, pour se sauver du péril de la dictature communiste, a dû se jeter dans les bras de la démocratie chrétienne ? À qui la faute si l'Italie a encore une fois manqué l'occasion de devenir un grand pays moderne, où les consciences et les opinions soient libres ?

L'erreur la plus grave du Parti Communiste a été de croire pouvoir introduire impunément en Italie les méthodes de violence morale et physique, qui sont en grand honneur en Russie et dans les pays balkaniques. Le peuple italien hait la violence ; il hait beaucoup plus la violence que la faim. Le comte Oxenstiern, Suédois, écrivait au XVIIIe siècle dans ses célèbres *Mémoires* que les Italiens appellent la violence « une fameuse couillonade ». Il est bien dommage que M. Togliatti n'ait pas lu les *Mémoires* du comte Oxenstiern. Il aurait compris les raisons historiques pour lesquelles aujourd'hui encore les Italiens considèrent la violence communiste comme « une fameuse couillonade ». Et il aurait appris que l'Italie non seulement n'est pas un pays à révolutions, mais qu'en Italie aussi, comme dans tous les pays catholiques, l'Espagne par exemple, les héros qui font les révolutions sont les mêmes qui font les réactions. (Les communistes les plus violents de 1919 et 1920, quand il fut clair, en 1921 et 1922, que la révolution communiste avait échoué, devinrent les plus violents fascistes. Les instruments les plus fanatiques de la violence fasciste sont devenus en 1943, après la chute de Mussolini, les instruments les plus fanatiques de la violence communiste. Il ne faudrait pas s'étonner si les partisans les plus enflammés et les plus violents de M. Togliatti étaient déjà prêts, après l'échec électoral du Parti Communiste, à devenir les partisans les plus enflammés et les plus violents de la réaction anticommuniste. Qu'y a-t-il de mal et de difficile pour un communiste, qui a depuis peu jeté aux orties la chemise noire, à s'habiller en prêtre ?) Dans les célèbres *Mémoires* du comte Oxenstiern, M. Togliatti apprendrait que les révolutions en Italie réussissent à la seule condition de vaincre. M. Togliatti n'a pas tort de se croire à la tête d'un parti de héros. Le parti de Togliatti est un peu différent de celui de Mussolini : mais les héros sont les mêmes.

Si le Parti Communiste veut survivre en Italie, il doit renier sa politique de violence. La violence, cette « fameuse couillonade », porte malheur en Italie. De 1946 à 1947, j'ai mené dans un grand journal de Rome, *Il Tempo*, une campagne sévère contre les assassinats et les violences de toute sorte qui ensanglantaient la Lombardie, l'Émilie et les Pouilles. Aucun journal communiste n'osa démentir ce que j'écrivais, d'autant plus que je n'avais même pas nommé le Parti Communiste. Seulement M. di Vittorio, communiste et Secrétaire général de la Confédération Générale du Travail, eut l'imprudence de m'adresser de vulgaires menaces. Mais M. di Vittorio n'est qu'un fameux « coïon » venu de Moscou, comme tant d'autres, pour enseigner aux Italiens que la liberté consiste dans le droit de se taire, si on veut sauver sa peau : et, naturellement, je me suis bien gardé de prendre au sérieux les menaces de ce « fameux coïon », sachant bien, comme on l'a vu par la suite, que la violence aurait porté malheur non seulement à M. di Vittorio, mais au Parti Communiste.

Maintenant que le péril communiste a été éventé, toute la vie italienne s'oriente déjà lentement vers la défense des libertés fondamentales, menacées par la « dictature invisible » de la démocratie chrétienne : la liberté d'opinion et de conscience en premier lieu. La pression morale, que la dictature larvée du parti de de Gasperi exercera fatalement sur la conscience publique et privée, sera d'autant plus dangereuse que les instruments de la dictature démo-chrétienne sont encore aujourd'hui ceux-là mêmes forgés par Mussolini pour opprimer le peuple italien. Que peut-on attendre d'une démocratie qui prétend garantir la liberté des citoyens avec les instruments d'oppression d'une dictature totalitaire ?

Non seulement comme citoyen et comme homme libre, mais surtout comme écrivain, comme artiste, je suis, hélas, très préoccupé des conséquences qu'une dictature catholique, quoique honnête et courtoise dans ses formes, peut avoir sur la liberté de conscience, sur la liberté de l'art et de la littérature. Toute forme de puritanisme est ennemie de l'art et de la littérature : spécialement le puritanisme catholique. Qu'est-ce qui distingue une démocratie libre d'une dictature ? La censure : d'autant plus dangereuse qu'elle est plus larvée, plus inavouée. Pour établir une dictature, il n'est pas nécessaire de proclamer l'état de siège, de créer des tribunaux spéciaux, de construire de nouvelles prisons, d'élever des gibets sur la place publique. (Ceci n'est que le côté vulgaire, stupide et inutile des dictatures.) Mais il suffit d'instituer cette Inquisition déguisée qu'est la censure secrète, c'est-à-dire l'instrument de contrôle, sous prétexte de la protection des bonnes mœurs, sur les moyens légaux, légitimes qu'a le peuple d'exprimer ses opinions.

Nous avons tous, écrivains et artistes italiens, lutté pendant vingt-cinq ans contre la censure fasciste : et nous savons par expérience que la forme la plus dangereuse de la censure n'est pas celle ouverte, visible, légale, mais bien l'invisible, l'insidieuse, la secrète, celle par laquelle un livre, un tableau, une statue, une comédie, un journal, une poésie, un morceau de musique, sont interdits on ne sait ni par qui ni pourquoi. L'année dernière, on a saisi en Italie *Madame Bovary* et la *Tentation de Saint Antoine*. Le Ministre de l'Intérieur de de Gasperi nia avoir donné l'ordre de saisie. On n'a jamais pu savoir qui avait donné cet ordre, ni pour quelle raison. Un journal catholique déclara que *Madame Bovary* et la *Tentation de Saint Antoine* étaient dangereux pour les bonnes mœurs et que, par conséquent, le Gouvernement de de Gasperi avait bien fait de les saisir. J'écrivis à cette occasion que puisque l'occupation américaine aussi était dangereuse pour les bonnes mœurs, le Gouvernement de de Gasperi aurait mieux fait de saisir les Américains qui se trouvaient en Italie.

Il est probable que dans la défense des bonnes mœurs, qui tiennent tant à cœur à la démocratie chrétienne, le Gouvernement de de Gasperi n'ira jamais jusque-là : mais il est certain qu'on interdira à nouveau aux femmes d'aller en pantalons d'hommes et aux hommes d'aller en shorts sur les plages, et que reviendront à la mode dans les musées, dans les galeries d'art, dans les églises, sur les places, les statues avec des culottes de fer-blanc, et les tableaux de femmes nues avec des chemises de papier, collées sur la poitrine et sur le ventre. Les Hercules de marbre retrouveront leur tunique de Nessus, les Amours seront habillés en boys-scouts, et les Vénus de Botticelli s'habilleront à la mode des vieilles filles de province.

La « dictature catholique » frappera ce que Mussolini lui-même n'avait pu toucher : c'est-à-dire le fond de la conscience, ce coin secret de la conscience où naissent les arrière-pensées, les restrictions mentales, et où se réfugient les espérances. Peu à peu toute la bigoterie, l'hypocrisie, refoulées depuis bien des siècles dans l'âme italienne, reviendront à la surface : l'Italie deviendra, pour notre bonheur, un pays ordonné, pacifique, prospère, stupide, ennuyeux, rempli d'âmes innocentes et gracieuses qui passeront leur temps à attraper, les yeux baissés, comme disait le poète Carducci, « les papillons sous l'Arc de Titus ». Tout le monde ira à la messe tous les matins, et il est probable qu'après quelque hésitation, M. Togliatti, lui aussi, finira par y aller.

Car la force d'humiliation que possède une dictature catholique est incroyable : elle n'a d'égal que son pouvoir d'adoucissement des mœurs, d'avilissement des esprits, de stérilisation des opinions publiques, de castration de la littérature et de l'art. Nous serons tous honnêtes, bons, obéissants, serviables, inutiles. Un pays de braves gens apeurés, d'honnêtes pères de famille, de citoyens sincères dans l'hypocrisie, hypocrites dans la sincérité, et aussi de voleurs repentis, de canailles confessées et communiées. L'ostracisme le plus subtil, caché, insidieux, trompeur, sera mis en œuvre contre tout ce qui est intelligent, esprit de liberté, fierté de caractère.

S'il y a des grèves, nous verrons les processions de grévistes suivre en psalmodiant les anciens drapeaux rouges décolorés et blanchis dans l'eau bénite. Tout sera pardonné aux citoyens, sauf de ne pas aller à l'église. Le pire délit, le plus sévèrement puni, sera l'imprudence. Les imprudents seuls finiront en prison. Mais les nouvelles prisons auront sur celles de Mussolini le désavantage d'être l'antichambre de l'enfer. L'Italie de demain sera une Italie stendhalienne gouvernée par les Révérends Pères du Paraguay.

Qu'on ne croie pas que je plaisante. Seuls les citoyens d'un pays vraiment catholique, tel que, par exemple, l'Italie ou l'Espagne (car la France est un pays plus chrétien, mais infiniment moins catholique que l'Italie ou l'Espagne : il faut y être né pour connaître ce qu'est un pays catholique), savent par antique expérience à quoi peut être réduit un peuple sous une dictature catholique. Il n'y a pas de région, en Italie, plus contraire à une telle forme de gouvernement que les provinces des anciens États Pontificaux, l'Émilie, la Romagne, les Marches, l'Ombrie, le Latium. Dans ces provinces, le péril d'une dictature catholique est estimé moins violent, moins oppressif, moins sanguinaire, mais plus insidieux que celui d'une dictature communiste. (Il est intéressant d'observer que, dans les provinces des anciens États Pontificaux, la démocratie chrétienne aux élections du 18 avril dernier n'a recueilli qu'une minorité de voix.) C'est une opinion erronée peut-être, mais respectable. Car elle est fondée sur la triste expérience de longs siècles de dictature catholique.

Heureusement, le peuple italien est un peuple sain, de bon sens. L'esclavage séculaire n'a corrompu que ses défauts. (Rien de plus triste que des défauts corrompus.) Mais ses antiques vertus traditionnelles, sous le mince vernis de la prudence, sont demeurées intactes. Le peuple italien saura sans doute opposer à la pression morale de la dictature catholique une force de résistance insoupçonnée, cette même force de résistance qu'il a opposée si efficacement au côté « catholique » de la dictature de Mussolini. (Il y aurait une intéressante étude à faire sur le côté « catholique » de la dictature de Mussolini et de celle d'Hitler, qui était Autrichien et catholique. A-t-on jamais réfléchi que Staline a été élevé dans un séminaire ? C'était un séminaire orthodoxe, mais un séminaire : et la morale qu'on enseigne dans les séminaires, qu'ils soient catholiques ou orthodoxes, est toujours la même. A-t-on jamais réfléchi sur la possibilité d'un dictateur protestant ? Cromwell, qui était protestant et que de nombreux historiens répugnent à considérer comme un dictateur, possédait un côté « catholique » curieusement mis en lumière par les pamphlets, tels que *Killing no murder*, écrits à la défense de Cromwell par son secrétaire, qui n'était autre que le poète Milton.)

Le peuple italien commence aujourd'hui, pour la première fois après de si longs siècles d'erreurs et de misères, de souffrances, de sacrifices inutiles et de grandeurs vaines, à prendre conscience des raisons secrètes de ses maux. Il commence à se rendre compte que ses misères ne naissent pas de l'histoire des autres peuples, mais de sa propre histoire, et que la grandeur, la gloire incomparable du nom italien, l'obligent à ne pas attribuer ses erreurs, ses misères, à la fatalité seulement ou à la Providence, ou à la violence étrangère, ou aux crimes de ses gouvernements, mais aussi à ses folies, à son habitude trop facile à la résignation, à sa prudence calculée.

Malgré ses erreurs et ses défauts, qui sont des plus humains, le peuple italien est un grand peuple : non seulement pour son tribut immense, inégalable, à la gloire de la civilisation humaine, mais aussi pour son respect de l'homme, un respect profond, instinctif, sacré. C'est le peuple italien qui a hérité des Grecs et transmis aux peuples d'Europe le respect de l'homme. Si les peuples du Nord, pendant de longs siècles, ont lutté pour la liberté de la conscience humaine, le peuple italien pendant des siècles et des siècles a lutté contre les Empereurs de Germanie et contre le Pape, contre les tyrannies étrangères et contre les tyrannies nationales, pour le respect de l'homme. Car l'*homme* n'est pas seulement la conscience humaine : la liberté de la conscience humaine n'est pas *tout* l'homme. L'homme, pour les Italiens, c'est toute la Création. C'est un arbre miraculeux qui plonge ses racines jusqu'au centre de la terre et soulève sa chevelure jusqu'à toucher les astres scintillants, jusqu'à effleurer le trône de Dieu. C'est dans le corps de l'homme qu'est renfermé l'univers : et les anciens Italiens ne représentaient pas autrement le monde comme un viscère du corps humain. C'est en Italie que la politique, l'art, la science ont toujours pris l'homme comme modèle et mesure de l'univers. Le respect de l'homme est le respect de Dieu. Le peuple en Italie est prêt à pardonner tout délit, hors le manque de respect pour la vie humaine, pour la dignité humaine, pour l'homme.

Malheur à qui oserait aujourd'hui, après tant de souffrances et tant d'humiliations, manquer au respect sacré de l'homme !

Le peuple italien est las. Il a le cœur plein d'amertume et de mépris. Tout le problème de la liberté se résume pour lui dans le droit d'être homme. Non seulement homme libre, ce qui est peu, mais *homme*. Je suis italien et j'ai une tendresse infinie pour mon peuple : pour la honte qu'il souffre d'être l'homme qu'il est, avili et humilié, pour son espérance de pouvoir être, un jour, l'homme qu'il est digne d'être.

Certains me blâmeront peut-être, au nom de la prudence, de l'ignoble prudence, pour avoir osé écrire ce que personne encore en Italie n'ose écrire ni penser ouvertement. C'est l'antique et noble tradition des écrivains italiens de tous les temps, de dire ce que tous pensent en secret et que personne n'ose dire, et surtout de s'opposer à visage découvert, au nom de cette « putain de liberté » comme l'appelait le poète Berni, à toute forme de dictature catholique, à tout gouvernement qui mêle les choses du ciel à celles de la terre, qui prétend représenter en Italie la Divine Providence et se permet de juger et condamner les Italiens vivants avec ces lois de l'au-delà, qui valent seulement pour les Italiens morts.

Ce sont les écrivains qui, en Italie, ont maintenu vivant et transmis à travers les siècles l'amour de la liberté. Ce sont les écrivains qui ont toujours payé et payent pour les autres, pour tous ceux qui se taisent parce qu'ils n'osent parler. Si, pour rester fidèles à leur tradition d'hommes libres, si, pour dire certaines vérités que tout le peuple italien connaît mais ne sait pas dire ou n'ose pas dire, il leur fallait aujourd'hui encore aller en prison, je suis sûr que les écrivains italiens ne se tairaient pas pour cela. Je ne crois guère, toutefois, que la « dictature catholique » oserait mettre en prison des écrivains, rien que pour avoir dit ce que tous les Italiens n'osent encore exprimer ouvertement, mais que chacun d'eux pense dans son cœur. Tout au plus se limiterait-on à les envoyer en enfer, dans cet enfer qui est, sans doute possible, le meilleur club d'Europe, où sont réunis tous les esprits les plus libres de notre temps.

Si de Gasperi, bien qu'il soit un homme honnête et juste, m'envoyait en enfer par décret de la Divine Providence, je m'assiérais sous un arbre au milieu d'un champ de blé. C'est beau, un arbre en enfer. Un arbre noir, plein de nuit, aux feuilles noires, luisantes sous le clair soleil infernal, un arbre nocturne baigné dans un jour éternel. (À Lipari, sur la plage de Marina Corta, il y a un grand caroubier. Tous les jours, vers le coucher du soleil, avec mon compagnon de déportation, Don Michele Summerer, un prêtre de San Candido dans le Tyrol italien, condamné à cinq ans parce qu'il enseignait le catéchisme en allemand, tous les jours j'allais m'asseoir sous ce caroubier, sur le bord de la mer, pour aider les pêcheurs à raccommoder leurs filets. Nous plongions la longue et grosse aiguille d'acier dans les mailles du filet odorant d'algues et de poissons, et nous regardions en silence la lune monter lentement au ciel derrière le rocher rouge de Scille.)

Là-bas, en enfer, je m'assiérais sous un arbre, au milieu d'un champ de blé, et je passerais mon temps à tisser avec les tresses de paille douces, tièdes, dorées, odorantes de grain jeune, odorantes de pain, un beau chapeau de paille de Florence pour le front blanc, l'honnête front de M. de Gasperi.

Paris, mai 1948.

Table des matières

CES SACRÉS TOSCANS 7
Chapitre I 9
Chapitre II 21
Chapitre III 33
Chapitre IV 47
Chapitre V 61
Chapitre VI 71
Chapitre VII 83
Chapitre VIII 99
Chapitre IX 105
Chapitre X 111
Chapitre XI 117
Chapitre XII 123
Chapitre XIII 129
Chapitre XIV 135
Chapitre XV 143
Chapitre XVI 149
Chapitre XVII 155
Chapitre XVIII 167

DEUX CHAPEAUX DE PAILLE D'ITALIE 175

Ce volume,
le quarante-sixième
de la collection « le goût des idées »,
publié aux Éditions Les Belles Lettres,
a été achevé d'imprimer
en octobre 2014
sur les presses
de la Nouvelle Imprimerie Laballery
58500 Clamecy

Dépôt légal : novembre 2014
N° d'édition : 77942 - N° d'impression : 410214
Imprimé en France

CURZIO

MALAPARTE